馔
工厂

我的名字叫 chi

张弛 著

中国友谊出版公司

图书在版编目（CIP）数据

我的名字叫chi / 张弛著. -- 北京：中国友谊出版公司，2020.9

ISBN 978-7-5057-4957-3

Ⅰ. ①我… Ⅱ. ①张… Ⅲ. ①随笔-作品集-中国-当代 Ⅳ. ①I267.1

中国版本图书馆CIP数据核字(2020)第128587号

书名	我的名字叫chi
作者	张弛
出版	中国友谊出版公司
发行	中国友谊出版公司
经销	新华书店
印刷	唐山富达印务有限公司
规格	880×1230毫米　32开
	10印张　199千字
版次	2020年12月第1版
印次	2020年12月第1次印刷
书号	ISBN 978-7-5057-4957-3
定价	42.00元
地址	北京市朝阳区西坝河南里17号楼
邮编	100028
电话	(010) 64678009

版权所有，翻版必究

如发现印装质量问题，可联系调换

电话　(010) 59799930-601

目录

序 / 01

杂碎 / 001

食古记 / 275

杭州三碗面 / 295

南北面食的区别 / 307

序

  一直想写一本以食物为线索的书，无关所谓的美食，而是这么多年来，我对食物的接触和理解，当然也包括我会做的和吃过的一些菜、去过的餐馆，以及曾经在一起吃喝过的人和发生过的事。以上种种构成了我个人的食物链条，在我的胃肠里留下了记忆，以至于我在书写它们时仍然觉得有滋有味。

杂
碎

拍黄瓜

按照老北京的规矩,上来头一道菜就是拍黄瓜。除了拌萝卜皮,北京众多粗俗的凉菜里要数拍黄瓜,透着暴力美学。拍得狠的,能把黄瓜子拍得四溅,拍碎了的黄瓜面目全非。好好的黄瓜为什么要拍呢?可能是怕用刀去切,把黄瓜的营养和味道破坏了,而且毕竟拍比切要省事得多。很多喝酒的人都爱点这道菜,我却对此不以为然。做拍黄瓜的黄瓜一定要脆嫩,蔫黄瓜拍起来就没意思。对黄瓜比较敬重的做法是蓑衣黄瓜,精雕细琢,有如刺身。

拌海带

第二道应该是拌海带。因为不住在海边,对海产的认识只限于虾皮、紫菜和海带。小时候家长为了给孩子补碘，总给他们吃海带，免得患大脖子病。从那时起，海带就成了大海和人类之间的纽带。印象中，过去的海带是干的，要吃得搁水里发，而且煮很长时间也不烂，所以海带非常不容易消化。现在的海带不同了，超市里能买到鲜的，它们颜色翠绿，形状规矩，放进锅里越煮越咸，分不清是天然还是人工合成。阿坚酷爱吃凉拌海带，一个人能吃一盘。我在一旁见了心生嫉妒，说您老一把年纪了，牙口还挺好。他听了不以为然。

拌海蜇

当然，也会经常吃海蜇。但不知道海蜇古称𩽾𩾌，也叫水母。餐馆里的海蜇，说的是海蜇皮，海蜇头指的是海蜇的口腔和触须部分。不管是蜇皮还是蜇头，一般都是凉拌，很少见到被做成热菜。当然，蜇头比蜇皮要贵，清洗起来也格外麻烦，少说也得用五六小时，不然就会吃到沙子。海蜇头最奇特的地方是越是陈年海蜇，吃起来越脆嫩，反之则皮老质韧。在北戴河每年都有海蜇蜇伤人，但这玩意儿吃到嘴里却没事，令我百思不得其解。罗艺游琼州海峡时，也被海蜇蜇过，问他有什么反应，他说就是浑身发麻。

樱桃萝卜

樱桃萝卜是一道不起眼的小菜，说到底还是萝卜，跟樱桃关系不大，是由白醋、糖和果汁腌制而成的，可以当开胃小菜，也可以拿来下酒。制作这道菜的要点是腌制之前先把萝卜晒蔫儿了，再切上几刀后才进行浸泡。不然的话，由于萝卜里的水分太足，会影响到作料的吸收。其实，小萝卜蘸酱就挺好吃，未必非要弄得那么麻烦。

凉拌萝卜皮

北京人爱吃的凉菜里，有一道拌萝卜皮，指的是心里美皮。卫青皮太薄，关键是咱们北京不产。心里美皮厚且硬，不适合烹炒，扔掉又有些糟践，拌着吃正合适，由此可见北京人的节俭。拌萝卜皮放什么都合适，放辣椒油就比较费解，因为萝卜皮本身就够辣。但最大的问题是，萝卜皮拌了凉菜，萝卜去了哪里？做了凉拌心里美了吗？但菜单上又没有这道菜。难道让厨师吃了，还是被老板吃了？这真是一个谜。

煮毛豆

夏天在大排档喝酒，点的最多的就是煮花生和煮毛豆，煮花生必须带壳，煮毛豆一般都是五香的，但如何让煮熟的毛豆保持翠绿，有若干诀窍。有一些商贩在煮毛豆时添加一些对身体有害的物质，还有人给毛豆上颜色。在江浙一带，基本都是糟毛豆，跟北京胡乱抓一盘不同，它们被剪去两头，整齐码放在盘子里，即便吃过的毛豆壳，也不四处乱扔，也是整齐码放，就像没吃过的。不过，这也带来新的问题，一次，我就错把边上讲究的人吃剩的毛豆壳，当成没吃过的毛豆放进嘴里，好在没被人看到。

姜汁皮蛋

皮蛋又叫松花蛋，很多外国人都不知道它是怎么做出来的。有一次吃饭的时候，我跟他们开玩笑，说皮蛋是放在汗脚穿过的袜子里沤制出来的，而且那袜子必须脏得脱下来能像鞋子一样立住，甩出去能贴在墙上，老外险些当场给恶心喷了。过去吃皮蛋要撒些姜末，现在基本都是尖椒皮蛋，吃来吃去基本一个意思。我喜欢吃烟辣椒拌皮蛋，辣椒一定要非常辣，一口下去两眼发黑，整个人几乎虚脱。

糖拌西红柿

能用白糖拌着吃的蔬菜不多，心里美萝卜、白菜和西红柿是数得出来的几样。但萝卜和白菜除白糖外，还得往里加别的调料，诸如醋、香油、辣椒油之类的，唯独西红柿就单搁白糖一样就行了。糖拌西红柿最好用白砂糖，吃到嘴里咯吱咯吱的，当然，也可以用绵白糖。吃这道菜千万不能用带油的筷子，否则就把汁给毁了。过去吃糖拌西红柿，最期待最后把酸甜适口的汤汁仰脖喝了。当然，也有好事者用盐拌西红柿，也是刚开始觉得新鲜。

凉粉和冰粉

凉菜里我酷爱吃凉粉，它口感像果冻，味道又能吊足人的胃口，所以不知不觉中，我成了凉粉的粉儿。只要桌上有一份川北凉粉，没等热菜上来，一碗米饭就吃完了，余下的就是垃圾时间了。但很长时间不知道凉粉的成分，还以为就是淀粉呢。其实，除淀粉（白薯粉和豌豆粉）外，凉粉里还有明矾、氟、食用色素和山梨酸。广式凉粉的成分是凉粉草和大米。吃的时候浇上豆瓣辣酱和醋，黄瓜丝是必需的，不用豆瓣辣酱的话可以加些蒜末。

冰粉比凉粉吃着还要凉一些，它的成分和凉粉不一样。凉粉说到底还是粮食，而冰粉则产自冰粉树（学名：假酸浆）的种子，叫作冰粉籽。头一次吃冰粉是在一家四川餐馆，6块钱一小碗。这是一道餐后甜食，晶莹剔透的冰粉上撒着核桃碎，碗底还有一些很稠的红糖水，怀疑是不是四川女人夏天坐月子就吃这个。后来才知道，冰粉的吃法多种多样，除了红糖水还可以放西瓜、桂花、果脯之类，没有核桃还可以用花生代替。那家餐馆的冰粉叫春熙路冰粉，大家都知道春熙路，3月中旬的一天，在春熙路逛街的人突然开始莫名其妙地奔跑，搞不懂是吃了冰粉，还是什么别的原因。

老虎菜

老虎菜一听就是东北人发明的，里里外外透着咋呼。怎么就老虎了,不就是葱丝、黄瓜丝、香菜和青辣椒吗?由此可见,东北虎也就那么回事,或者绝迹已久。发明这道菜的东北老乡也许没能想到,咱东北人外强中干的性格,通过一道菜暴露无遗,有本事拿真老虎做个菜试试。不过,一码归一码,老虎菜还是挺好吃的,这跟老虎不老虎无关,也不是对东北人有偏见,我在家里偶尔也会做。体会是别的食材还好,就是青辣椒(尖椒)的味道不稳定,要么一点儿不辣,要么辣死人。

猪头肉

猪头肉很好吃,就是有时会觉得腻得慌(吃多了还会想到猪头小队长)。跟小白菜拌在一起,算是一个折中方案。但这道菜不是什么时候都能吃到,因为小白菜不是什么季节都有。至少在过去,吃东西还是讲究季节的。应季的蔬菜,跟大棚里长出来的,味道就是不一样。前几天买了一斤猪头肉,又炒了几个鸡蛋,然后备好大葱大酱用来卷饼,很快就吃撑了。我的体会是猪头肉只有热着吃才香,才能充分享受里面的胶质,去除其中的腥膻。如此说来,一道猪头肉全都解决了。

烧鸡

在计划经济年代,烧鸡的地位十分神圣,家里来了客人,一定要用烧鸡招待才有面子。坐火车去外地出差,也一定要带一只烧鸡，途中打开来吃，顺便喝一口小酒，引得周围不知多少人咽唾沫。有一年我妈带我去老家看大舅，专门带了一只烧鸡。吃晚饭时，刚把烧鸡摆到桌上，就被大舅家的老猫叼到大衣柜上了。众人千呼万唤，却也奈何不得，只叹我大舅没有口福。刚开始烧鸡就是烧鸡，没那么多讲究。后来烧鸡的种类就多了，诸如道口烧鸡、德州扒鸡等，反而分不出哪个正宗。

樟茶鸭

樟茶鸭是一道做起来非常麻烦的菜，先是要腌，然后还要过水，熏完后接着还得上锅蒸两个小时，最后过油，其过程只有"满清十大酷刑"可以媲美。因此我建议大家，如果想吃的话不用在家里做，去餐馆顶多等一刻钟就能吃到。樟，指的是樟树叶；茶，指的是花茶。多数情况是花茶的味道被樟树叶给掩盖了。餐馆里的樟茶鸭一般都归为凉菜，但只有加热才好吃。

豆酱

印象中南方人不怎么吃酱，至少不像北方人这样大吃特吃。但这次去南方，吃过他们的一道用酱做的小菜。跟黄酱甜面酱无关，它看上去比较像老北京的豆酱，虽然面目有些模糊，但里面的内容比较相似。比如，豆酱里一定要有煮熟的豆子，从中仿佛能看到豆子的前生今世。试着尝了一口，味道却像韩国烧烤店吃到的，不是很咸，反而还有些微甜。本来我以为要用它蘸生菜之类，却被告知什么都不用蘸，就空着嘴直接吃。

过去一度把豆酱跟肉皮冻混淆。后来才知道，豆酱一般都要加酱油，而肉皮冻并非都加酱油，加酱油的呈酱油色，不加酱油的看着干净透亮，像水晶，直接能感觉到胶质。但不加酱油的，吃的时候还得蘸酱油，而加过酱油的直接吃就行了。除酱油外，煮时还得加葱姜大料，但一定要在冷却前把它们捞出来，不然就留会在肉皮冻里头，变成另类琥珀了。再有就是千万不要加豆腐干、青豆和黄豆，否则就变回豆酱了。

我吃过的肉皮冻，都是猪肉皮做的，有没有人用其他肉皮（比如牛皮或鸡皮）做肉皮冻，至今还没吃过。在后海的日昌吃过鱼冻，不过其中不光有鱼皮，还有皮连着的肉。

干炸小黄鱼

在老北京餐馆吃饭，经常有人点干炸小黄鱼下酒，当然也有人喜欢吃清蒸或红烧小黄鱼。有个问题令人困惑，小黄鱼和大黄鱼是同一个品种吗？答案是不是的。大黄鱼是大黄鱼，小黄鱼是小黄鱼。那么，大黄鱼和黄花鱼呢？当然也不是一个品种，不然，为什么有人往大黄鱼身上涂颜色冒充黄花鱼呢？要想认真甄别，首先要问专业人员，我自己不太能吃出来。突然想起上学的时候，班里联欢，每个人都要上台表演节目。我们班主任姓吕，他给我们表演的是黄花鱼叫，只见他在台上站了半分钟，一声不吭就下去了。同学们起哄，他说，你们谁真正听见过黄花鱼的叫声呢？后来他讲课，我觉得他嗓子眼儿里发出的就是黄花鱼的声音，注意力也随之涣散。

松仁小肚

曾经一度酷爱吃松子，爱屋及乌，便喜欢上吃松仁小肚，但还没发展到把小肚里的松仁抠出来把肚扔了的程度，因为小肚也很好吃。小肚的皮是猪的膀胱（俗称猪尿泡），经反复清洗，又经水煮和熏制两道程序制成的。过去听说猪尿泡还有别的用途，演员演戏时往往往头上套一个猪尿泡，就不用剃秃瓢了。我们家楼下有一家小超市，我经常去那儿买熟食。奇怪的是它们冬天不卖熟食，而是夏天才卖，理由是冬天吃熟食的人不多，所以冬天的熟食比夏天爱坏。

香肠

在众多熟食制品中，香肠是让人又爱又恨的一种，好吃好吃得要命，难吃难吃得要死。我吃过的好吃的香肠，大多都是朋友自己家里做的，其中四川、贵州和广东的居多。北方除哈尔滨红肠外，基本上乏善可陈。曾经吃过朋友从法国带回来的各类香肠，基本属于风干系列，最喜欢一种起司味的，余下的偏咸。早年常吃蒜肠和粉肠，现在不常见了，尤其是粉肠，人们现在不太吃它，不知道是不是因为里面淀粉太多。

白菜和豆腐

像我这种从小吃白菜长大的,肠胃对白菜已经产生了很强的依赖性,所以特别理解"鱼生火,肉生痰,白菜豆腐保平安"这种说法。从美食和养生的意义上讲,白菜豆腐代表着返璞归真,这两样食材不但简单易做,而且还非常健康,尤其是对吃惯了大鱼大肉的北方人而言。过去每年冬天,家家户户都会储存大白菜,而且很多人家都有菜窖,成为一代人的记忆。至于豆腐,虽然爱吃,却很少能买到合适的。小区里有个豆腐西施,但买她的豆腐,一次不能低于2块钱,买少了怕她不高兴,买多了一顿饭根本吃不完。

培根

昨天在街上走,前面有一对青年男女。女的说她爱吃培根,男的说他最不爱吃的就是培根。女的反驳道,培根说过知识就是力量。男的说,那是那个培根,不是吃的培根。培根这么难吃,应该从食谱中消失。女的说,培根多好吃啊,尤其和煎蛋一起吃,或者做成培根金针菇卷。两人的聊天令我瞬间凌乱,于是赶紧从他们旁边走开。

煎蛋和荷包蛋

煎蛋不简单,外出住酒店吃早餐,基本上都是现吃现煎,还要问你单面双面。最不讲究的酒店,也会预先把蛋煎好,冷冷地软塌塌地搁那儿。在家煎鸡蛋,鸡蛋从冰箱里取出来要先捂一会儿,免得进锅里溅油。跟煎蛋最配的是培根,从口感到味道都恰到好处。传说有人盛夏在石头上煎蛋,有人用手掌煎蛋。

煎蛋和荷包蛋的区别在于,煎蛋是用油煎的,荷包蛋是用开水煮的,而且大小正好可以放在荷包里面。

在京蓉府参加生日宴,快到结束时,上来一碗长寿面。看到碗里头的荷包蛋十分有型,而且蛋黄干稀适宜,不禁心生好奇。一打听才知道,要想做成这样的荷包蛋,只须把鸡蛋打到一个碗里,碗里盛着80℃的开水,待鸡蛋稍稍固定后,再放进微波炉里烤10秒钟就大功告成了。以前老听人说卧个荷包蛋,原来是这么个卧法。回到家如法炮制,结果却不甚理想,还不如卧床上歇着。

咸鸭蛋

鸭蛋炒着不好吃,只适合腌制,这一点跟鸡蛋不太一样。松花蛋大多也是用鸭蛋做的,很少有人用鸡蛋做松花蛋,其中有什么讲究没有研究过。小时候吃咸鸭蛋一般都就着粥,鸭蛋一筷子杵进去,蛋黄就开始冒油。人多时吃,咸鸭蛋就会被连壳破开若干份，跟切西瓜似的。一次去白洋淀，到处都是卖咸鸭蛋的，芦苇荡大，鸭子自然多。咸鸭蛋有个特点，放的时间越长就越咸，因为储存的时间同时也是腌制的过程，所以咸鸭蛋不要多买，买回来尽快把它吃了。有的人也许奇怪，这鸭蛋买的时候还好好的，怎么拿回家吃着吃着就变咸了呢？

老鸭从福建连城县网购了24枚新鲜鸭蛋，每枚2元，一共48元，虽说算不上价值连城，却也不便宜。据说连城的鸭蛋味道特别，营养价值高，此外还有药用价值。这么好的鸭蛋，腌着吃可惜了，一定要吃新鲜的。但即便有数不清的优点，而且在包装上标明了易碎品，这些鸭蛋邮寄到北京时，仍然不可救药地碎了10枚。老鸭有些泄气，一方面考虑如何向卖方索赔，另一方面考虑如何处理碎了的鸭蛋。在我的建议下，第二天午饭时还是把碎壳的鸭蛋炒了，连同酱肘子之类的卷了大饼。别说，没腌过的鸭蛋一点儿都不咸。

在扬州的粮食酒店，不但能吃到高邮湖的虾仁，还能吃到高邮咸鸭蛋。恰好没过两天就去了高邮，一打听才知道，高邮咸鸭蛋不一定都是双黄的，其概率还不到百分之五。辨别是不是双黄蛋，要把鸭蛋拿到灯底下照。而且，双黄蛋外表上看着要比单黄蛋大些。高邮鸭蛋为什么好吃，据说是因为高邮的鸭子都是吃高邮湖的螺蛳和小鱼小虾长大的，谁说咸鸭蛋不属于水产呢？（今年高邮又开始推广松花蛋，几乎每餐必备，而且吃时不蘸醋和姜汁。鸭蛋跟松花蛋很难比较，但高邮的松花蛋比我之前吃过的松花蛋都新鲜。）

鹅蛋

鹅蛋比鸡蛋和鸭蛋大,而且不太好吃,小时候在东北常吃。东北人养鹅看家护院,鹅有个特殊的本领,遇见生人,就去拧人家的大腿根,比狗还厉害。好多人不怕狗,但一看见鹅,便躲得远远的。我觉得鹅蛋不好吃也不受待见,跟太大有关。形容女孩子漂亮,都说长着鸭蛋脸,没听说谁长着鹅蛋脸。但今年4月份在宜兴农庄吃的小葱炒鹅蛋,居然觉得比鸡蛋鸭蛋都香,想必其中有些说头。

三黄鸡

一直搞不懂三黄鸡到底是哪三黄,网上查资料才知道,所谓三黄指的是羽毛黄、爪子黄、嘴黄。对大多数食客来说,爪子黄、嘴黄都能接受,羽毛黄就不可考了。再说,也不会有人喜欢吃鸡毛。还有人说,三黄鸡是朱元璋给起的名,不管是真是假,很多帝王将相就这么莫名其妙地成了中华小吃的代言人。三黄鸡的特点是肉嫩,烹制的诀窍就是掌握火候。若干年前,流行吃西装鸡,乍听还以为鸡也系领带呢。

虫草羊和虫草鸭

现在很多食品都贴上天然和有机的标签,鸡必是散养吃虫子长大的,牛羊则必称是以喝泉水吃草药长大的,以便强调跟普通牛羊的区别。前天在老楼家吃饭,他炖了一条从青海运来的羊腿。据介绍,这种羊生活在雪线以上的高寒地区,吃虫草长大,因为它们有一种天然的发现和寻找虫草的本事,挖虫草的老农为了挖掘虫草,都跟在这些羊的屁股后头。试着吃了一块,果然又嫩又香,跟平时吃的羊肉大不一样。

说起跟冬虫夏草有关系的食品,首先想到的就是虫草鸭,其他打着虫草招牌的,基本没得到市场认可,成为品牌。但我搞不清虫草鸭是用虫草酱出来的,还是鸭子是吃虫草长大的。懒得查资料,推断应该属于前一种。如果喂鸭子吃冬虫夏草,成本未免太大了。虫草鸭好吃入味,虫草香味也很适中,若有若无。但最近出于对冬虫夏草的保护,超市里卖的虫草鸭不能叫虫草鸭了,只能叫酱鸭。

酱肘子

一个标准大小的肘子,足以够一个两口之家吃上三顿。第一顿趁着刚酱好,应该片空嘴吃。第二顿可以用它卷饼,葱和酱必不可少,还应该炒盘鸡蛋。第三顿最好是拿它炒菜,比如跟柿子椒搁一起炒,稍加些生抽、白糖和黑胡椒粒,一定非常下饭。一个肘子过去40元就能买到，现在超过60元。上上个月在茂林居酒楼的外卖窗口买过一个，就是按照这个步骤吃的。可悲的是，家里一个多月大的小狗Luka趁人不备，啃剩下的棒骨，结果被卡住了。最后只好去宠物医院开刀，才捡回一条命。从此之后，家里再也不吃肘子和排骨一类的了，想吃的时候只能去餐馆。

甜妹耙泥鳅

泥鳅略带土腥味儿，但还可以接受，一般都是吃火锅时涮着吃。有一道泥鳅钻豆腐，绝对是虐食，具体做法在本书中有介绍，这里就不重复了。有人按同样的方法用泥鳅通茅坑（或者下水道），虽然很有创意，但通过茅坑的泥鳅就不建议大家吃了，关键这件事可行性不大，绝大多数的泥鳅，肯定会趁机顺着下水道溜之大吉了。成都人喜欢吃耙泥鳅，都知道耙子是翻地用的农具，用作烹饪手法还挺形象。花园桥边上有一家甜妹耙泥鳅，路过几次都下不了决心去吃，总觉得做出来的泥鳅是甜的。

羊汤

通花苑边上有家小铺卖羊汤，每次去那儿喝酒，都要先喝一大碗羊汤垫补垫补。羊汤里内容很实惠，除了几大片羊肉，还有粉丝、木耳等，还配一个硕大的烧饼，都吃下去能把人吃撑了。有一次去潘家园逛文玩市场，把手机丢在一家羊汤馆里，多亏发现及时，不然有人会说我喝羊汤也能喝晕了。其实，羊汤非但喝不晕，还能解酒。枣庄有家道口羊汤就非常有名，跟在北京喝过的羊汤不一样，枣庄的羊汤是乳白色的。后经高人指点，才知道从清汤白汤，便能分辨出是回民餐馆还是汉人餐馆做出来的。

酱汤

不管是吃日料还是吃韩餐，一般都会点一份酱汤。本以为酱汤之间没有区别，其实大谬不然。简单来说，日料的酱汤很简单，顶多有些碎豆腐渣和海带，喝完素得直想直奔寺庙出家；相比之下，韩餐酱汤的内容就复杂多了，除了豆腐，还有土豆、洋葱、牛肉或者狗肉之类的。在我看来，其实就是从狗肉煲演变来的。丰富归丰富，酱的感觉和味道没了。这说明跟日餐相比，韩餐显得不太自信，因而缺少了那种清汤寡水的境界。

酸菜汆白肉

在东北家家户户都积酸菜，平时吃饭也离不开酸菜汆白肉和酸菜粉，吃饺子也是吃酸菜馅的。小时候不知道为什么积酸菜的缸里要放一块大鹅卵石，难道是怕酸菜逃跑吗？还是有什么其他目的，这个问题到现在也还没解决。搬到北京后，家里不积酸菜了，要吃就去超市买。可能是嫌外面的东西不卫生，买回家往往洗了又洗，直到把酸味洗没了。搬到新居后，邻居一家是东北人，还保留着在过道积酸菜的习惯，弄得整个楼道的味道都很难闻。想提意见，又不好意思，生怕搞坏邻里关系。只好在每次经过时，都屏住呼吸或者捏着鼻子。这家人还喜欢炖鸡、炖排骨，或者烧糖醋鱼之类的，只可惜我们两家平时没什么来往，不然的话，到了饭点儿还真有可能蹭一口。单从这一点看，就可以觉出融洽的邻里关系有多么重要。

醉鱼

醉鱼是一道江南人常吃的下酒小菜，仿佛是看人醉得厉害还是鱼醉得厉害。鱼应该是用酒糟和盐腌制然后风干过的，虽然不熟悉制作过程，但好坏还是能吃得出来。有的醉鱼酒味太重或者太腥，有的不但嚼着费劲儿，大多都有小刺，可能是因为拿来做醉鱼的都是草鱼的缘故吧。无论如何，面对一条醉鱼，你必须选择是小酌一番，还是像醉鱼那样不醉不归，一头扎进酒缸。

藕尖拌黄瓜

还是在不久前，我才知道藕有七个孔和九个孔的区别，七个孔的吃起来面，适合煲汤或蒸食，九个孔的脆，适合凉拌及炝炒。我最爱吃的藕菜是排骨炖藕，主要是为了喝汤，吃肉吃藕倒在其次。牙口好的时候还爱吃炝炒藕丁，桂花糖藕也能接受，吃时能感觉出藕断丝连。藕有那么多的眼，切丝切块都不容易，着实考验刀工。此外，挖藕也是一项技术活儿，搞不好就把藕挖断了。前几天看电视，有人发明了一台挖藕机，效率比起人工挖果然有很大提高。

上周在一家餐馆吃饭，点了一份藕尖拌黄瓜，仔细观察，那些藕尖居然都是八个孔的，难道藕尖和藕之间有很大不同吗？还是它们本来就是不同的品种。看来，以后在吃的问题上说话要慎重，争取活到老吃到老，而且尽量做到多吃少说。

茭白

以前有很多蔬菜吃不习惯，其中便有茭白。茭白可以炒肉片（但必须勾芡，以便入味），也可以炒木耳或者用鲍汁炒。当然，油焖茭白也相当好吃，不但能吃出笋味，而且可以解酒。茭白是一种水生植物，听说只有中国和越南把它当菜吃，不免有些诧异，别的国家难道用它喂猪吗？多年前去过上海的青浦，那儿的练塘茭白十分有名，又脆又甜，可以当水果吃。当地的茭白种植也很有规模，一眼望不到边。其时刚刚入夏，正是茭白成熟的季节，家家户户都在忙活着。

芦蒿

芦蒿遍布中国，南到广东北至黑龙江，但似乎只有南京人酷爱吃芦蒿。去过南京几次，几乎每顿饭都有这道菜，或清炒或跟香干或者腊肉一起炒。据说南京还从昆明引进了芦蒿新品种，用于南京芦蒿的改良。今年又去了一次南京，却没有吃到芦蒿，因为季节不对。芦蒿上市的时间是9月到第二年的4月，我去南京的时间是7月，当然吃不到。其实，我对芦蒿的兴趣一般，倒不是因为它吃着有股怪味（因为是水生植物，还略带一股阴气，所以有去火的药用功效），主要是害怕塞牙。当然，嫩芦蒿就不存在这个问题了。

南方有一种微苦的菜，很粗的茎上长着绿叶，吃过很多次，可就是记不住叫什么。最早吃是在茶马古道，苦菜切成段在水里余一下直接端上来了，什么都不放，吃的时候要蘸辣子和酱油做的调料。这道菜既败火又解酒，每次吃完菜还忍不住要把汤喝了，其实就是煮菜的苦水。前几天在一家四川菜馆又吃到这道菜，跟以往不同的是加了栗子。

鸡毛菜

每次在餐馆点鸡毛菜时都十分别扭，总想再多加一个字或一个音。这菜过去从来没吃过，不知道怎么突然冒出来了（好像是吃上海菜），而且还挺好吃，或清炒或蒜蓉，还可以做汤。做法也不难，捡嫩的摘，洗干净就可以了。其实物种（包括食物）就是这样，有些东西突然出现，还有些突然消失。好在人的胃口有很强的适应性，抱着一种东西从头吃到尾，到头来吃亏的还是自己。

凉瓜

天热的时候,喝凉瓜排骨汤还是比较败火的。奇怪得很,中国人非常怕上火,吃东西喝饮料都是为了去火,可西医就没有上火一说,难道外国人就从来不上火吗?还是把上火当成炎症的一种?凉瓜和苦瓜有些区别,我也是近几年才学会区分的。当然,凉瓜排骨汤里还要放白果和枸杞,除了功效以及口味,我觉得这其中还有色彩搭配方面的考虑,红黄白绿,不光是看着好看,每种颜色都有它的药用功能和美食使命。

白菜扒豆泡

像很多人一样,我长期搞不清楚豆泡和面筋的区别,直到有一天,有人跟我说面筋是面做的,豆泡是豆制品,我才了然。白菜扒豆泡是一道令人百吃不厌的菜,当然白菜最好是霜降以后的,而豆泡因为过了油,使这道菜具有了一种荤菜才有的香味儿;豆泡塞肉也是一绝,虽然我坚持认为,一切把肉馅塞进别的东西里的行为,都是变相吃丸子。

风干蔬菜

很长时间不理解为什么要把蔬菜风干,总觉得蔬菜就应该吃新鲜的。但自从吃过几次风干蔬菜，发现从味道到口感，还是相当不错的，看来不光是出于保存方面的考虑。上周在家里试着做了一锅干蘑菇烧五花肉，干蘑菇先是头天晚上在清水里泡发，然后又炖了三个多钟头，总算炖熟了，结论是比干笋好吃。但吃风干蔬菜的缺点就是太花时间了，你用多长时间把它们风干，就得花多长时间把它们做熟，这又是何苦来呢。

剥洋葱

有人曾经给我历数过吃洋葱的好处，但我一条都没记住（只记住洋蒜了）。过去吃的洋葱都是熟的，而且大多都是跟鸡蛋或者肉丝一起炒，很少吃生的。后来沙拉传到中国，知道洋葱原来还可以生吃。再后来吃新疆凉菜，才发觉洋葱对有些菜是必不可少的。我不喜欢吃熟洋葱，觉得那东西不但吃着黏糊，而且像白酒一样上头。君特格拉斯出过一本自传，好像就叫《剥洋葱》，意思是一层一层的。洋葱对有些人来说是美食，对狗绝对是毒药，据说洋葱里有种东西狗不能吸收，吃后当场毙命。

柿子

柿子虽然不算菜，但跟"菜"有关系。在众多水果里，柿子比较娇气和孤僻，不能跟螃蟹白薯一起吃，吃柿子的时候，还不能喝白酒（白酒就柿子，这吃法听着新鲜）。还有，虽然柿子象征着事事如意，但也不能空腹吃，不然会得结石，吃多了还会导致便秘。挑柿子也有学问，不能挑太硬的，也不能专捡软的捏。有一回跟老鸭斗嘴，她说我脚吧丫子上绑铁丝，没你这么缠（馋）的。我当即回了句，尿盆里搁柿子——没你这么溇（懒）的，当场噎得她直翻白眼。

炒菜花

菜花又叫花椰菜，分很多很多种。咱们日常吃的主要有两种，一种比较白胖，一种颜色发绿，看上去相对瘦长。白的那种吃着发面，适合清炒或者做汤；绿的吃着发艮，经得起大风大浪，很多餐馆都用它做干锅。白菜花便宜，绿的价钱要贵一倍。所以，虽然是菜花，也得花开两朵各表一枝，才能发觉其中的奥妙。

过去我非常不爱吃菜花，从它的外观到口感都不能接受，但近几年喜欢吃了。很多人炒菜花都要先把菜花在水里焯一遍再炒，我觉得这未免过于图省事了。菜花过水后不但还会变面，而且炒起来水不拉唧的。炒菜花一定要耐心，先把肉末用微火煸熟，同时还要放调料，然后把菜花放锅里翻炒，其间加两三次水（少量），直到把菜花炒熟为止，这样的菜花才有吃头。跟我不一样，老鸭是太爱吃菜花了，而且绝对是一天不吃问题多，两天不吃走下坡，三天不吃就唠叨，我这点儿炒菜花的心得，就是这么被逼出来的。

土豆焖扁豆

在我心目中，土豆和扁豆是一对神圣组合，它们的关系牢不可破。它们所向披靡，所到之处，势不可当。它们可以自成一道菜（天上地下遥相呼应），也可以炖鸡块、炖排骨、炖蘑菇、炖粉条，而不失去本色。当然，作为一道东北菜，土豆和扁豆必须是东北产的味道才正宗，而且土豆吃着才面，扁豆才不塞牙。我在海拉尔参观过一处土豆基地，据说他们的土豆都是专供麦当劳做薯条的。而东北有一种扁豆看上去有一道一道的紫色，但遇热之后，紫色便迅速消失了，看上去跟普通扁豆没什么两样，但熟得比普通扁豆要快得多。

黄花菜

前两天用鲜黄花菜做卤吃了一碗面条，味道极佳，因此给大家推荐一下。黄花菜有很多种吃法，最简单的就是清炒和凉拌。但鲜黄花菜处理不好吃了会中毒，据说里面有一种叫秋水仙碱的成分，吃到胃里会导致头昏、走路不稳、眼睛困顿等症状，仿佛喝酒喝大了。所以，一定要用开水焯一下，再用清水浸泡两个小时让它凉透，把秋水仙碱去掉方可食用。有一次我们争论，到底是黄花菜凉了，还是黄瓜菜凉了。好像最后也没个结论。

炝炒西葫芦

炝炒西葫芦是我的拿手菜。不过我有个规矩，再嫩的西葫芦也得削皮去瓤。西葫芦很容易熟，在锅里扒拉几下就行了。除了炝炒，西葫芦跟西红柿在一起也是绝配，炝炒时需要往锅里放一小勺水，但跟西红柿炒时就不用，西红柿自然能炒出汤汁。有一年游西湖，发现有一条路叫西湖路，当即想出一句广告词：你可以没吃过西葫芦，但不能没来过西湖路。可能是这个笑话太冷，说完了大家都没乐。

菠菜

小时候除了胡萝卜，最不爱吃的就是菠菜。但家长总是想尽办法，威逼利诱，其中最站得住脚的理由就是补铁，好在没让我吃秤砣（当时还不知道大力水手的故事，也不知道秋天的菠菜能够搞笑）。但人的口味总是会变的，现在就喜欢吃菠菜了，鸡蛋炒菠菜、菠菜拌粉丝以及上汤菠菜等，就连在家里做方便面，临起锅时也要放上那么几根。在密云农家院吃了一道野菠菜，之前听说过这种菜可以凉拌，也可以生吃。它味道有些发酸，可以入药。但我们吃的那盘味道不是发酸，而是有些发馊，一夹直拉黏丝，而且颜色不是翠绿，而是发黄。好在老板的态度还不错，跟他说了就把这道菜撤下去了，结账的时候也没算这道菜的钱。但老鸭注意到，别的桌的客人也在吃凉拌野菠菜，却没提出任何异议。答案只有两个，要么是我们事太多，要么是野菠菜坏了，那桌没吃出来。

香菜

可能因为便宜省事，很多餐馆都喜欢用香菜叶做装饰。上次去老王开的饭馆吃饭，几乎每道菜都摆着香菜叶。我说您就是香菜富余，也不能这么糟践啊，更何况很多人讨厌香菜。老王听了直乐。我有一度也特别讨厌香菜，觉得非但不香，还有一股臭大姐味儿。吃饭的时候，见一些菜里有香菜，我就会默默地把它们挑出去，后来居然习惯了。老鸭不爱吃熟香菜，生的能接受。所以，家里拌凉菜时可以放香菜，吃涮羊肉的小料里也可以放，做汤做鱼做芫爆散丹就不能放了。不过，没有香菜的芫爆散丹，还叫芫爆散丹吗？

黄豆芽

过去一做黄豆芽就有些犯憷，因为芽很容易烂，而豆那部分还生着呢。但黄豆芽的鲜香的确让人难以抵挡，做了几次后也就学会了。我会用肉片和黄豆芽做汤，要点是先把肉片和姜及大料在锅里炒一下，肉片最好煸出油，然后再放水和黄豆芽，开锅二十分钟就做成了。炒黄豆芽可以放肉末，也可以放辣椒，要点是为了保证豆芽的脆嫩，千万别用水焯。但所有这些，都比不上水煮鱼里的黄豆芽好吃，仿佛它们代表着这道菜的全部精华。

蒸槐花

贝尔托卢奇的《末代皇帝》里，有一场婉容吃花的戏，给我留下深刻印象。其实，很多花都可以吃，比如梅花、桂花、菊花、玫瑰、茉莉、百合、海棠花等。清人著《餐芳谱》里，就详细记述了二十多种花卉食品的制作方法，但不知道有没有我爱吃的茉莉花炒鸡蛋这道。过去的人把吃花视为雅事，估计不少人最终把自己吃成了花痴。

五月槐花香，又到了吃槐花的季节。老鸭曾经给我讲过一种山西人做槐花的方法，先把槐花撸掉梗儿，然后洗净、控水，将面粉或干馒头渣与槐花一起搅拌，然后上锅蒸 15~20 分钟。这期间将蒜捣成泥，放入适量盐、鸡精、香油备用。槐花蒸熟凉至七八分热，撒入蒜泥调料拌匀，即可食用了。北京也有很多槐树，但会吃槐花的人却不多了。

从槐花想到槐树，据说鬼节那天夜里有几大不宜，其中一项就是不宜单独站在槐树底下。

折耳根

什么是折耳根？答案是把鱼腥草的根掐掉，只剩下茎和叶，就变成折耳根了。这种产自西南的草本植物，自然带着西南人特有的气质和幽默，让人想到耙耳朵。那一带气候湿热，折耳根自然成了人们清热解毒的良药。后来川菜普及，北京人也逐渐接受了这种略带怪味的食材。其做法或者凉拌，或者跟腊肉在一起炒。狗子家附近有一家叫贵州主题菜的菜馆，它们的折耳根炒腊肉就很有味道，主要作料是红辣椒。遇到重要场合，狗子便会在那儿请客。餐厅有两个包间，小一些那间房号的是 666，大一些的房间号是 888。

丝瓜

嫩丝瓜里面没丝，所以有些名不副实，是最平淡也是最常见的蔬菜之一。丝瓜可以跟很多东西放在一起炒，比如丝瓜炒老油条，但单炒丝瓜就就很好吃。炒丝瓜应该注意的是，首先要控制火候，不能不熟，也不能炒老了，而且要保持它的翠绿色泽。再有丝瓜要嫩，而且一定要削皮，老丝瓜瓤只能用于搓澡，因为它确实有保湿美白和祛皱的功效。上次回父母家时，在京蓉府吃过一道凉拌丝瓜尖，说白了就是丝瓜秧子，用开水焯一下，佐以盐和香油就行了。丝瓜浑身是宝，丝瓜藤晾干了，可以用来擦澡，细一些的可以当 MORE 抽（摩尔香烟）。

香椿拌豆腐

豆腐不用太多的加工，白水煮过后沾点儿调料就很美味。北京曾经有家叫"去哪儿"的餐馆，他们的老豆腐就是这种吃法，一度经常去那儿吃饭，后来不知道为什么不开了。记得每次吃到最后，艾丹都会拿出一瓶洋酒，把大家放倒。去延庆玩，总会被请去吃豆腐宴，因为好豆腐离不开好水。但豆腐虽好，还要看适不适合吃，黄燎原就曾经因为顿顿吃豆腐（包括其他豆制品）而得了结石，发作起来痛不欲生。北京人爱吃香椿拌豆腐，香椿拌之前要用热水过一下，香味才能出来。豆腐要用老豆腐，因为老豆腐的卤水味跟香椿最对路子。

牛奶

我们楼每天都发给住户一袋三元牛奶，作为对老同志的照顾。我不是老同志，所以经常忘了取，偶尔想起来，却被传达室负责发放牛奶的何师傅告知，牛奶被别人取走了。忘了有谁说过，人类是唯一过了哺乳期还断不了奶的动物，看来还是有道理的。据说中国的乳业巨头每年都要在一起开会，制定行业发展规划，业内称之为乳头聚会。作为一个牛奶消费者，我从没想到喝奶会出现这么多问题，小时候也有过种种不适应，但顶多导致拉稀或呕吐，没听说谁把脑袋喝大了。

三联书店对面有一家乳品店,每次我去三联都要喝一杯双皮奶外加一碗杏仁豆腐。有一种说法,所谓双皮奶是指上下各一层,后来才知道,双皮指的是一层奶油和一层蛋清。双皮奶最忌有腥味,这主要是做的时候,蛋黄没捞干净造成的。过去这家店一杯双皮奶是10元,现在涨到13元了。双皮奶的保质期夏天为3天,冬天是4天。上周去这家乳品店,发现它们搞起了多种经营,居然烙起了煎饼。

蛋糕

把蛋糕做大,说的不是生日蛋糕,但一个很大的生日蛋糕,无疑可以烘托宴会的气氛。现在蛋糕房的生意好得不得了,一般都要提前两天预订。我家附近有三家做蛋糕的,什么时候经过都能看到里面有很多人。出于各种原因,现在吃奶油蛋糕的越来越少了,要吃都吃芝士的。芝士蛋糕还分轻重两种,当然指的不是蛋糕的分量,而是芝士的多少。我这月就订了一个芝士酸奶的,得到一致好评。以往的蛋糕总会剩一些,这回的迅速被瓜分没了。

好像从前年开始,有人质疑蛋糕的奶油,再吃蛋糕时,心里免不了犯嘀咕。可是没人拿生日蛋糕当饭吃,一年到头不过就吃那么几次,所以今天就下决心订了一个。我喜欢吃水果(特别是黄桃),就挑了个面上水果多的。我问服务员,里面还能加吗?她说能加,不过,因为这季节没有草莓,样品上面的草莓便换成了提子。但加了水果的蛋糕容易变质,特别是把水果夹到蛋糕中间的，因为水果会出水。所以，吃蛋糕一定要先把水果部分吃了，吃不完的要把它们抠出来单独保存。唉，这蛋糕吃得真够抠的。

锅巴

小时候最爱吃锅巴，就盼着家里把饭烧糊了。那时候锅巴不叫锅巴而是叫饭嘎巴。把锅巴做成菜肴，是四川人的一大发明。他们把锅巴做成很多的菜，诸如锅巴肉片、锅巴三鲜之类。锅巴现在有专门的做法，大米在锅中煮半熟后，还要用蒸锅蒸一阵子，然后过一遍油，比以前麻烦多了，而且味道也跟过去没法比，要知道那时的锅巴才是不经意间的美食。

面包

夏天懒得做饭时，经常吃两片面包夹火腿以及煎鸡蛋凑合一下。但面包房或者超市的面包一般最少八片一包，吃不完过了保质期就发霉。家里人不多，又不能顿顿吃，浪费是必然的。昨天去超市，看到有四片装的面包，不禁大喜，一下买了三包。回家后才想到，这跟买十二片一包的有何区别？应该说明的是，面包种类众多，用于夹东西吃的面包，最好是原味的，不然就把其他食品的味道破坏了。面包房的诱人之处，是老远就能闻到一股暖融融的香味儿。现在，吃面包的人很多，每次买都要排队。

龙利鱼饺子

没有速冻饺子的年代,基本都是在家里包着吃,包饺子不但讲究氛围,还有明确分工。我因为总捏不紧饺子皮,包出来的饺子又大小不一,便被发配煮饺子。煮饺子也有学问,一次不能下太多,普通大的锅下半盖帘就行了,不然就成了面片汤。其间还要加两次水,免得扑锅,弄得我每次煮饺子都十分紧张。

煮速冻饺子就不存在扑锅的问题,因为饺子上没有面粉,煮出来的饺子汤自然清汤寡水。

在宜兴尹总的农庄吃过一种龙利鱼和牛肉馅的饺子,用龙利鱼做馅,是因为它肉质嫩,而且刺少。因为包饺子的人多,包出来的饺子大小不一。有人喜欢大馅饺子,包饺子时尽量多放馅,认为皮薄馅大是本事。就连有的饺子馆,也打出皮薄馅大吸引顾客。

其实馅大的饺子并不好吃,不到五个就饱了,而且还吃不出面香。老鸭她姐上星期来我家包过一次猪肉茴香饺子,她就喜欢吃大馅的,所以包出来的饺子馅都特别大,一大盆馅很快就用完了。回到龙利鱼饺子,尹总说之所以放牛肉馅,一是为了成团(不然馅是散的),二是为了使味道和口感有更多的层次。

韭菜鲅鱼饺子

知道鲅鱼,是因为有时候吃鲅鱼馅的饺子,北京大连海鲜饺子馆的鲅鱼馅饺子比较一般，而且味道有些发腥。一次在青岛建国带我们吃的才令人难忘，因为头天喝大了，一点儿食欲都没有，但还是吃了很多韭菜鲅鱼饺子。鲅鱼长得什么模样，一直没见过。前天在柳荫街一家餐馆吃饭，有人要了一份红烧鲅鱼，才终于见到鲅鱼的本尊。鲅鱼产自东北，所以东北人做鲅鱼一绝，常见的做法是鲅鱼炖猪肉。餐馆爱用鲅鱼做饺子，除了因为它的刺少外，不知道还有没有别的原因。

生蚝

学会吃蚝之前吃过不少蚝油，那还是北京时兴吃粤菜那阵子，做什么菜都放。有一年去海南，被老黑带去吃生蚝，说是有壮阳的功效，吃了对男人有好处，记得老黑那回一人就吃了一打。后来知道生蚝必须吃活的，蒜泥、奶油、番茄酱之类的都不正宗。检验生蚝是否新鲜，要往上面滴一滴柠檬，看它是否抽搐。法国和澳洲的生蚝最好，但他们的吃法太费事了，生蚝里不但要含着海水，还要就着海风，烦得我当场就戒了这口。

皮皮虾

皮皮虾学名叫虾蛄，俗称虾爬子，起源于中生代的侏罗纪，别看其貌不扬，却亲眼见证过恐龙的灭绝，是不折不扣的活化石。皮皮虾的做法很简单，用开水焯熟了就可以了，因为是海产，自己就带着咸味儿。当然，也可以像吃螃蟹一样，蘸姜末和醋。吃皮皮虾是近些年才风行起来的，过去连穷人都不吃，只能当作肥料，现在一斤皮皮虾居然卖到 50 元一斤，比一般的螃蟹都贵。我不太爱吃这玩意儿（尽管内心对它们充满敬意），觉得过于麻烦，剥着扎手，吃着扎嘴，虽然不是连壳一块儿吃。皮皮虾很怪，大个的没黄，小的才有，会吃的一挑一个准。

毛蚶

上海闹甲肝那年，我正好去那边出差。晚上闲着无聊，便直奔一家小馆吃毛蚶——据说是导致甲肝的罪魁祸首。那时的我无知者无所谓，一副顶风作案的气势。餐馆老板听说我要吃毛蚶，脸都吓白了，连声说没有没有。经过我一番恳求，他终于颤巍巍地从后厨给我端出来一份，还嘱咐我千万别让人知道。不管怎么说，毛蚶真的很好吃，而且操作简单，过一遍开水蘸一下酱油就行了。为这样的美食冒险，确实值得。

鲜贝

北方管带子叫鲜贝，常见的有两类，一类是长带子，另一类是圆带子，共同点是骨头长在肉外头。鲜贝风干后就成了干贝，南方人叫瑶柱。干贝吃起来比较麻烦，又得发又得泡，鲜带子就省事多了。但方便不等于好吃，不然的话，岂不是自讨苦吃。介绍一道鲜带子的吃法，先把带子在锅里炒至八成熟，然后倒入黄瓜、红柿子椒和玉米粒翻炒，起锅前加入薄芡，这道菜就完成了。同属贝类，我更爱吃扇贝，边上带黄的那种。前天子明在咸亨酒家过生日，就吃了这么一道。叫什么忘了，汤汤水水的，其中的扇贝又鲜又大，上桌后很快被一扫而光。

鳗鲞

只是这些年，才知道鳗鲞这类的地道海产。所谓鳗鲞，不是鱼类的一种，而是海鳗风干后的统称。江浙人喜欢吃这类东西，但我之前从没吃过，甚至连听也没听说，可见南北的饮食差异之大。海鳗为暖水性的底层鱼类，一般喜栖息于水深 50~80 米的泥沙底海区，有季节性洄游，主要以鱼类和无脊椎动物等为食。从它的奇古相貌上看，我觉得这东西至少在世上存活了亿万年，称它为活化石并不为过。去年春节，石磊从杭州寄给我一箱干海鲜，其中就有一条海鳗。面对这个一米多长的怪物，一家人束手无策。

刀鱼

"春潮迷雾出刀鱼"，这句话听着比较武侠，尤其是刀鱼有刀的形状。刀鱼很奇特，回流过上游镇江流域，下游过南通天生港开始，其口味就会奇异变化。市面还有湖刀、海刀和河刀，但其口感和品质远比不上长江刀鱼。刀鱼肉质细嫩,但刺比较多,因此不宜大快朵颐,而是应该细心对待,慢慢品尝。因为现在主要是人工养殖,吃刀鱼在当地是一件稀松平常的事情,即便是对普通老百姓来说亦是如此,只有北方人才对此大惊小怪。

粗粮

过去粮食分粗细。粗粮有多粗?答案是要多粗有多粗,咽的时候拉嗓子眼儿,屙的时候急得直跺脚。20世纪70年代,就有人家以不吃粗粮为荣。这些年,又兴起了一股粗粮热,白薯玉米之类身价见涨,其实大家心知肚明,这不过是吃惯大鱼大肉的城里人图个新鲜罢了。但我的肠胃见了这些粗粮仍然有反应,不管怎样加工,心目中仍然是它们的本来面目,毕竟是从困难时期过来的。所谓吃过见过,未必指的就是荣华富贵、山珍海味。

元宵

元宵和月饼一样,都是节令食品,非吃不可。过去在元宵节前,总能看到有人家在院子里摇元宵,稻香村和大三元的门口也会排起长队,当时好像买元宵就认这两家。比起南方的汤圆,我更喜欢北方的元宵,因为元宵煮出来的汤好喝,不像汤圆的汤那么清汤寡水,所以,南方人煮汤圆一定要放醪糟之类的。今年元宵节,为了喝汤,我特意把一锅元宵煮露了馅。这说明元宵的质量还不错，有的元宵怎么煮都煮不烂，仿佛它们不是粮食做的。至于元宵馅，我喜欢吃山楂、巧克力馅的，老鸭爱吃黑芝麻馅的。

油饼

通常中午那顿被称为午饭，却把早上那顿叫作早点或者早餐。总听人强调早餐的重要性，但因为过去经常睡懒觉，所以没有养成吃早餐的习惯。近几年作息逐渐规律，于是早晨也吃一些豆浆油条之类的。这才发现，早餐的重要性是把胃口打开了，只有吃了早餐，中午到了饭点儿就会感觉到饿，如果没吃早餐的话，往往是到了中午也是胃纳不佳。

去过几家餐馆吃早点，发现都是豆浆和油条，油饼却不见了踪影。是成本太高或者太麻烦，比如费油什么的，还是另有隐情？记忆中的油饼是多么好吃啊，特别是带糖的那种。老鸭说，北洼路有一家早点铺，也不卖油饼了，但如果你要吃，它就给你做。过去（20世纪70年代），一张油饼6分钱，外加一两粮票。如果没粮票，就要花8分钱买一张。糖油饼一张8分钱，外加一两粮票，如果没粮票，一张要花一毛。这件事我记不住，专门打电话问阿坚，是他跟我说的，这种事他记得清楚。

菜团子

有些餐馆会卖菜团子，但不如老鸭的姐姐大丽做得好吃。做菜团子看似简单，不就窝头带馅吗？但蒸不好就会蒸碎了。老鸭的姐说关键在于和面，加水不能太多也不能太少，面必须是玉米面，往里头加栗子面或者白面不算本事，但一定要放小苏打。馅一般都是白菜馅或者萝卜馅，萝卜不能切，要用擦子擦，当然，馅里也可以放些猪肉，但那就不叫"忆苦思甜"了。等蒸锅水开了，再把包好了的菜团子放进去蒸，时间一般是半个小时，从第二次开锅算起。

方便面

我吃方便面有很长的历史，各种方便面几乎都吃过，可以称得上面面俱到。吃方便面前提只有一个，面条必须筋道，但这也是近些年的事儿，过去的方便面多放一会儿就糟了。然而，前几天去一家小超市买方便面，被告知没有拉面或弹面，原因是这些要比一般的方便面贵几毛钱。这才知道，原来很多吃方便的人这方面也要计算。其实，细想起来方便面并不比普通的面条（如挂面及切面）便宜，有时候还要搭进去两个鸡蛋和一把蔬菜。另外，我在家里煮方便面时还不喜欢用它们的酱包或调料包，但也不舍得把它们扔掉，久而久之攒了一堆。

五仁月饼

去年过中秋节，听说五仁月饼不生产了，感觉十分困惑，是粮食又涨价了吗？还是因为别的什么。其实在五仁消失之前，提浆月饼就已经见不到了，也没见坊间有这么大的反应。如果要问五仁是指哪五仁，恐怕很多人一时也说不上来。但不管是哪五仁，糖冬瓜和红绿丝是必不可少的。今年中秋老鸭回山西，跟家人一起做了很多五仁月饼。我尝了一下，觉得果仁放得有些多，吃着比较油腻，再有就是冰糖放多了，有些齁得慌。因为山西人实在，用的绝对都是真材实料。老鸭跟我说过制作过程，可惜我没记清楚。只知道需要用模子，烤之前要在表面刷一层蛋黄，烤制时间大约需要 20 分钟。

粽子

每次吃粽子，都会想到裹足。但粽子比月饼要强，因为糯米占主要成分，可以当主食吃。过去有些人家讲究自己包粽子，吃不完还可以送亲戚朋友。一度喜欢吃永和大王的粽王，发现原来粽子里还可以放肉和鸭蛋黄。但新鲜劲儿过了之后，发现自己还是爱吃甜的，几十年养成的口味，怎么能说变就变。

料酒

跟谁说他们也不相信，我从来不在家里喝酒，在外面喝酒主要也是为了热闹，为了让朋友高兴。所以，家里的酒全都用来做菜了，不管什么样的酒，统统都变成了料酒：白兰地煎牛排，红酒用来炖肉，君度酒取代陈皮，清酒和啤酒用来做鱼，传统的黄酒和白酒反而很少用。特别是君度酒，陈皮和料酒的功能兼顾，又不像陈皮那么抢味儿，用它烹饪的菜，味道自然独特。

不像有些素菜馆，功德林可以喝酒，大仙那天带了一瓶20年的汾酒。袁枚在《随园食单》中是这样评价汾酒的：既吃烧酒以狠为佳，汾酒乃烧酒至狠者也。余谓烧酒正犹人中之光棍、县中之至酷吏。欲打擂台非光棍不可，欲除盗贼非酷吏不可，欲驱风寒、消积滞，吃猪头羊肉，非烧酒不可。袁才子对汾酒分析得如此透彻，想必是吃过汾酒的苦头。想起汾酒的一则广告：凡天下大势，喝酒必汾，汾酒必喝。据说山西人喝汾酒跟其他地方不一样，他们讲究喝坛汾，但多大的坛子就难说了。

月初的时候又喝了一次老中医泡的杨梅酒，味道还真好。他说是用二锅头泡的，其实应该用高粱酒泡，因为高粱酒度数高，而且没异味。杨梅泡之前不能洗是肯定的，不然就会烂掉。李晏也喜欢泡杨梅酒，不过跟老中医的方法不一样，李晏喜欢搁冰糖，老中医则不喜欢，他认为搁了冰糖，酒味就太甜了。我就爱喝发甜的，既然是果酒，甜些不妨。唯一注意的是泡过酒的杨梅不能吃，酒精全在里头，杨梅汁一点儿都没有，都跟酒精置换了。有一次我喝了一斤杨梅酒都没多大反应，但吃了几颗泡酒的杨梅后，迅速醉倒。

浙江仙居东魁的杨梅十分有名，杨梅可止渴、和五脏，能涤肠胃、除烦愦恶气。仙居的杨梅酒，选用的是东魁杨梅和特糟白酒酿制而成，香醇甜美。杨梅采摘季节很短，成熟的杨梅必须当天采摘，无法留在枝上到次日，杨梅常温下也只能放 10 小时。东魁品种采摘期 7~10 天，在这段时间里有几天杨梅会便宜很多。6 月是杨梅成熟的最佳时间，如果明年这个时候能去仙居一游，顺便喝喝当地的杨梅酒，那自然是再美不过了。

在功德林发布《素食有素质》那天，咸亨老总岳岱有事没来，却遣人送来一壶太雕黄酒。青木正儿在《谈中国酒肴》一文中，说到黄酒的分类：顶号善酿，二等甚酿，三等花雕。绍兴酒新的时期味道有点儿酸，为了解除酸味的缘故，加进一点儿石灰，这件事自古以来就成为对于黄酒的非难之点。今医师配药用酒时，必指定使用无灰酒。关于太雕，岳总专门介绍过，可惜我没记住，但我记得它的味道。几次去咸亨吃饭，喝的都是太雕。最近一次去咸亨吃饭，不同以往，喝的是一种叫立春的八年黄酒。它看上去十分清冽，喝着也不如太雕那么甜，代表了黄酒新趋向。

香油

几天前看到小区里有人在摆摊，走近一看，原来是现榨香油和芝麻酱的，操作方法原来如此简单，之前去农村经过香油作坊时，心里还会产生一丝神秘感。香油是用芝麻榨的油，有人爱吃，有人不爱吃。我们家楼下有家餐馆，做菜用香油炝锅，空气中整天弥漫着香油味，闻了让人食欲全无。我就认识这样一个女孩儿，香油一滴也不吃。在过去，香油是金贵调料，每家每户要凭证购买。

20世纪60年代初,有一个干部受不了食堂伙食清淡,把香油放进眼药瓶里,吃饭时趁人不备往菜里滴一滴,结果全食堂的人都被香翻了。

臭豆腐和酱豆腐

在老北京饭馆吃饭,都会点一份炸窝头,有人喜欢往上面抹酱豆腐,有人则喜欢抹臭豆腐。丁天之前没吃过臭豆腐,昨天吃涮羊肉时鼓足勇气吃了一块。我不太能受得了这种怪味,去绍兴时勉强就着辣椒酱吃了一块油炸的,险些生病。艾丹说过,南方人吃臭豆腐是为了压口臭,不知道北京人爱吃是为什么。不管怎么样,那些提供臭豆腐的餐馆是欠考虑的,为了一些人的口腹之欲,不顾其他顾客的感受。

我对食物比较敬重,即便不爱吃的菜,也不轻易诋毁。老鸭爱吃臭豆腐,但我受不了那股味,就让她去走廊逆风吃。

酱豆腐倒是可以接受。

过去习惯管酱豆腐叫豆腐乳,而且只能吃到王致和的。吃过别的地方的酱豆腐后,就觉得北京的太一般了,感觉光咸不香。比如四川的酱豆腐就非常好吃,可惜很久没有吃到,如何好就无从形容了。云南的酱豆腐也很好吃,若干年前,唐老牛从云南回北京就送了我两瓶,吃着有些微辣,外面包着菜叶的那种。半年前老鸭去云南,带回两瓶当地的鸡枞油卤腐,煞是好吃,自己留下一瓶,另一瓶送给了父母。

酱菜

据说过去用于做酱菜的菜是不能洗的，而且一定要用黄酱，搁大缸里封起来经历过很长时间方才好吃。很多年前，家里常去六必居买酱菜，而且一定要买酱瓜，就是类似把八宝菜的内容放进一个酱瓜里腌制，各种味道相得益彰。现在的人吃咸菜不那么复杂，把要腌的蔬菜洗净放酱油和少许糖，在冰箱搁一天以后就能吃了。

夏天就想吃点儿清淡的，晚饭最想吃咸菜喝粥，尤其是在头天大酒的情况下。过去常吃的有一种咸菜叫辣丝，天源酱园和六必居都有卖的，每家每户几乎都用它就稀粥或者夹馒头，老北京人还爱用它就豆汁儿。辣丝看似简单，做起来非常麻烦，做辣丝的咸菜要用水泡，切成丝后，还要用油加白糖和白酒炒，起锅后再撒上芝麻。吃不完搁冰箱冷冻层，因为据说咸菜不会结冰。究竟如何，没有试过。

榨菜应该不算酱菜，只能算咸菜。有好事者做过一个无聊的统计，榨菜卖得最多的城市，就是民工最集中的地方。好事者还煞有介事地将这种现象称为榨菜经济。不幸的是，我就是他们眼中民工的一员，因为我经常吃榨菜。这么多年下来，各种榨菜都吃过。我还在涪陵吃过新鲜的榨菜，它看上去光鲜亮丽，被切成大片，堂而皇之地摆在餐桌上，完全不像袋装榨菜那般灰头土脸。榨菜其实就是芥菜，关键在一个榨字，即在两次腌制后,将芥菜中的水分慢慢榨出来,然后再拌料装坛。别看榨菜不起眼,(据说)却是世界三大腌菜之一,跟酸黄瓜和德国腌菜头齐名。

椰子酱

在粤菜馆吃饭,都会点炼乳烤馒头。炼乳很稠,抹在热馒头上,瞬间就化开了。小时候吃馒头,时兴往上面涂芝麻酱,当时芝麻酱每月限量供应,应该是很奢侈的吃法,因为光芝麻酱还不够,还要蘸砂糖,吃在嘴里咯吱咯吱的。也有人喜欢往馒头上抹酱豆腐或臭豆腐,但有一种酱被忽略了,那就是海南产的椰子酱。据说现在不生产,是因为价格太低收不回成本。在稍大一些的超市,仍能看到听装的椰子酱,都是从东南亚进口的。

豆汁

在北京这么些年,从来没吃过豆汁和麻豆腐(当然还有前面说过的臭豆腐)。其实它们都是绿豆粉丝和淀粉的下脚料,经过发酵过滤,稀的成了豆汁,干的就是麻豆腐。麻豆腐要用羊油和清油慢慢翻炒,讲究的要放青豆腌雪里蕻,不讲究也得放香菜和葱花,辣椒油最后浇上。说到豆汁,曾经像懒汉鞋一样,在北京一度成为一种象征和生活态度,爱喝不爱喝,形成阵垒分明的两大阵营。有一个话剧制作人,喜欢豆汁到了痴迷的地步,最爱跟别人讲他从国外回来，刚一下飞机就给助手打电话，让助手给他准备两大碗豆汁的故事。

肺头

每次吃卤煮火烧，都要加一份豆泡和肺头，因为卤煮里的肺头是最好吃的。它既不像大肠小肠十二指肠那么肥腻，也不像死面饼那么着实。营养方面似乎无益又无害，多吃少吃都无大碍，因为它专门就是给馋人预备的，难怪说"顶你个肺"呢！但有的人就不喜欢吃肺，把这么好吃的人间美味从碗里挑出来，可惜了。以前还吃过酱猪肺，味道一般而且有些偏咸，好像现在卖得也少了。

炖吊子

作为炖吊子的吊丝，我认为炖吊子算得上最好吃的京城美食，不管是一吊子还是半吊子。有些人经常把它跟炒肝弄混了，其实，炖吊子跟炒肝有很大区别。首先，炒肝是熬而不是炒，所以有些名不副实。其次，炒肝放淀粉和蒜泥而炖吊子不放。最主要的是炒肝里面没心没肺，为广大吊丝所不齿。而炖吊子确实在于炖，上桌时底下必须有小火炉，看了让人心生温暖。

韩式火锅面

以往去韩料吃饭,最后都会点一锅面条溜缝,其实,韩式火锅面在家里就能做。要点是蘑菇要切成薄片,蒿子切成寸短,牛肉最好用上脑或眼肉,肥瘦相间的那种。这些食材一涮就熟,不会跟面条抢火候。当然,黑白胡椒粉是必需的,懒得切蒜泥,可以用蒜粉代替,起锅前撒一勺芝麻,作用相当于放香油。面条我主张用机器面,手擀面面粉太多,会把汤搅混了。有人不习惯放辣椒面,不妨放一些韩国泡菜汤。

手抓饭

手抓饭在新疆叫坡罗,不但好吃,最大的好处是省了勺和筷子。吃过几次好吃的手抓饭,都是在朋友家吃到的。最早是在姜戈(后来改名姜均阁)家,他在新疆当过几年兵,靠手抓饭在艰苦环境中扛过来的。听说他这些年学佛,应该改吃素了。然后就是在青川家,他好像说过怎么学来的,可惜我忘了,总之好吃得令人欲罢不能,每次都要吃撑。近来天气渐凉,我也在家里试做了一次。在超市买来食材,忙活了一下午,又是焯又是炒又是蒸。羊肉当然用的是新疆小羊排,羊腿肉吃着不过瘾,而且切成小块后,分不清前腿和后腿。胡萝卜和洋葱是必需的(炒时一定要用羊油),而且放了皮牙子、藏红花和葡萄干。大米下锅前泡了半个钟头,也有人说要泡一个钟头的,但我担心如果泡的时间过长,蒸完后就会吃着发糟。老鸭不让我用高压锅蒸,她怕以后锅里的膻味去不掉。当然,生抽是万万不能放的,不放生抽的手抓饭才算正宗,因为手抓饭吃的就是膻味。做完后老鸭尝了一口后半晌没吭声,吃到最后才说,以后咱们也可以拿这道菜招待客人了。唯一不好意思的是我们俩吃的时候都没用手抓,一来太烫,二来会把手弄得油渍麻花的。

但是吃手抓饭跟吃炒菜一样,必须趁热,为什么呢?吃菜又不是打铁。据阿城说,第一口菜能吃到锅气,带着锅气的菜最香,所以都让给尊者长者吃。所谓的锅,主要指的是大铁锅。我当翻译的时候,会用英文劝老外吃菜,常说的一句就是 Take it as its hot,老外听不懂,怕烫出个好歹(类似的句法还有一热当三鲜,一白遮百丑,等等)。我分析早年间多是用荤油炒菜,凉了当然没法吃。

炖菜

炖菜是一种连汤带菜的菜品,各种吃法兼而有之。拿蔬菜炖酥肉来说,酥肉先要裹上面粉油炸,扁豆、土豆和南瓜炖之前也要过一遍油。山西人爱往炖菜里放红烧肉,觉得红烧肉要比炖肉好吃。我吃炖菜不喜欢搁肉,可以放一些粉条,但总的来说,蔬菜就可以了,几种蔬菜炖一起各有各的味道。但炖之前仍然要炒,炒过的蔬菜不但吃着香,而且怎么炖基本上都能保持形状,不会炖着炖着就散了。

鸡汤

鸡汤里面有文章,鸡汤的好坏,决定着文章的质量。现在的鸡汤基本上没法喝,怎么炖味道都寡,像是用鸡精兑水兑出来的,不管是土鸡炖汤还是心灵鸡汤。这些年在很多餐馆都喝过鸡汤,完全可以这么说,没有一家的鸡汤令我印象深刻。多亏我对鸡汤没依赖性,不然一定抑郁了。过去的鸡汤则不然,炖出来上面漂着一层金黄色的鸡油,其香味更是在走廊里就能闻到。所以,那时候谁家炖了鸡,全楼人都一清二楚。

豆泡饭

我觉得豆泡饭是在菜泡饭的基础上发展起来的,最初却出现在川菜馆。豆指的是经过腌制后晒干的豌豆,用高压锅煮熟,再碾一下(不宜太碎),就可以做豆泡饭了。豆泡饭的种类繁多,可简可繁,有蔬菜豆泡饭、肥肠豆泡饭、肉末豆泡饭、咖喱豆泡饭以及海鲜豆泡饭等。我倾向比较简单的,但汤一定要用鸡汤,米一般都是糙米(不是剩饭就好),好大米做豆泡饭可惜了。不是说剩饭不能吃,而要看是谁剩下的。

酸汤水饺

酸汤水饺的来历，肯定是有人吃完饺子，舍不得碗里的醋，倒点儿饺子汤喝了。后来才发展到连饺子带汤一块儿吃。紫菜、虾皮和葱花是必不可少的，前提是醋必须要好。我做酸汤饺子，喜欢放少许黄瓜片和西红柿，不但颜色看着好看，味道也相得益彰，特别是西红柿的酸和醋酸搅在一起，真是别有一番风味。这道菜的另一个好处是比较省饺子，平时能吃二十多个饺子的人，酸汤水饺十个就饱了。这说明菜和汤不但美味，对食欲还起一定的抑制作用。

西红柿凉拌面

推荐一种适合夏天吃的西红柿凉拌面，步骤是先把西红柿用开水烫一下去皮，用手把西红柿反复捏，直到捏成汁，再撒上少许味精和盐。然后把鸡蛋炒碎，晾凉后跟西红柿汁和在一起，再切些蒜末，浇在面条上就可以吃了。应该注意的是面条吃之前最好过一下水，鸡蛋尽量炒得碎些，而且一定要晾凉了再倒入西红柿汁。再有就是西红柿烫的时间不宜久，免得吃出番茄酱味。今年7月份去大兴，在农家院做过一次，大家的反应都是好吃无比，最大限度保留了西红柿的鲜美。

薄荷牛肉卷

薄荷叶不但可以用于做菜，还可以拿它调酒，海明威挚爱的Mojito，就是用柠檬和薄荷叶调制成的。用薄荷叶做菜，做得比较好的是一坐一忘的薄荷叶炒牛肉，区区几片薄荷叶，就把牛肉调理得不骄不躁。此外，薄荷叶还可以生拌着吃，我家楼下的柳林烤鸭店就有这道菜。薄荷叶的药用价值是可以减轻胃肠刺激，缓解胃肠不适，自家花盆里就可以种，不想吃它时就用于观赏。在一坐一忘吃过几次薄荷牛肉卷，觉得相当好吃，所以上周在金色凉山吃饭时又点了一道。这道菜的特点是牛肉要切得很薄，太厚就变成吃酱牛肉了（其实就是酱牛肉），这样薄荷就会沦为配角。当然，酱汁是必不可少的，酱汁里的蒜末也是不可少的。徐叨叨头一次尝试这种吃法，连呼吃这么多薄荷叶，晚上就不用刷牙了。其实，原始社会的人就靠吃树叶树枝防止蛀牙，并保持口气清新。

黄焖鸡米饭

黄焖鸡米饭风靡京城，昨天有机会吃了一次，觉得相当好吃。它们的黄焖鸡分特辣、中辣、微辣和不辣几种口味，但我觉得这并不是卖点，因为世界上所有食物都可以做成特辣、中辣、微辣和不辣的。最重要的是这家餐馆的黄焖鸡很嫩，而且十分入味，用的是鸡腿肉。用它的汤汁泡饭，令人食欲陡增。黄焖鸡米饭的价格也相当便宜，一小份18元，足够两个人吃的，一大份也不过28元。锅里除了鸡块，还有油麦菜和蘑菇。多花2块钱，还可以加豆皮及金针菇等。美中不足的是我觉得吃晚饭还应该再配一碗鸡汤，但店家没有，只好再要一瓶冰镇的北冰洋。据说黄焖鸡米饭最早起源于济南，时任山东省主席韩复榘吃了赞不绝口。也许是店家疏忽，把复字错写成富字。

蒜泥酱茄子

茄子的做法多得数不过来，有鱼香茄子、鲶鱼烧茄子（但不敢跟我们家老爷子吃）、烟熏茄子等。过去最爱吃烧茄子，后来觉得太油了，就改成吃蒸茄子，蒸好后拌上大酱和蒜泥。西红柿炒茄丝也很好吃，应该属于老北京的做法。因为茄子吃油，很多人试图用吃生茄子的方法减去肚腩上的油脂或者降血压，因为不甚科学，当然收效甚微。

做蒜泥茄子这道菜极简单，先把茄子放蒸锅里蒸好，切记一个茄子只能切四块，块数多了蒸出来的茄子就水了，而且不能蒸过长时间，一刻钟就可以了。然后就是炸酱，吃蒜泥茄子我习惯炸鸡蛋酱，还可以放少许辣椒、糖和料酒。炸的过程中加几次水勤搅和，直到把水分炸干了。蒸好的茄子拌上鸡蛋酱，再撒上蒜末，世界上还有什么菜比这个更下饭呢？

很多菜肴的烹饪方法，都来自古代酷刑，铁板即是其中一例，它很容易让人想起烙刑。剐也属于一例能刺激人的食欲的刑罚，好在后来被废除了。当然还有烧烤,它应该也属于烙的一种。说这么多题外话,就因为前些天吃了一道铁板茄子。在我看来,用铁板做的菜都挺好吃,除了不让食材接触明火,吃了没准儿还能补铁。不管怎样,美食的确能带给人启示,同时也很残酷。如果跟道德和轮回什么的联系在一块儿,最终只能吃糠咽菜。

乱炖

按我的理解,把盘中各种剩菜倒在一起叫合并同类项,或者叫折箩。擅长此道者,一般都是居家度日的好手,如果在外边吃饭,一桌人彼此间也熟到相当程度,才会如此蛮干。最近,我发现乱炖这道菜也有折箩的嫌疑,丸子、酥肉、粉条、白菜以及豆腐一块儿在锅里炖得不亦乐乎,以致最后分不清哪样是新鲜的,哪样是别人吃剩的。这样的乱炖,距泔水也就一步之遥。而一道成功的乱炖,必须经过精心布置,无论如何乱,每样食材也都照样个性分明。如果没有说错,乱炖应该是东北人发明的,从中可以看出东北人的处事方式。

咕噜肉

咕噜肉又叫古老肉,从字面上能感觉到一块烫肉在嘴里难以下咽状。做咕噜肉用的是猪里脊或前腿肉,腌制后裹上面粉和鸡蛋,在锅里过一遍油,再在炒锅里用酸甜汁翻炒一下即可。我对古老肉的兴趣一般,却喜欢吃里面的菠萝,觉得菜里的菠萝比罐头菠萝别有滋味。我们家楼下有家餐厅根据同样的原理,发明出一道咕噜虾,但似乎不是很成功,口感不对,而且味道偏甜。我觉得主要问题出在虾肉不是猪肉,食材变了,一切都随之改变,包括对一道菜的心理期待。这其中的道理需慢慢体会。

牛排

若干年前,港澳中心二层有一家扒房,它们的牛排很好吃,后来又吃过别家的牛排(包括有名的几家),觉得也就那么回事儿了。倒是偶尔在超市买几块,夜深人静时潜入厨房大快朵颐。吃牛排的说头很多,甚至有人根据谁爱吃几分熟的牛排推断人的性格。老鸭喜欢吃八成熟的,我觉得八成这个词很容易造成困惑,不知是熟了还是没熟。老牛说国外超市里的牛排都会标明时间,存放的时间越长的价钱越贵。当然,不是任何人都喜欢吃牛排,红肉的反对者对牛排更是深恶痛绝,刀叉齐下的吃相不但不雅,血淋淋的现实更让他们认识到,牛排成为一种资本主义野蛮和贪婪的象征。牛排再好吃,也掩盖不了那些食客内心的虚荣和精神上的倦怠。唉,真是吃饱了撑的。

滩鸡饺子

昨天狗子在航天桥贵州主题菜馆请客,我点了一份滩鸡饺子。

从字面上看，好像是饺子和鸡摊在一起，其实大谬不然。原来滩鸡是鸡的一种（大概是在河滩上散养着的意思），产自宁夏的盐池县，所以滩鸡饺子是当地的地方美食。具体做法是先把鸡炖熟了，装在煲仔里，再把饺子（约十来个）下进去，再放一些芹菜和青辣椒。吃饺子的时候，可以就着鸡汤，味道自然不一般。当然，鸡肉也相当嫩，一份滩鸡饺子很快就被吃完了。这道菜的特点既是主食，又可以把饺子当菜吃，其价格自然不菲，一份54元。

香菇大豆焗鸡块

比起煎炒烹炸，焗在中餐里不是一个常用的手段，从文字表面上看，它是一个火组合的局。它有些接近于干烤，当然是在汤汁充分的前提下，如此这般才能将食材焗熟并且使之入味。香菇大豆焗鸡块即是这样一个菜肴，焗之前香菇一定要充分浸泡，大豆也要用开水焯一下，然后跟鸡块同时下锅。20分钟后，这道三种食材交相辉映的菜肴就大功告成了。虽然费时费力，但味道却也特别。

开水白菜

开水白菜最早是川菜，后来进了宫变成了谭家菜。四川饭店的开水白菜48元一盅，不贵也不便宜，因为这不过是一寸多的白菜和开水呀，寻常得不能再寻常。之前跟田晓青在赛特边上的一家餐馆吃过，晓青很懂烹饪，知道很多菜的掌故和做法。他说做开水白菜的关键是吊汤，即把鸡、鸭、干贝、火腿、肘子等熬的浓汤吊成清汤，全然不露一点荤腥的痕迹，比京剧演员吊嗓子难很多倍。讲究些的筵席，一般都最后上，以去除之前吃下的大油大腻。

清汤鸡豆花

过去的川菜很温和，既不麻也不辣，当然更不是大油大味精，清汤鸡豆花就是川菜中以荤托素的代表作。四川饭店的鸡豆花十分有名，过去叫芙蓉鸡豆花，可能怕芙蓉姐姐不高兴，就改叫清汤鸡豆花了。其实，所谓芙蓉在餐饮里不过是指鸡蛋清。四川石油宾馆的餐厅也有这道菜，想吃必须提前预定，因为做这道菜十分费时，大约要三四小时。做好了没人点未免太可惜了，给服务员吃老板也不甘心。前天去四川饭店吃饭，专门点了一份鸡豆花，觉得做得还行，只是鸡肉味儿没有去除干净，汤倒是很鲜，鲜得使人不忍离去，但最后还得结账走人。

火爆双花

火爆双花指的是腰花和鱿鱼，经常去茂林居酒家吃饭，没注意有这道菜，还以为是新开发的。服务员说其实一直就有，只不过您没留意罢了。啰唆半天是想说，这道菜实在太好吃了，本来腰花和鱿鱼是两样不搭噶的食材，居然炒得如此珠联璧合，像我这种本来不太爱吃鱿鱼的人，都忍不住要拍案叫绝。美中不足的是腰花的火候老了些，我觉得腰花还是嫩些好，吃在嘴里能感觉到一丝微臊。

蚂蚁上树

过去吃粉丝都是凉拌，或者做汤。后来发现粉丝还能炒着吃，而且味道居然还不错，比如我钟爱的蚂蚁上树。不过，头一次吃时还是比较失望的，因为既没蚂蚁也没有树，有的只是肉末和粉丝。后来有餐馆把粉丝跟水芹和洋葱在一起炒，也挺好吃。我认为炒粉丝的难度是必须用很多油，但又要吃不出油，不然就太腻了。去腻的办法是多放葱花，或者吃的时候放一些醋。另外，粉丝容易粘锅，弄不好就炒煳了，炒的时候一定要掌握火候。

熬白菜

有一种说法，千滚的豆腐万滚的鱼，大概意思是豆腐和鱼都比较经炖，而且炖的时间越长越好吃。过去我对这话不太了解，总以为是在骂人呢，至少属于老夫老妻间的那种打情骂俏，诸如你这个挨千刀的，等等。其实，不光是豆腐和鱼，白菜炖烂了也很好吃，尤其是炖没魂儿了那种。但还应该记住，白菜没魂儿不要紧，千万不要给炖没影儿了。

炒蒜苗

在众多蔬菜中，炒蒜苗的火候最难把握，生了不是熟了不是。过去我非常怵吃蒜苗，觉得这东西和洋葱一样上头，一口吃嘴里，脑子就跟着"嗡"的一声。后来喜欢用肉丝炒蒜苗的酱油汤泡饭，爱屋及乌，对蒜苗也就没那么反感了。其实，炒烂了的蒜苗还挺好吃的，所谓剩菜热三遍，给肉都不换，指的很可能就是吃剩的蒜苗。记得有一次用一双绿塑料筷子吃蒜苗，一时间神情发生恍惚，不知道谁夹谁，因为蒜苗也是绿的，而且粗细跟筷子头一样。

鸡蛋羹

过去家里如果有孩子生病，吃饭时会得到特殊照顾，比如蒸个鸡蛋羹（或者炖锅鸡汤）什么的，主要是要清淡有营养，美其名曰"病号饭"，饭后还会额外吃个橘子罐头，别的孩子看着眼馋，但也只能干咽唾沫。过去的病号饭有神奇的疗效，有的时候比药还灵，病孩子吃下去就好了，仿佛是对食物的报答。病号饭只有在家吃才能显出与众不同，生病住院吃的不算。有一年老鸭生病，吃什么都没胃口，我给她做了一碗鲜虾面，然后自己出门看电影，回家后看她把这碗面摔到地上，这件事后来成为她心中永远的痛。

鸡蛋羹也叫蒸水蛋，蒸之前撒些虾皮，蒸完后再浇上少许酱油和香油，拌米饭吃别提有多香了。后来吃定食，才发觉鸡蛋羹里可以有很多内容，比如虾仁、蟹棒、鲜贝、蛤蜊之类的，且都是搁小碗小罐里蒸，而不是用那种比较深的盘子。江浙一带时兴吃蛤蜊蒸蛋，蛤蜊跟鸡蛋蒸一起，味道要鲜很多，至少不用放味精。

刀削面

过去西单音乐厅门口有家卖刀削面的小馆，每次去都要排队。它只卖刀削面，不卖别的，而且只有一种小肉卤，盛在一个大铝盆里，一碗面浇一勺。后来吃过很多刀削面，都觉得不如这家的好。照理说山西是刀削面的发源地，那儿的刀削面应该好吃，但吃了不免有些失望，可能是他们把刀削面搞得太复杂了，各种卤（浇头）都有，面本身却被忽略了。在延吉也遇到过类似的现象，当地人自己就把凉面分成三六九等，外地人去了无所适从，到最后还是觉得北京的延吉冷面好，朴素大方。至于刀削面，我觉得讲究的是软硬适中，不能过细或过粗，这样才有嚼头。

宫保鸡丁

世界上几乎没人不知道宫保鸡丁以及它的来历，在北京的老外就爱吃这道菜，当然还有麻婆豆腐和鱼香肉丝。过去不是这样，在哈尔滨的老毛子喜欢吃锅包肉，看来夷人离不开酸甜。做宫保鸡丁最有名的恐怕要数峨嵋酒家，都是用鸡胸脯肉，但较便宜的一种放花生米，一种放杏仁（有没有腰果我忘了）。有一次在峨嵋酒家吃饭吃到很晚,看到员工们围着大盆剥花生仁。据说,因为宫保鸡丁这道菜,这家餐馆每天消耗花生百斤以上。老中医曾经指出,花生米外面那层红衣是中药,有止血、散瘀、消肿的功效。

上汤菠菜

上汤菠菜是我最近刚学会的一道菜,做法是先把菠菜洗净用开水焯一遍,快掉色时捞出来装盘。然后用少量油把蒜瓣炒至金黄,再放松花蛋和午餐肉,还有人喜欢放咸鸭蛋代替午餐肉,但我觉得咸鸭蛋咸有余鲜不足,远不如放午餐肉好吃。但不管是午餐肉还是咸鸭蛋,炒之前一定要用花椒和姜片炝锅。最后,把炒好的这些食材连同少许汤汁倒在菠菜上,就大功告成。

胡萝卜炒饭

我做胡萝卜香菇炒饭有一些心得,愿意拿出来跟大家分享。先是用素油把胡萝卜和香菇翻炒至八成熟,再加入蒸好的米饭(其实就是剩饭)。最好放一小块黄油,让米饭更加滋润,再撒一些黑胡椒粒提味儿。如果不放盐,可以加几滴头抽(头抽是生抽中最好的),吸收了头抽的米饭色泽红润,吃起来会更有质感。羊肉尽量不放,以避免让炒饭有手抓饭之嫌。当一切就绪后,一定要改成小火,起锅时还可以撒些葱花(也可以不撒)。

桑拿虾

说几道虐食,首先是桑拿虾。不知道谁发明了这道菜,把虾放在烧热的鹅卵石上,最后全都蒸死了(其实是活活烫死的)。除了桑拿虾,还有桑拿牛蛙,反正全是经不起高温高热一烫就熟的。其实比桑拿还要残酷的美食还有很多,只不过这种叫法比较缺德,以后有人请你蒸桑拿,你还敢去吗?而那些发明美食的人永远是"与食俱进"的,这不,木桶桑拿虾又问世了。说到这儿,想起别人跟我说的一件真事,两个男人之间彼此不服,相约一起去蒸桑拿。其间,谁也不准出桑拿间,并且还不停地往炭火上浇水,以增加温度。最后,两人的嘴上都起了大泡,出门时更是体力不支,相继摔倒在地上。

泥鳅钻豆腐

虐食食谱里有一道泥鳅钻豆腐,具体做法是豆腐炖好后,把一碗活泥鳅倒进锅里,泥鳅被烫得在豆腐里来回乱钻,最终成就了美味。罪过啊罪过。据说这道菜的灵感,来自一件跟吃完全不搭噶的事情,早年间清洁工疏通厕所管道就是用泥鳅,不管别人听了有没有胃口,反正我是有阴影了。

炒螺蛳

北京有一度流行吃炒螺蛳，这几年好像有点儿降温了，但螺蛳粉吃的人还很多。记得有一年夏天，我在河边溜达，看到两个老大爷下河捞螺蛳。河边坡很陡，个子高的那位在前，矮的在后，俩人都穿着胶皮裤。河岸边上树底下停两辆自行车，上面绑着铁筐，估计是装螺蛳用的。听说现在放生都放螺蛳，因为一个螺蛳就是一个道场，怪不得玉渊潭公园边上那家水产市场，螺蛳卖得最好。咸亨酒家有一道炒河鲜，就是把螺蛳跟河虾之类的在一起炒。

三叫

老鼠在我的食谱里一直属于另类，印象中只有广东人才吃，据说有一道菜叫三叫，听着就觉得是虐食。虽然没主动吃过老鼠，无意中吃没吃过就不知道了，因为据说有人用老鼠肉冒充乳鸽，还有人用老鼠肉做羊肉串。阿老在《洛书河图》一书中对此有所提及，说他在云南插队的时候，知青们都是用网捉老鼠，捉到后拿竹棍儿从老鼠屁眼插进去（十分檀香刑），将老鼠放在炭火上烤，烤熟了用嘴一吹，毛儿就飞了，褐老鼠变成白老鼠。老鼠肉十分美味，肉细嫩薄，可惜一只老鼠出不了多少肉。现在都说街上烤羊肉串儿掺假有老鼠肉，如果你有本事能分辨出来，那么恭喜你，你吃到宝了。

芥末鸭掌

如果跟武林秘籍无关的话,芥末鸭掌看似就是一道简单的菜,其实做起来不太容易。首先芥末不能太呛,太呛会夺去鸭掌的香味。我吃过的芥末鸭掌,光芥末就没几家合格的。鸭掌有的脱骨,有的不脱骨,关键是鸭掌不能有鸭粪味。总之,这道菜细想起来有些残酷。有国际浪人之称的李大卫在饭桌上说会给鸭子看手相,结论当然是这只鸭子死于非命。

淮安软兜

夏天去南京,在一家叫名满天下的餐馆点了一道淮安软兜,128元(上次吃是在高邮)。所谓软兜,指的是鳝鱼的脊背部位那条肉(最好是端午前后笔杆粗的),具体做法是先把活的鳝鱼放进纱布口袋,在开水里焗3分钟,再将脊背上的那条肉剔下来,在锅里倒入酱汁翻炒。这家酒店做的软兜非常好吃,肉质鲜嫩而富有弹性,酱汁和油的比例也恰到好处,吃着一点儿也不腻。只是建议不要去吃这道菜里的韭菜,太老嚼不烂,垫在盘子里完全是作为摆设。

由于这道菜做法残忍,我也把它归到虐食类。

醉虾

以前吃的醉虾,都是浇好了汁,盛在一个玻璃小盖碗里上来的。用于形容喝大了的人,再适合不过。你可以注意到,有些虾还很鲜活,只是表面上看着像是醉昏过去了。如果把盖揭开,让那些虾换口新鲜气儿,它们马上又变得活蹦乱跳。有些虾则醉死过去了,怎么抢救都没用,这样的虾吃着也不好吃。扬州粮食酒店的醉虾做法则略有不同,是等活虾上桌后当着客人的面现场浇汁,令这道菜更具表演性质,因而也显得更加残酷。还有就是粮食酒店的浇汁里有腐乳汁,而绍兴的醉虾浇汁没有。

锅包肉

一个冬日下午,无聊中看了央视陈晓卿的美食专题片,其中一集介绍哈尔滨有家叫滨江膳祖的餐馆做的锅包肉,顿时馋了,打听北京哪家餐馆这道菜做得好。陈晓卿推荐马甸桥边上的辽宁饭店,晚饭当即冒着严寒前往,仿佛与情人约会,丝毫不敢耽误。但吃过后不免失望,肉片上裹的是番茄汁,吃起来外面那层也不酥脆,完全就是变相的番茄肉片。喊来服务员询问,是不是上错了,服务员说没错,我们这儿的锅包肉就是这么做的。后来才知道,锅包肉确实分加番茄酱和不加番茄酱两大门派。

杀猪菜里的血肠

我把这道菜定为虐食,因为菜名里面有个杀字。

前些天在东北人餐馆吃饭,点了一道杀猪菜,看着有些令人大失所望,一个小小的酒精炉里,只有若干酸菜和几片血肠。想起有一年冬天去辽宁朝阳,中午去一个小院里吃饭,也点了一道杀猪菜,那是用一口大锅盛的,不但味道正宗,里面的内容非常丰富,除了酸菜和血肠,大块猪肉、猪肝、猪大肠是必需的,恨不得整头猪都在锅里。当然少不了冻豆腐以及老粉条子。据说东北人(特别是农村的)过去只有在过节时才吃这道菜,而且猪必须是当天(或者头一天)杀的。现在杀猪菜到处都能吃到,但好吃的着实不多。

去海拉尔那年,头一次吃血肠,而且是羊血,羊自然也是现杀的。当地人告诉我,他们讲究的就是现杀现灌现吃。讲究的羊血肠,里面要放切碎的羊肉。有一年去辽宁朝阳,当地人请我们吃杀猪菜,里面就有猪血肠。跟羊血肠不一样,猪血肠里会放些淀粉,但相同的是,肠子不能漏,而且灌得不能太满,不然就会煮爆。可能是因为血肠过于血腥,吃的时候必须蘸蒜汁和韭菜花做成的调料,是不折不扣的重口味。

北京人喜欢吃猪血、鸭血,要么涮火锅,要么炒韭菜吃。南京人爱喝鸭血粉丝汤。令人疑惑的是,为什么形容一个人只说他像打了鸡血似的,而不是鸭血、猪血或羊血。

煎饼果子

北京人很少没吃过煎饼果子,煎饼好理解,把面粉加水调成糊状,摊到平底锅上就是了。可为什么还果子呢?这个问题我没考证,可能是指裹在煎饼里的油条。后来又时兴往里面放薄脆,嚼在嘴里嘎嘎有声。吃煎饼果子不能心急,且凉不下来呢,搁手里拿着都烫,吃下去还不烫出个好歹?必须像遛狗一样找个塑料袋拎着在街上乱转,等到温度变得合适。由此可见,便宜的美食同样需要耐心。

跟煎饼果子有关的豪言壮语是:给我摊两个鸡蛋,再来一大把葱花。

烤串

有的地方把烤串说成烧烤,我认为这是对烤串的污蔑。

我家楼下有个羊肉串摊儿,每天晚上出出进进都能闻到烤羊肉串味。遛狗经过那儿,狗都会在那儿赖着不走。我自己也有过烤羊肉串的经历,当然是跟朋友去郊外玩儿的时候。我的经验是当羊肉串快要烤熟时,先撒盐,过一会儿再撒孜然,最后撒辣椒面。这期间要不停地转动肉串,免得把肉串烤煳了。过去吃羊肉串上瘾,数都不数,一吃就吃一大把。现在基本上能不吃就不吃,可能跟关于羊肉串的负面报道有关系,走不出那个阴影;也可能当年的劲儿已经过去，再好吃的羊肉串，都不能让我大快朵颐。

除了羊肉，当然要吃烤羊腰子。不管猪腰子还是羊腰子，其实就是肾脏。在烤串小摊吃的大多都是猪腰子，因为羊腰子比猪腰子要贵很多（大概10元一串），而且个头还小不少，5元一串大羊腰肯定卖赔了。还有一个辨别腰子的方法，就是羊腰子比猪腰子要腥骚，炒菜之前，都要把上面那层筋膜去掉。但有人就喜欢这种腥骚味儿，专门用筋膜烧汤。

再有就是烤鸡皮。

一说鸡皮，有的人身上就会起一层鸡皮疙瘩。老鸭就不爱吃鸡皮，但我酷爱吃，不管是烧鸡上的皮，还是炖鸡上的鸡皮。有串店卖鸡皮烤串，我一定会吃几串。听说有道菜叫爆炒鸡皮，没吃过，哪家餐馆卖这道菜希望有人推荐。说两个人能吃到一块儿，不是说俩人都喜欢吃同一种东西，而必然是一个爱吃一个不爱吃，分工合作把一道菜吃了。不然的话，有的部位必定不够吃，有的部位会剩下。有人认为吃鸡皮有害，但持这种观点的人，都拿不出什么像样的证据，无非就是脂肪酸多了些。但是请注意，鸡身上是不长肥肉的，只有附着在鸡皮下面那么一层薄薄的脂肪，那正是鸡皮的美味所在。

羊肉泡馍

很长时间没吃羊肉泡馍了，最近一次是去民族饭店后边那家。当时正是午饭时间，好容易才等到座位。把饼掰碎后，服务员一次能收走一桌人的碗去加菜加汤，那情景就像表演杂耍。更绝的是拿回来的碗能丝毫不差地摆回到每个客人面前，就是预先做记号也不可能如此精准。有人开玩笑说，过去面饼都不是客人掰，而是专门有个老师傅替你掰，而且他老人家从来不洗手，因为手越脏，掰出来的泡馍才好吃。

猪肚包鸡

美食如同佳人，一旦错过了，就很难再遇到。有一年去深圳，满大街都是猪肚包鸡店，但由于时间仓促，没机会品尝。潮汕人做猪肚有很好的心得，不管是黑椒猪肚还是咸菜猪肚汤，都做得很好吃，想必他们的猪肚包鸡会更胜一筹。一般来讲，一斤鸡半斤猪肚，猪肚要靠白胡椒去除异味（为了避免胡椒粒在汤里乱跑，最好缝在纱布袋里）；而鸡肉要炖得酥烂（至于能不能被猪肚包住，就不得而知了）。回到北京后，有一天突然想吃这道菜，查到工体西路有一家广东佬，电话打过去，它们已经搬走若干年了。但是，我说的是但是，即便吃上了又能怎样？因为之前没吃过，好坏根本无从比较。

新疆炒片

兰州烩面片我没吃过，也没去过兰州，但新疆炒片倒是常吃。以前在魏公村有条新疆街，有一段时间没事就去那儿吃羊肉串和炒片或者拉条子。炒片分素的和肉的两种，素的里面有素菜（如西红柿尖椒和芹菜等）以及鸡蛋，肉的里面主要是羊肉。面片很劲道，而且有弹性，一盘炒片下肚，基本上就吃不动别的了。不管是素炒片还是肉炒片，里面都会放番茄酱。

水煮牛肉

做水煮牛肉有两个重要的步骤，一是肉片的腌制，包括淀粉一定要适量，不然就黏糊了；再一个就是切肉时的刀工，这两项决定着牛肉是否鲜嫩入味。至于调料，就随它去吧，再笨的厨师也能做到八九不离十，包括煮肉的高汤，都是预先配好了的，临场发挥就行。只是这道菜跟水无关，吃到嘴里的都是油，如果改成"谁煮牛肉"可能更有挑战性，让人觉得虽说是一道普通的菜，也可以问苍天、问大地、问江河。呵呵……

酸黄瓜炒羊肉

这道菜是从老鸭的姐夫老陈那儿学来的，做法跟葱爆羊肉差不多，唯一不同的是把葱换成了酸黄瓜。但也有若干值得注意的地方，一是油不要太大，因为酸黄瓜不喜油；二是腌羊肉片时最好不加淀粉，否则炒出来就黏糊了；三是酸黄瓜要适度，多了少了都不好吃。羊肉片用涮羊肉的就行，所以时间不要炒得过长，快起锅时把酸黄瓜丝倒入锅中翻炒。腌制羊肉片最好放一些黑胡椒粒和紫苏叶，这两样调料跟酸黄瓜顺茬，吃着有些西餐的意思。之前做过酸萝卜炒牛肉，泡菜炒五花肉，用酸黄瓜炒菜还是第一次尝试。吃过觉得煞是美味。其实，葱爆羊肉也没什么不好，只是觉得有些过于壮阳了。

肉末炒雪里蕻

肉末炒雪里蕻，是过去常吃到的一道菜。肉末大家都知道，雪里蕻很多人就说不上来，甚至连这三个字也不太会写。据说，它是芥菜的一种，四季生长。因冬季诸菜皆损，此菜独青而得名，所以又叫"雪里红"。但我认为这个"红"字比较费解。炒这道菜一般都放黄豆，要不就用豆腐干替代，但必须放尖椒提味。因为这道菜又辣又咸，十分下饭。当然，拌面条也不错，最好用荤油炒，起锅前放少许糖。只是不知道这么一道好吃的菜，为什么几乎要从餐桌上消失了。

醋溜土豆丝

醋溜土豆丝是一道百吃不厌的菜，而且超便宜。有一次在一家餐馆，我们一共点了10盘，每人都吃了两碗米饭。当然，这道菜也很适合下酒或空着嘴吃，而且都是以量取胜。做这道菜时要注意两点，一是土豆丝切好后要过一遍水，免得炒时太多淀粉粑锅，二是放醋的时机一定要掌握好，但得看你想吃脆一点儿还是想吃面一点儿的。想吃脆的早放，想吃面的起锅时再放不迟。另外，尖椒土豆丝和炝炒土豆丝也很提气。土豆虽然是西方发现的，但东方人在土豆的烹饪方法上，也做得出神入化，凭的就是这三道。

红烧肉

红烧肉有两种做法，一种是炒糖色，一种是不炒糖色，但意境都一样，都追求白着进去红出来。朋友老黑做得一手很好的红烧肉，每星期都烧一饭盒送到他喜欢的一个女孩儿家楼下，然后让楼里开电梯的送给那个女孩儿。但那个女孩儿并没吃到，红烧肉全被那个开电梯的吃了，老黑也是过了很久才知道，这件事曾经被我写到小说里。但我做的红烧肉却没有成功过，不是味道不够，就是烧出来的肉比以前缩小很多，几乎成了肉丁。

酥焖鲫鱼

鲫鱼俗称鲫瓜子，肉质鲜嫩，但也刺多。上周跟家人吃饭，专门要了一份鲫鱼萝卜丝汤。做鲫鱼汤的诀窍是先把鲫鱼在锅里煸一下，汤色才会又白又浓。酥焖鲫鱼也很好吃，我怀疑发明这道菜的人，没少被鲫鱼的刺扎过。你不是刺细刺多吗，咱也懒得一根一根地剃了，索性连肉带刺给你焖酥了一块儿吃。这道菜的做法很简单，我就不在这儿重复了。值得一提的是上周去潮白河玩儿，看到一个中年男子在钓鱼，便凑近看他网兜里的收获，原来一下午他只钓到两条一寸多长的鲫鱼。问他怎么没钓到大的，他说，潮白河里的鲫鱼就这么大。

吃鱼是一件马虎不得的事，根据我的经验，鱼只要新鲜，怎么做都好吃。但收拾的时候要格外注意，不能把苦胆弄破了。吃的时候要专心致志，最忌说话，否则就会被鱼刺卡住。一次我吃鲫鱼萝卜丝汤时嘴欠，就被鱼刺卡住了。还有一次吃平鱼，就多吃了一口，一根大刺卡进嗓子眼，半夜去医院才拔了出来。有的人吃鱼格外讲究，先吃肚子还是先吃头，都有说法。

天福号酱肘子

天福号酱肘子是老北京若干民间美食传说之一。它是由于伙计的一次操作失误造成的，然后八国联军进京，慈禧太后逃难，回京后第一件事就是想吃天福号的酱肘子。不管事实如何，这是天福号的刘厂长亲口说的。别的几家民间小吃也有类似的说法，也是慈禧就爱吃他们的小吃，他们每家都有进宫的腰牌。所以，现在人们所知道的慈禧整天都在吃小吃，从肘子到年糕，从馄饨到豆包，哪有时间吃满汉全席？不过，他们介绍的天福号剁肉的案板对我来说还有一些技术含量，必须是什么木的，又必须怎么加工处理一下，剁肉时才不拔刀，而且不掉木屑。虽然案板不掉木屑，但肘子总会掉渣，店家的办法是把碎肘子卷饼，用很便宜的价格卖给人力车夫。车夫吃美了，自然四处说店家的好。

红烧排骨

话说早年间广院食堂,最好吃的菜就是红烧排骨,其香味能飘到教室和宿舍。但可气的是,这么受热捧的红烧排骨,每天都被男生霸占了,女生连汤都喝不上。一天午饭,一位女生自告奋勇,发誓为女同胞买到红烧排骨。只见她挟二十多个饭盒冲入全是男生的队列中,再出来的时候,两条胳膊都排满了饭盒,每个饭盒都盛满了排骨。不过,人们很快看到惊艳的一幕,那位女生上衣的扣子全被解开了,普通的排骨于是有了情色意味,那位女生为能让同学吃上排骨付出了惨痛代价。后来又吃这道菜,便觉得索然无味,可能是因为得来太容易了。

黄豆炖猪手

黄豆炖猪手咋吃都不够,景山派出所对门有一家猪手火锅店,吃过一次后就成了那儿的常客。虽然这家餐馆离大街不太远,但具体找起来就经常犯晕。于是,有些人为了吃上这一口,专门在景山一带犯些小奸小坏,被抓到景山派出所教育一番放出来后,一出门就能看见那家餐馆了。餐馆里没厕所,要上得到胡同里。后来餐馆搬家,再为吃这口犯事儿就不值了。

扁豆焖面

老鸭最擅长做扁豆焖面,但因为没耐心看着,经常把面焖煳了。扁豆焖面时间漫长,从准备到吃上至少要等一个半钟头,对我来说,这同时也是一个难熬的过程。先要用酱油、料酒、葱姜腌肉,然后放到锅里炒熟,再放入扁豆。扁豆有的地方习惯掰成段,有的地方切丝,为的是让扁豆跟面条更搭配。而面条最好用细切面比较易熟,而且下锅前一定要淋上油,吃着才筋道。面条下锅后,还要加一些水,然后就是耐心等待。切记,起锅前一定要放一些蒜末,吃的时候再倒点醋就更好了。但也有人不喜欢加醋,认为那会把焖面的原味给破坏了(另外,最近吃过一种用白不老扁豆做的焖面,我管这种扁豆叫不老白不老)。

在家里,小时工除了打扫卫生,有时也会帮着做饭。

小陈是安徽无为人,来北京已有二十多年了,在我家做小时工已超过十年。她做的红烧鱼很好吃,另外还会包饺子。小时工会做菜是主人的福气(特别是在请不起厨师的情况下)。小陈认为自己最擅长家常菜,诸如鸡蛋炒西红柿、焖扁豆、烧茄子之类的。在无为老家,大多做的是安徽菜,诸如青蚕豆炒肉丝,香菜拌臭干或者荸荠等。她说有一种菜叫油蒿,北京不多见,但在她们那儿常吃。小陈不识字,在北京想学开车考不上本。小陈劲儿也很大,在我们家拖断了好几个拖把。但更大的是她的嗓门,如果她开口说话,电视得开到最大声,但还是听不清。

丸子套餐

  丸子我最喜欢吃的食物，各种丸子我都爱吃，如四喜丸子、焦溜丸子、珍珠丸子等。主要原因是牙口不好，吃肉又嫌咬着费劲。在诸多丸子里，我偏爱北方的丸子，扬州的清蒸狮子头也不错，北京做得好的餐馆不多。广东那边的丸子虽然好吃，但是太弹牙了（比如牛肉丸子以及濑尿丸子）。最早在丸子里吃到咸鸭蛋黄，惊喜不小，后来又在粽子和月饼里吃到，就见怪不怪了。在家里偶尔也氽丸子，把肉馅加蛋清、淀粉、葱姜、酱油和料酒搅拌好再加水打一下，白菜豆腐汤烧开了，用勺子一个一个剜进锅里，煮到变了色漂起来就熟了。

  前些天跟老中医吃饭时又聊到了丸子，他说老北京话里丸子是骂人的，意思不是好肉做的，比如某些票友。我觉得有必要替丸子打抱不平，就拿焦溜丸子来说，多好吃的一道菜呀，真正的外焦里嫩，略带酸甜，就连配菜的木耳和黄瓜片都跟着沾光。但大丸子的质量就难说了，比如四喜丸子，里面不光是肉，有人说是食堂里用剩馒头切碎了做的，在计划经济时代，买这么一份加了过多馒头的丸子得收面票。

  肯德基刚推出一款意式肉丸子套餐，我就去吃了。吃过才知道，丸子的味道一般，只有乒乓球大小，而且才四个，瞬间无影无踪。尤其是配菜太少，虽然就着汤汁，饭还是没吃完剩了一口。因配菜太少导致剩饭，是不是也是一种浪费呢？如果配上四菜一汤，剩饭的情况绝不会发生，但这样餐馆就赔了。这个问题已经跟烹饪无关了，赔赚之间的那一念最难拿捏。

鸭汤

在餐馆吃烤鸭，如果不要鸭架子，就会得到一份免费鸭汤。餐馆里的鸭汤很怪，一般都是乳白色，一开始还以为是长时间炖鸭骨头炖出来的，在家里也尝试过多次，但鸭汤还是透明的。后来得到高人指点，在炖的过程中倒进去一小碗牛奶，这一试不要紧，鸭汤果然变白了，而且还有一股若有若无的奶香。我家楼下有家烤鸭店，上次去吃饭时，它们的鸭汤跟往常不一样，加了白菜豆腐，还额外收钱。其实，大多客人只想喝那种什么都不加的免费鸭汤，餐馆这么做，事先没经过客人同意，完全是自作主张。

乌鱼蛋汤

一度把乌鱼蛋汤归为酸辣汤的一种，因为它们的味道比较像。但乌鱼蛋汤里搁胡椒粉是为了去除乌鱼蛋的腥味，酸辣汤里放胡椒粉，只能是为辣而辣了。有的餐馆（比如同和居）的乌鱼蛋汤就做得很好，汤汁不寡不浓，即便不搁胡椒粉和香菜，乌鱼蛋也吃不出腥。喝过做得腥的，乌鱼蛋腥起来，什么都压不住。后来听说所谓乌鱼蛋，就是乌鱼的卵，喝着就有些抵触，还会产生不雅的联想。一般都是烤鸭店卖这道菜，有些人宁肯花钱喝乌鱼蛋汤，也不喝免费的鸭汤，不知道其中有什么典故。

葱烧海参

一个多月前，我们家楼下开了一家海珍品店，专营各种海参。一天下午没事，就去跟店主聊天。之前也去过那家店买过一些海米、虾皮之类的，偶尔也跟店主聊上几句。店主姓管，是个不到30岁的小伙子，在北京一所大学学国际法，开海鲜店是他的业余爱好。从他嘴里，我打探到一些海参方面的知识。比如海参最好煮熟了吃，刺身、凉拌、切成片拿开水冲汤等都是暴殄天物的做法，只能吸收10%~20%的营养。再比如分辨海参的好坏，主要是看体型是否完整端正，刺尖挺直，腹部下的参脚密集清晰。发制好的海参大小应为干海参的3倍左右，且有弹性，否则就是劣质海参。好的海参分量很轻，敲击有木炭感，有些看上去黄不拉唧的。而那些看上去很有卖相，手掂着沉的海参，都是裹了糖浆、盐或者明胶。真正的海参背部的颜色是不均匀的，能看出海水的变化（多么诗意啊），再有就是好海参闻着有鲜味而不是腥味。

葱烧海参是鲁菜里的集大成者，考鲁菜厨子，主要是看这道菜做得如何。现在，很多鲁菜都出自胶东半岛，也就是过去的齐，传统意义上的鲁地，反而显得有些不思进取了。这道菜的做法基本上都知道，不在这里赘述了。值得一说的是，葱烧海参就是大葱和海参，放西兰花和香椿之类的太搞笑了。再有就是海参必须是整条的，切成片就不对了。装盘时一条海参一根葱，为的是让客人看葱煎到什么成色。如果连葱都不过关,这道菜肯定不会及格。

虾籽香菇

香菇的肉质柔嫩,具有独特的鲜香味。虾籽又叫虾蛋,是虾子的卵加工而成,咀嚼的时候,你更感觉到它们在嘴里爆炸。扬州富春茶社的虾籽香菇,把这两种食材完美地结合在一块儿。唯一让人遗憾的是,这么好吃的东西被当成早点,未免有些可惜了。如果是在北京,这道菜一定会堂而皇之地出现在正餐,被用来下酒。不过,这也说明了扬州人对早茶的重视程度。据说也曾有人在扬州经营广东早茶,但最终没站住脚。另外,我觉得这道小菜有些偏甜,不过还没到甜得发齁的程度,刚刚可以接受。

干锅鸭头

老鸭和她姐经常一起吃饭,昨天她俩又去了八角游乐园南门的一家餐馆吃干锅鸭头。老鸭说这家店生意火得不得了,排队经常排到一百多号。干锅分特辣、中辣和微辣三种,鸭头切成两半,做好了跟蔬菜(如藕片、莴笋、芹菜等)一起上来,吃法有些类似麻辣香锅。鸭头吃完了,还可以在锅里煮面条。老鸭说,这家店的鸭头味道有些特别,说不出是卤的还是熏的。跟很多店一样,吃完了如果不要发票,客人可获赠一瓶大雪碧或者可乐。我说她昨晚回家,怎么拎着一瓶雪碧,这可不是她平时的风格。

大葱蘸大酱

高大师的太太高王氏来自山东,酷爱吃大葱,经常托人从章丘那边带大葱到北京。不管在什么餐馆吃饭,她总会随时从包里拿出一个食品袋,里面装着几根山东大葱。不论男女,我觉得如果这么吃大葱在某种场合恐怕会遭人鄙视,道理跟乱用胡椒粉一样,不但暴露出你的食癖,还表明个人欲望。除章丘大葱,还有临沂的铁杆大葱,能长到1.8米以上,让人怀疑是跟甘蔗嫁接的。大葱蘸大酱是绝配,但吃着比较单调缺少过渡,后来的大丰收,可能就是从大葱蘸大酱演变来的。

火腿冬瓜

做菜有很多窍门,其中最重要的一点就是要善于利用食材。拿火腿炒冬瓜来说,关键在火腿。随便一根火腿,也得经过腌、熏和储藏等诸多环节。所以,当火腿跟冬瓜在一起烹炒时,很多过程都可以省略,甚至连盐和鸡精都不用放,因为这些东西已经在火腿里面了,你所要做的,仅仅是把这些味道调动出来。有一次用咸火腿炖土豆和胡萝卜就很失败,因为我忘了咸火腿本身就咸,结果还像往常一样,往菜里加了酱油,结果是打死卖盐的了。

蛋花汤

在北京去上海的高铁上,一份即冲即食的西红柿蛋花汤,要价6元,蓝石说他平常就用这个醒酒。我醒酒主要是喝果汁或牛奶,当然要有鲜榨的甘蔗汁最管用。可是,在北京很难找到鲜榨的甘蔗汁,上海和扬州的街边都有卖的。不管怎么说,蛋花汤能冲着喝算是方便食品的一大进步。T211次上海南站至杭州南的那趟列车上,紫菜鸡蛋汤盛在一个硕大的铝盆里,由一个服务员端着挨桌挨碗地舀,这还真有些计划经济时代的味道。这时候如果再配一曲《蛋花里飞出欢乐的歌》,就更传神了。其实,别小看蛋花汤,要想做好了还得有诀窍。要么往汤里搁淀粉,要么打鸡蛋时加水和淀粉,蛋花才能打得又多又大。

烫干丝

烫干丝是扬州一道名菜(也可以叫名小吃)。互动百科里是这么介绍烫干丝的:黄豆加工成大白干,切成细丝,反复洗烫,去尽豆腥味,浇上精制卤汁及芝麻油,佐以姜丝、虾米而成。色泽素雅,软嫩异常,鲜美隽永,汪曾祺老先生做这个最拿手。我想补充的是,烫干丝和大煮干丝的区别在于它被当成一道点心,只是在早餐里出现。另外,就是烫干丝加酱油,大煮干丝则不加。在扬州的时候,每天大清早都是一盘烫干丝外加两个三丁包,一整天都格外充实,甚至吃不吃午饭也变得无关紧要了。

扬州炒饭

有人考证,原来根本没有扬州炒饭,所谓的扬州炒饭,是一些思乡心切的海外华人发明的,也有人拿出证据进行反驳。无论如何,扬州炒饭已经成为扬州的一个招牌,而且历经演变,里面的内容越来越丰富,有火腿、鸡蛋、青豆、海参以及虾仁。为了衬托它的精致,我每次只吃一小碗,因为炒饭虽好,也不能胡吃海塞。另外需要注意的是,做常州炒饭时,里面的鸡蛋不能太多,否则就变成蛋炒饭了。在淮扬一带,主人吩咐上扬州炒饭也是一个讯号,即喝得再好,也不上酒了(好在不是摔杯子,从屏风后冲出刀斧手)。

三丁包

都说包子有肉不在褶上,我觉得包子有肉就在褶上,褶越多包子越好吃。不同地方的包子,褶数都不一样。但到了吃的时候,都忘了去数。开封灌汤包的广告词就是放着像菊花,拎起来像灯笼,真是令人垂涎欲滴。北京人做包子,喜欢往馅里和黄酱。朝阳公园西门边上有家俺爹俺娘,它们的包子就是北京风味的,而且个头豁大,得几人分着吃。广电部西侧有家贾三包子铺,我也经常去吃。但这家店铺的环境不行,地板是黏的,我的懒汉鞋经常被粘掉成了趿拉板。去年去了两趟扬州，又爱上了那里的三丁包和五丁包。几次吃早点，都要吃掉若干个。

三丁指的是猪肉丁、鸡肉丁和笋丁，不是指仅供三个人吃（我们当时正好是三个人，卢总、荣岩和我）。那段时间正闹禽流感，但也抵挡不住蜂拥而至的食客，比如富春茶社，每天都坐得满满的，成为扬州城的一景。五丁包是在三丁的基础上，又增加了海参丁和虾丁，这本不稀奇，奇的是包子里加的豆瓣酱，跟川菜里吃出的完全是两种不同的味儿，很可能此豆瓣非彼豆瓣。

跟包子有一拼的是烧麦。东四有家都一处烧麦馆，过去偶尔去吃。当时的烧麦好像只有猪肉馅的，后来讲究就多了，什么三鲜馅的、蟹黄馅的，还有全素的。可能这些馅的烧麦以前就有，只是我没留意过。但我认为，烧麦最讲究的是皮，而不是馅，烧麦皮那种半生不熟的感觉，实在太难拿捏了。这次在粮食酒店，吃到的烧麦居然是米饭馅的，吃着却感觉是肉的，真不知道是怎么琢磨出来的。看来，烙饼卷馒头的确不是笑话。

水晶猪脚

小时候就知道猪浑身是宝，但不知道猪身上最好吃的部位是猪脸和猪脚。猪脚（当然也分前脚后脚，前脚肉多骨头少，后脚肉少骨头多）怎么做都好吃，不管是酱还是清炖。水晶猪脚则在清炖的基础上，多了一道工序，就是在猪脚还有弹性时捞出来，冷却后放进冰箱。这次在扬州捏脚，不由得赞叹扬州师傅的功夫，同时也突发奇想，何不就此发明一道清汤脱骨猪蹄呢？把扬州的洗浴文化和餐饮文化熔为一炉，肯定能一炮走红。

黄肠题凑

除了清汤脱骨猪蹄，我还想发明一道黄肠题凑。有考古知识的人都知道，黄肠题凑是汉代的一种葬制。去年去大云山汉墓挖掘现场，亲眼见到了它的排列方式。之前也去过北京的老山汉墓，深深为它的气势吸引。因此，我想发明一道叫黄肠题凑的美食，即用炖好的（或者烟熏的）大肠外加黄酱，黄酱里最好还有几片韭菜。大肠码放方式跟汉代帝王陵的葬制一样，力求做到神形兼备。

粮食酒店的三头宴

刚到扬州头一天，就在粮食酒店吃到了扒烧猪头，它跟北京的扒猪脸有些类似，但比扒猪脸好吃。这是一道费功夫的菜，猪头炖之前，要里里外外清理干净不说，还要在闷罐里炖到酥烂为止，装盘前还要剔掉骨头。虽然味道有些偏甜，但绝对不腻，即便是最肥的部位，就着荷叶馒头吃，别提多解馋了。吃这道菜必须人多，至少要四个人以上，不然就剩下了。这次去扬州，发现淮扬菜有一个特点，就是出了本地就变味。北京也有几家淮扬菜馆，比如淮阳春，但怎么吃都不是那个意思。就拿红烧狮子头来说，这道菜本是寻常物,但在扬州吃感觉就是不一样。它不但入口绵软,就连主料配料,用舌尖也能辨出来。这样的狮子头,吃一个绝对不过瘾,吃两个又稍嫌多,因为还要吃别的呢,只好期待着下次了。再有,红烧狮子头跟清蒸狮子头的区别是,红烧狮子头里可以加一些剩馒头,而清蒸狮子头则不能。看一个人会不会吃鱼,除了看他先吃哪个部位,主要是看他会不会吃鱼头。最好吃的三大鱼头当然是鱼头泡饼、千岛湖鱼头和拆烩鲢鱼头。在北京,吃鱼头泡饼主要是去旺顺阁,吃千岛湖鱼头是去亚运村的富春江,但是吃拆烩鲢鱼头,就找不着特好的地儿了,必须去扬州。说来也怪,拆烩鲢鱼头本是镇江菜,却在扬州落户,而最好的鲢鱼却产自两湖地区。亲眼看见过烹饪这道菜的过程,觉得那厨师真的很牛,连鱼头里有几块骨头几根刺都知道得一清二楚。

粮食酒店在扬州市广陵区毓贤街,它不但菜做得地道实惠,老板卢总在当地还是一位传奇人物,有一副菩萨般的心肠。看考古队辛苦,他就会驾车走百多里路给他们送包子。每年过节,他都要请扬州退休的老厨师聚餐,之后还送他们一些礼品。难怪走在街上就有很多人跟他打招呼,吃饭其实就是吃人情味儿。别看卢老板是做餐饮的,但他从不喝酒,却能让你喝好。头一次去粮食酒店吃饭就喝大了,以至回不了酒店,直接睡在包间。卢老板说,自从粮食酒店开业至今,我是头一个睡在包间的客人。

清炖小鳖

扬州的粮食酒店,有一道清炖小鳖相当美味,它之所以好吃就在于它的小。而岳麓山庄的手撕小鳖是麻辣的,虽然也小,却吃不出鳖的嫩滑和鲜香,这些都被作料遮掩住了。有人认为,小鳖受欢迎的一个主要原因,就是出于对女性食客的关照。想想看,一个女性手持一个巨大的龟头(或者含在嘴里),让人做何感想?而小鳖把一切都做得不显山不露水的。

文思豆腐

一次看美食节目,内容是扬州一个寺院的僧人做文思豆腐,当时就文思如泉涌。其实,这道菜最考验厨师的地方是刀工,其他都是次要的(当然豆腐还要足够韧,不然的话,再好的刀工也派不上用场)。寺院的文思豆腐跟餐馆做的有一个区别,既然是寺院做的豆腐,火腿丝肯定就免了,香菇丝和笋丝就好。如果出现了火腿丝,肯定是其他食材替代的。另外,寺院用的肯定不是真正的鸡汤,而是心灵鸡汤。待豆腐丝浮上汤面,盛入碗中即可享用。在这一点上,寺院和餐馆的做法是相同的。这道菜虽然好吃可口,但更具表演性质,当看到一块切好的豆腐在碗里如天女散花般丝丝散开,不由得你不从心底折服。

萧山萝卜干

4月份去杭州，在萧山下的火车。之前就知道萧山萝卜干很有名，可以当咸菜吃，也可以跟黄豆、青豆放在一起炒，当地人喜欢把它跟腊肉放在一起蒸。但不管是炒还是蒸，千万不要放辣椒，因为萝卜本身就是辣的。制作萝卜干的萝卜叫一刀种，即萝卜和刀一般长。据说近来当地人觉得种萝卜不挣钱，都改种花了。那么现在大家吃的萧山萝卜干产自何地就不得而知了，总不至于是陈年的窖藏吧！

安吉的竹笋

前年3月份去浙江安吉，正好赶上吃春笋。当地很多菜都跟竹笋有关，诸如手剥笋、油焖笋之类的，其中一道就是腌笃鲜，即把春笋跟鲜咸五花肉片以及百叶结炖在一起。笃就是咕嘟的意思，把象声词编进菜名，确实很有创意。一般挖笋都在早晨，因此，在菜市场只有下午的笋才是新鲜的，上午的笋一定是头天的。有一次冒着小雨上山，我心生好奇，用锄头在一堆隆起的土里试着刨了刨，果然刨出一节春笋，据说平时它们只有在夜间听到雷声才钻出土来。

潘记藏书羊肉老店

苏州街头有很多肉骨烧小摊,烧扇骨、烧猪蹄、烧兔腿,最有名的一家叫赵元章,但又觉得这些东西有些像小吃或者零食。犹豫来犹豫去,最后还是决定去吃藏书羊肉。主要是觉得这家餐馆的名字有些怪异,加上天气突然变得阴冷,一碗羊肉面正好可以果腹驱寒。藏书羊肉馆的全称叫潘记藏书羊肉老店。点了一碗羊肉面外加一份羊脑,羊脑10元,如膏如脂,好吃得无以复加。之前从来没吃过如此新鲜的。一小碗羊肉面也只要15元,北京海碗居一碗炸酱面还要26元呢!

这家面馆的羊肉极嫩,量大不说,而且吃着不膻,关键吃不出作料味儿,像是用白水煮的。此外,这家餐馆还有羊肉火锅、羊肝炒大蒜、白切羊肉、红烧羊排、红烧羊蹄以及羊脑血汤等。一个人吃不下,只好等下次多叫几个人。

一开始搞不明白藏书和羊肉有什么关系,一打听才知道藏书是苏州边上的一个小镇。开店的是一对中年夫妇,说话口音很重。奇怪的是不但听他们说话吃力,我说的普通话他们似乎也听不太懂。本以为普通话放之四海而皆准,原来到了外地也不灵,当地人总是愿意用当地方言跟本地人交流。从这个意义上讲,这么多年来推广普通话的努力是失败的。

好人好缘的银鱼涨蛋

在虎丘对面一家叫好人好缘的餐馆里吃过一次午饭，点了一份银鱼涨蛋，56元。原来银鱼的价格如此之贵，居然直超虾仁。太湖三白指的是太湖产的白鱼、银鱼和白虾，其中银鱼又有大银鱼和小银鱼之分。大银鱼即吴王烩残鱼，眼睛是黑的。而小银鱼的眼睛是红的。银鱼涨蛋应该用的是小银鱼，之前在家里试着做过两次，都不太成功，总感觉银鱼不熟。据说古代无锡人多用大银鱼晒成脯鲞，远携四方。

后来听岳岱讲，传统的太湖三白之外还有琼鱼、湖鳝和激浪鱼。太湖其实还有一白——白螺蛳，据说十只螺蛳里只有一只是白的，如果不是养殖出来的，那一定是得了白化病。银鱼涨蛋的做法其实不难，主要材料就是银鱼和鸡蛋，比例为1∶1.5（当然，这也不是绝对的，爱吃哪种可以多放），外加葱、姜、盐以及醋或者料酒（为了去腥），银鱼和鸡蛋加入调料打匀后倒进烧热的油锅里翻炒几下就行了。据说做这道菜的关键技术在于翻锅，只有如此才会使银鱼受热均匀，毕竟银鱼不能生吃。但我翻不好，经常把菜翻到地上。这种低级错误，已然超出烹饪范围了。

我把我点的那道银鱼涨蛋发到微信，当即有朋友提醒我小心旅游景点宰客，我却天真地认为，银鱼涨蛋就应该这个价，银鱼再普通，也是三白之一啊。果然，吃晚饭时浏览菜单，发现它们的银鱼涨蛋才18元一份。想不到中午那家店对游客如此痛下杀手。

三凤桥的无锡排骨

这次来无锡,最大的愿望是吃三凤桥的无锡排骨。之前来过无锡一次,去看过灵山大佛,还专门去太湖边上看了蓝藻。据说现在太湖的蓝藻治理好了,用的是一种干燥技术,经过这种技术处理的蓝藻,看上去就跟紫菜差不多(就是不知道能不能吃)。

中山路上三凤桥大酒店的排骨在无锡十分有名,随便一问都知道这家餐馆在哪儿。而且无锡人非常善良,不给外地人瞎指路,所以我很快就找到了。翻开菜单,无锡排骨赫然出现在首页,细看分大、中、小份。我花50元点了一盘中份的,一共六块排骨,三块瘦的,三块略肥。我大概知道做这道菜比较麻烦,要分腌、炸、炖三个步骤,但最重要的是大量加糖。试着吃了一块果然超甜,浇在排骨上的汁其实就是糖浆,齁得我糖尿病险些当场复发,忍不住赶紧喝了一口开水。心想,以后吃无锡排骨坚决不问怎么做的,也不问肉炖得烂不烂,只问甜不甜,太甜或者微甜不吃。再一看周围的餐桌,几乎毫无例外都点了这道菜,听口音有的还是从外地来的,可能是跟我一样,专门来这儿吃这道菜。

都说苏州的菜吃着甜,但比起无锡,苏州绝对是小巫见大巫。而无锡排骨,则是当之无愧地集甜菜之大成。

和家园的温州土菜

在杭州的时候,老葛带我们去了一家叫和家园的餐馆吃温州土菜。一问已经没包间了,我们在大堂找了一张圆桌。老葛一看就跟这家餐馆很熟,进门一通招呼。他点了野生海鲜拼盘、五花肉炒盘菜、凤爪烧螺蛳、春笋炖咸肉、肉酱蒸芋艿、鱼干烧肉、长江第一鲜(烧河豚)、筒骨萝卜。其中春笋炖咸肉大家觉得好吃,又来了一份。啤酒是千岛湖啤酒,大概喝了两箱多。老葛和阿坚唱了好几首歌。觉得没吃够,于是第二天便又去了和家园。为了不点重样的,这次,我们点了卤水拼盘、臭豆腐煲、红炖大肠、明夫茄子煲、花蛤、草籽、黄秋葵、咸肉千张炖莴笋以及千岛湖野生鱼头,都是头天没吃过的。主食点的是馄饨。

我是在网上认识的老葛,俩人聊得还算投机,他寄给我两罐很好的茶叶。后来去杭州,有机会在一起吃了顿晚饭。老葛给我最初的印象有些怪——光头,光脚穿皮鞋。他声明不喝酒,因为喝酒,胃的四分之三被切除了,但明显感觉得到,他喜欢酒局的气氛,我们在一起连续聚了几天。后来有一次老葛来北京,呼唤我去吃涮羊肉,然后一起 K 歌。老葛声音专业,最爱唱《一无所有》,不知是不是跟胃切除有关。

诸暨的老蒸菜馆

在诸暨，当地人推荐我们去吃一家老蒸菜馆，果然不同凡响。我们点的都是蒸菜：猪脑蒸豆腐、肉松、自制三鲜、本地小鲫鱼、鲫鱼籽、鳗鱼干、干头菜、毛笋干、蒸芋艿、蒸双臭、海带汤等，菜是老板娘推荐的。海带汤是狗子要的，因为连续喝大，开喝之前他必须先解酒。我也是不胜酒力，喝了一瓶苹果汁。在杭州的时候，老葛说诸暨出一种白酒叫同山烧（音），62°，当地人调蜂蜜喝。我知道用蜂蜜酿酒十分普遍，但是用蜂蜜调酒，还是头一次听说。

问老板娘有没有西施豆腐或者西施舌，她显出很诧异的样子。

餐馆有一只金毛，有时趴在楼梯口，有时守在收银台前面的黄酒坛子旁边。我们离开餐馆时，它急匆匆地上了楼梯。

诸暨跟西施搭边的美食，西施豆腐、西施舌就不用说了，当地有一种西施团圆饼这次也没吃到。它是用面粉或荞麦粉做皮，馅里有萝卜、青葱、辣椒及鲜猪肉，包好后压成扁圆状，用文火煎烤。

小绍兴菜馆

去了绍兴，一定要去吃仓桥直街里的小绍兴菜馆。

仓桥直街果然很直，一直走不用拐弯，直到走到一家名叫小绍兴的菜馆。它们的春笋蘑菇烧豆腐、绍兴卤酱鸭、鱼丸、蒸双臭、醉花蛤、炸响铃、炸小土豆、油爆河虾、韭菜炒鱿鱼等十分地道，保留了绍兴菜的精华，而且我都吃过。这家餐馆生意十分火爆，去晚了没座不要紧，餐馆斜对面有个二层小楼，都是它们的包间，坐在里面可以看到重重叠叠的屋脊。菜炒好了几分钟就会送到，绝不会凉。特别推荐它们的春笋蘑菇烧豆腐，一共要了两份。因为我不吃臭豆腐，蒸双臭就不推荐了。

绍兴男眼镜螺蛳摊大酒店

据说这家餐馆的前身是一个在大桥底下卖螺蛳的小摊。而选择在它们这儿吃饭除了近外还有一个原因，就是现在正是吃螺蛳的季节，按当地话讲，就是"吃钉螺，赛过鹅"。所以小姚第一道菜就是酱爆炒螺蛳，但我没怎么吃，主要是嫌麻烦。其他菜还有绍式三鲜、干菜汪刺鱼、非一般蒸双臭、冬芥菜蒸东坡豆腐、毛笋烧肉、绍兴醉鸡、酱煸鱼籽、鲁镇醉蟹钳以及西施豆腐羹等。还有一道叫白产，忘了是什么了，应该是当地产的一种鱼。这次来南方，没吃到西施舌，吃到西施豆腐羹也算是一种补偿。不过即便能吃到西施舌，也未必会动筷子，因为想着都会有障碍。主食要了素包和绿茶佛饼。

看过一则故里酒店的介绍，说绍兴人的传统饮食习俗，具有明显的越地特色，最明显的就是蒸煮焐。注重原汤原味，清油忌辣，常用鲜料配以腌腊食品同蒸同炖，加上绍兴老酒，醇香甘甜，令人回味无穷。

煮比较好理解，跟炖的意思差不多。焐，不用笼屉，而是把食材放在米饭上焐熟。蒸，蒸双臭。照理说，不应该写一道未曾尝过的菜，但这道菜一定要说，几乎伴我走了一路。所谓双臭，指的是臭豆腐和霉苋菜梗。南方人制作臭豆腐的方法都是先把苋菜梗放到坛子里泡臭了，再把老豆腐放进卤中一两天。所以，这两样食材绝对臭气相投。这家餐馆的非一般蒸双臭，一定有它的不同寻常之处，只是我光顾着捂鼻子，忘了打听。

海拉尔的韭菜花

去海拉尔那年没少吃羊肉，所到之处全用烤全羊炖全羊招待。当地有个规矩，要在刚上来的羊身上最重要的部位切下一小块，给最尊贵的客人品尝。因为我是领队，常常愧而受之。吃羊肉调料最重要，当地的韭菜花简直太香了。它颜色翠绿，全然不像平时所见那般晦暗，味道也不像在其他地方吃到的那般咸。据说，海拉尔就是蒙语野韭菜的意思。一年，赵妖镜她们去海拉尔拍片，因为酷爱吃韭菜花，临走时每人都带了一大瓶，结果弄得满机舱都是韭菜花味儿。我们也未能免俗，走的时候，每个人也带走了若干瓶。

桥香园的过桥米线

老鸭和她姐大丽去云南旅游，第一站到的昆明。姊妹俩既没去石林，也没去翠湖喂红嘴鸥，因为住在翠湖酒店，第一顿饭就是去桥香园吃过桥米线。大丽很爱吃过桥米线，虽然吃过桥米线非得趁烫，不然那些猪肉片鸡肉片涮不熟，但大丽一大碗很快就吃完了。老鸭饭量不大，因为一碗米线还配一小锅汽锅鸡，加上香酥之类的配菜，米线最后剩下不少（老鸭要的是25元一碗的如花似玉，大丽要的是32元一碗的进士）。大丽想帮着打扫，却也是心有余而力不足，但姊妹俩都吃得很美，险些孔雀开屏。让我不能理解的是，北京的西单商场就有一家桥香园过桥米线，要吃为什么非要去昆明。

洱海的野生龙鱼

在洱海的客栈，老鸭和大丽还吃过一次野生的龙鱼，是客栈老板半夜从洱海打的。据说这种鱼平时喜欢待在水底下，凌晨四点钟浮到湖面换气，被潜伏在小船上的渔民捕捞上来（这件事提醒我们，不要轻易让人知道自己的作息规律）。其实，龙鱼未必是学名，只是当地人惯常的叫法。这种鱼牙齿锋利，模样有些骇人，专门吃小鱼。老鸭她们那天吃的那条鱼有一尺多长，大概有二三斤，是客栈老板亲自下厨清蒸的。因为是活物，老鸭那天没动筷子，而是吃了很多别的菜。大丽在独享之后评价，鱼的肉质细嫩，而且没有土腥味儿。客栈老板听了之后得意地说，因为光顾着聊天，这鱼多蒸了五分钟，不然的话会更嫩更好吃。

诸暨的蒸菜

午饭是在三台云舍96号食堂吃的诸暨菜，这家餐馆是绍斌开的。看天气好，老葛提议坐在外面。龙井一带有很多类似的安逸的地方，我们在一把很大的遮阳伞下边吃边聊，老葛说新茶还是谷雨之前的最好，没有喷过农药，而辨别是不是新茶，要看它闻着是不是有一股炒黄豆的香味儿。我个人的感受是，闻着是炒豆味，喝着像鱼腥草，好的绿茶是鲜的。不断有人过来卖草莓和别的什么水果，还有人问算不算命。绍斌跟他们说同行在这儿呢，算命的看了我一眼，便悻悻地走了。中午喝的千岛湖啤酒，菜有清蒸白条、西施豆腐、鲞蒸肉饼、咸肉炖春笋和蒸三鲜等。其中蒸三鲜是把肉卷、猪肚条和煎猪皮在一起蒸出来的，猪肉皮要预先过一下油，而肉卷要用鸭蛋做皮，而不是鸡蛋，因为鸭蛋做皮才不容易破，而且吃着筋道。西施豆腐又叫分岁豆腐，是诸暨人过年吃的，由鸡汤打底，豆腐必须是卤水点的。鲞蒸肉饼，讲究的是咸鱼要够咸，这道菜吃着才香，而肉饼要肥瘦相间，用刀剁而不是用绞馅机绞，这道菜几乎是被我一个人吃完的，很少有什么菜能像鲞蒸肉饼一样，既下饭又下酒。还有一道腌肉炖春笋，这道菜的要点是，腌肉晾晒的时间要长，最好三年以上，这样才能充分被阳光分解（这句话的意思我不太懂）。不要怕肉变哈喇，炖春笋有一些哈喇味正合适。绍斌说诸暨菜属农家菜，它既不麻辣也不清淡，讲究食材新鲜。诸暨菜的另一个特点就是讲究柴火的利用，所以蒸菜比较多。

龙井十八棵的咸豆浆

北京人喝豆浆，一般都喝甜的，而且都是在吃早点时喝。这次去杭州，在十八棵吃晚饭，饭前服务员给每位上了一份豆浆，分甜的和咸的两种。咸的带油条，甜的不带油条。满桌就我一个人点了甜的，大家都觉得奇怪，把我当成了怪物，因为杭州人习惯喝咸豆浆。我从来没喝过咸豆浆，就像我不习惯喝咸奶茶一样。如果我选择将来不在杭州定居，咸豆浆很可能是唯一的饮食方面的原因（另一个是赴饭局时打不着车）。后来我听说，咸豆浆在北京的永和大王也能喝到。

冬菜贴饼

杭州茅家埠村和上香古道边上，有卖冬菜贴饼的小摊。具体做法是把蒸好的冬菜，揉到一团很软的面里，擀成薄饼后洒上芝麻，贴到生着火的炉壁上，两三分钟后，就可以吃了。吃的时候最好抹点儿辣椒酱，相当美味，丝毫不比墨西哥薄饼差。时值下午，本来我打算撑到晚饭，因为那必定是顿很隆重的大餐，但实在经不住荣岩的撺掇，也默默吃了两张。

龙井路 7 号

这次去杭州没去吃楼外楼的西湖醋鱼和龙井虾仁，因为现在还吃这些菜，实在有些三俗，它们已经不再是具有指标意义的菜肴。推荐一下杭州龙井路 7 号的小炖牛腱肉，它的味道清淡，口感嫩滑可口，虽然不如那些菜有名，但绝对堪称江浙菜的代表之作。想不到杭州不产牛，他们的牛肉居然做得那么牛，可见食材的产地和烹饪技术之间，没有必然的关联。这家餐馆的环境也很好，窗外就是茶园。

上海的街边面馆

在上海随便进一家街边面馆，都能吃到很好吃的面条。面条的种类繁多，牛肉面、牛杂面、葱油拌面、辣酱面、咸菜肉丝面，面面俱到。同样一碗面，不同的分量不同的价格，拿牛肉面来说，2 两 5.5 元，3 两 6 元，4 两 6.5 元（必须解释一下，这是 2013 年 4 月的物价），由此可见上海人的精细程度。此外，还有各种浇头，从牛肉、牛杂到红烧狮子头，都是我爱吃的。不过，需要解释的是，浇头不是浇到脑袋上，而是碗里。

意古湘菜馆

到了上海的当天,杨光跟她老公在上海的意古湘菜馆请我们吃晚饭。因为早上从宜兴出发时,我栽进山间的水沟里,赴宴前特意买了条新裤子。这家餐馆装潢得有些像西餐馆,窗明几净,房顶还有吊灯,不像北京的湘菜馆那般具有艳明的地域风格。他们有一道叫马拉盏的菜,一块圆形豆腐上有些虾和瑶柱。后来才知道,马拉盏是一种块状调料,在泰国和马来西亚那边经常用此调料做菜。本以为所谓盏,指的大概是这道菜的形状,至于为什么叫马拉,就不知道了。总之,那天我们吃了很多菜,喝了不少酒。之后,又转场去了酒吧。

镇江锅盖面

镇江三大怪,其中一怪是锅盖面,偌大的锅里煮着一个锅盖,看着的确有些怪异。有人考据说这就是高压锅的前身。镇江锅盖面之好吃,简直无以伦比,前些日子还被评为中国十大面条之一。锅盖面有各种卤,我最爱吃的是大肠面和猪肝面。过去镇江有家面馆,锅盖面现压现吃,颇具表演性质,可惜这家面馆现在没了(也可能我们没找到)。今年6月份去镇江,在一家剧场门口吃的锅盖面,一溜都是早点铺,各种吃的都有。虽然一大早,却也人来人往热闹非凡,俨然一处集市。我们要了好几种面食,并且迅速吃撑了。

镇江吃河豚

4月份的时候,河豚最肥,这时候就想到镇江。在镇江吃过几次河豚,印象最深的是把河豚跟东北大豆角放在一起炖,俨然有点儿不把河豚当河豚,味道却是鲜美无比,当属北方的烹饪方法。常州离镇江不远,他们做的河豚跟镇江的相比大异其趣,做工相当精细。我曾看过有人当场表演收拾河豚,心中对这种有毒的鱼类充满敬畏。但最想吃的,仍然是能让人轻则眩晕重则丧命的那种。北京的张家港饭店也能吃到河豚,只是价格较贵,而且缺少那种地域氛围。

一次在扬州吃河豚,粮食酒店的老板卢总告诉我,现在的河豚都不是野生的,毒性不大。河豚还有一个令人难以下箸之处,就是皮上的刺吃着扎舌头,解决办法是把皮翻过来。至于到了胃里扎不扎,也就无所谓了。突然想起南斯拉夫的一句谚语,什么东西一旦入口,便福祸难料。当然,指的不一定是吃的。

老宴春的肴肉

肴肉是镇江三大怪之一,是用脱骨猪蹄髈加硝腌制后加工而成的,所以肴肉也叫硝肉。之前知道硝能做火药,原来还能制作食品。虽说肴肉不当菜,每次在镇江吃饭都不可或缺,所以也就见怪不怪了。当然,吃的时候还要佐以当地的恒顺香醋和姜丝。

6月去镇江,一大早去老宴春吃早点,他们的肴肉5元一块,包子什么的也不贵,吃后觉得这家店的早点确实名不虚传。

新大蓬农家菜

在良渚的瓶窑镇,有一家叫新大蓬的农家菜馆。南方的农家菜,基本上就是渔家菜,多经营河鲜海鲜之类的。在这家小馆吃午饭,五个人点了香煎鱼块、浇汁鱼和咸菜炒猪肚,但他们的鱼杂锅最好吃,里面不但有鱼籽和鱼肚,还有鱿鱼和河虾等诸多内容,不但用料大胆,而且所有食材,在下锅前都经过煎、炒、烹、炸。南方小馆有个特点,客人不但可以亲自挑选食材,还可以去厨房视察,如此这般才吃着踏实。

鲁桥渔村

在兖州鲁桥渔村吃过一次晚饭,喝的是一种绿豆酿的白酒"神州第一剑",想必是跟当地出土的大铁剑有关。记得若干年前喝过绿豆大曲,估计跟这酒一个路子。比较搞笑的是继绿豆酒之后,接着上来一只王八,似乎这王八就是冲着这酒来的,酒和菜之间,搭配得居然如此天衣无缝。我试着尝了一口酒,觉得度数不高,酒胆逐渐变大。据说山东人一般都喝低度白酒。其实,我对酒的度数不太挑剔,只要喝当地的就好,所谓一方水土。菜肴主要以微山湖的水产为主,不光是鱼,虾和螃蟹等都是从当地运来的,连师傅到服务员都是当地人。一盘扒蹄摆在隆重的位置，因为对于生长在水边的人来说，鱼肉不算肉，只有猪肉才算。

余东镇的泥螺河

在上海的时候喜欢上吃醉黄泥螺，后来发现，绍兴餐馆也有这道菜。吃到最新鲜的一次是在阳澄湖边上的一家小馆，刚醉好不久，而且是从冰箱里拿出来的。很多餐馆的醉黄泥螺都是罐头，有的吃起来还牙碜。问题出在用盐泡这道程序，泡久了咸，时间太短泥又吐不净。另外，用黄酒还是用米酒腌也是学问。想起一次去余东镇，陪同的给我介绍当地有一条河专产黄泥螺，于是，我随口便给那河起名叫泥螺河。话音未落，我能感觉到站在我旁边的镇长为之一振。

高邮捆蹄

我对陌生的食物总是充满好奇。曾经在高邮吃过一道叫捆蹄的下酒菜，乍看以为是镇江的硝肉，问过才知道是江苏高沟的特产。其做法就是把肥猪蹄膀上最为结实也是最为精华的一块肉，用卤的方法来腌制，吃起来有些咸甜。至于制作过程中，是不是要捆起来腌制就不得而知了（但总让人觉得，如果不捆的话，那头猪会奋起挣扎）。后来又去过高邮一次，再见到捆蹄，就没有头一次那般大惊小怪了。

在高邮的一家农家院吃午饭时，吃到一条清蒸鳊鱼，鱼肚部位相当肥腴，如膏如脂，想不到鳊鱼这么好吃。从外观上看，鳊鱼有些像武昌鱼，但明显比武昌鱼大。资料里说鳊鱼属武昌鱼的一种，但当地人说不是，不知该听谁的。更有甚者，还有人认为，世界上根本就没有武昌鱼这个物种，据知情人透露，连毛主席他老人家诗里那条武昌鱼都是从别的地方运来的。我妄自猜测，武昌鱼没准是鲳鱼也说不定，但鲳鱼跟鳊鱼又相距甚远。

高邮阳春面

高邮有家叫陈小五的小吃部，它们的阳春面非常特别，十几个盛有猪油、酱油、香葱之类作料的搪瓷小盆，同时漂在面锅里咕嘟，面条煮好后，就直接盛到小盆里，吃之前再加上一勺辣椒酱，吃起来必然味道十足了。以前吃的阳春面，都讲究清汤寡水，而高邮的阳春面则讲究浓油赤酱，有滋有味，看来各地对阳春的理解差异很大。最让我感动的是，面条里居然还有一个荷包蛋，使这碗面显得格外实惠。

让所有人感到意外的是，这次十大面条评选，阳春面居然落榜。我觉得这其中有两方面的原因，一是存在歧义，究竟什么是真正的阳春面，各执一词（比如高邮就认为自己是阳春面的发源地）；二是地域平衡，既然镇江锅盖面入选，就应该考虑其他城市和地区，十大面条不可能都在江南一带扎堆儿。

高邮虾仁

现在吃龙井虾仁已经不稀奇了,但是如果去杭州的楼外楼,我仍然会点这道菜,因为它是招牌。但是能吃到高邮虾仁,才是真正的口福。它没有龙井虾仁那么尽人皆知,甚至比龙井虾仁要小得多,但只有吃过才知道,它是何等鲜香。关键是它并没用什么特殊的烹饪方法,只是做熟了就可以了。特别是当时高邮湖已经禁渔,6月1日以后才可以捕捞,可是吃虾仁最好的季节却错过了。所以,我觉得很多所谓美食,吃的就是时间差。而很多美食没法推广,不是因为自身有问题,仅仅是因为产量有限(我还有一个个人标准,就是在由于头天大酒第二天没胃口的情况下,看你能不能把一道菜吃完,让你迅速恢复到正常状态)。

卢氏早茶

由美食家金总做东,在扬州卢氏古宅吃过一次早茶。之前几次早茶都是去冶春茶社或者富春茶社,卢氏古宅对我来说还比较陌生。据资料介绍,它建于光绪年间,是一个卢姓盐商的宅子,院内亭台楼阁,环境清幽。至于早茶的品种跟扬州其他茶楼类似,也是三丁包、五丁包、烫干丝之类的,但更加精致,更没因在盐商的宅子里味道就偏咸了。另外,必须说一句,比起北京早点,扬州早茶过于实在丰盛。没办法,只好把剩下的包子全部打包,留到下一站吃。

富春茶社

吃富春茶社的蟹黄汤包，绝对是一项技术活儿。不像别的包子，蟹黄汤包一屉一个，以示隆重。在吃之前，就被告知正确的步骤是轻轻提，慢慢移，先开窗，后喝汤。轻轻提，指的是把汤包拎起来；慢慢移，指的是把汤包从笼屉移到小碗里。这绝非多此一举，因为即便包子破了汤流出来，在碗里也不会被浪费，那可是精华。过去的富春茶社是一间小铺，现在做大了，反而失去了原来的味道，去那儿吃早茶的，大多是游客。陈斌说他回扬州，他妈妈为了让他吃到早茶，天不亮就去富春茶社占座。

花园茶楼

扬州人吃早茶的狂热程度，绝对不输广东人吃早茶，据说有的人为了吃上头一屉包子，早晨四点多钟就去占座，这回算是亲眼见证了。我胃纳不佳，点了一个木瓜，喝了一小碗汤。汤里的蛋清煮熟了居然还是透明的，蛋不大，分不清是鸽子蛋还是鹌鹑蛋，真是刘姥姥进了大观园。旁边桌上坐着四个上海女人，点了六屉包子，样子像是专门来扬州吃早茶的。

聚香斋

扬州东关街上，长乐客栈的西侧，有家叫聚香斋的小馆，经营早点和下午茶。他们的豆腐脑可以说嫩滑得出神入化、似有似无。黄桥烧饼也很酥脆，吃的时候芝麻居然不掉，十分适合我这样邋遢的中老年人。没敢吃这家店的草鞋底，因为不知道这么怪的点心是何方神圣。另外，他们的酸梅汤也很好喝，是现熬的那种。

盱眙小龙虾

终于在盱眙吃到了小龙虾，感觉是吃上门来了。之前吃小龙虾，都是麻辣一种做法，头一次吃清炖的，之嫩之香很难用言语形容，据说是因为汤里加了大量的蒜蓉和猪油。考古队李队长说，除了盱眙外，安徽的芜湖和巢湖也产小龙虾，而且现在还不是最好的季节，小龙虾六七月份最肥。李队长说到时候他亲自做，准保比餐馆做的好吃。后来又去这家酒店，才知道小龙虾的价格贵得惊人，一份要5元。早知这样，还不如加点儿钱吃大龙虾呢！

老鹅炖春笋

在尹总宜兴的农庄里，吃过一道老鹅炖春笋。尹总介绍说，鹅是三年的老鹅，鹅主寒，体内的美味必须慢慢积蓄，所以越老越好吃，尽管鹅肉有些塞牙。至于春笋，跟市场上卖的不一样，当地都管这种笋叫经济笋，本来是可以成材的，挖出来给我们吃，显然是对我们的特殊照顾。这道菜的做法很简单，就用白水煮，油都不用放，因为鹅本身就带着油，盐放少许就可以了。笋好吃得更是无话可说，只想把尹总叫成笋总。

宿州地锅鸡

在京味斋吃过一道地锅鸡，就是铁锅里炖着鸡块，外加一份贴饼子。贴饼子是烫面的，可以就着鸡肉吃，也可以蘸汤。我发现北京人吃东西就是粗糙，而且能糊弄就糊弄。在安徽宿州吃地锅鸡，首先所谓地锅就是指大铁锅直接坐在灶台上，鸡也是现挑现杀现炖，贴饼子也是现吃现贴，而不是在厨房把一切做好了再端上桌。记得在宿州吃地锅鸡那次，正好赶上圣诞，天气虽冷，但小房间里却热火朝天。只可怜那只大公鸡，我们进餐馆时，还雄赳赳地站在灶台上，没过一会儿就成盘中餐了。所以，我以后尽量要少吃肉，坚决不杀生。去年稍晚的时候，我跟阿坚去宿州。下了火车，正好赶上吃晚饭的点儿。放下行李，我们直奔一家柴锅鸡餐馆。房间里没空调，冻得我直哆嗦，问有没有暖气，服务员说你们吃吃就暖了。但我还是坚持喝冰镇啤酒，阿坚则要了一大碗开水，把啤酒放在里面加温，他说他的胃受不了凉的。其实，冬天喝冰啤是需要勇气的，无关酒量，而是你对冰冷能够承受的程度。令我印象深刻的是，每有客人出入都有人说"你好，欢迎光临"。其声音婉转如歌喉，心中不禁暗自钦佩，这儿的服务员普通话说得够标准的。待结账出门时，才发现这声音竟来自鸟笼里的一只鹩哥。

南乡全羊馆

终于在一条街巷的深处找到陈斌说的南乡全羊馆。门口招牌上赫然写着活羊现杀，一羊十吃。我跟阿坚进去打听了一下特色菜和营业时间之类的，以便等荣岩他们到了后来这儿吃晚饭。坐定后，我和阿坚要了碗羊汤。羊汤很寡，像是用水兑过，跟传说中的有些出入。但里面给的羊肉却很多，吃着也很鲜嫩，被我们全捞着吃了。当时中午的营业时间已过，但仍然不断有人来用餐或者订位，老板娘和几个员工开始包羊肉馅的饺子。本想跟她们打听一下一羊十吃都是哪十吃，但这事想着就残忍，话到了嘴边又收住了。荣岩他们到了宿州后，我们又过来吃晚饭，听说当场活杀，谁也不敢做这个主。关键一只羊最少有40斤重，吃不完就糟践了。于是，便点了些诸如羊排、羊眼、羊杂之类现成的菜，最后还要了盘羊肉馅的饺子以及无数瓶酒，直吃到半夜，这顿晚餐才告结束。

泰安的烙饼卷大葱

5月份在泰安一家餐馆吃饭时，突然想吃烙饼卷大葱，但餐馆里没有，它的特色是煎饼卷小葱，因为这季节的大葱太老，烙饼卷小葱又不对劲。试着尝了一下，他们的煎饼卷小葱果然考究，光卷在饼里的酱料就有四种，除大酱外还有辣酱及芝麻盐之类的。煎饼玉米面烙的，由于过于酥脆，吃之前需要加热。另外，那家餐馆有当地跟德国合资酿制的啤酒（山东人厚道，德国人对山东人有感情），喝得我都不想上火车了。为了山东的大葱和啤酒，绝对值得再去泰安一趟。

绛县的羊汤

老鸭从绛县回来，跟我说了一些当地的饮食情况。她说县城里有好几家羊汤馆，但好喝的就一家。另外，还倒闭了一家。可能是受到了牵累，边上一家胡辣汤馆一块儿倒闭了，其实老鸭也不知道真正的原因。老鸭对羊汤一般，但她姐酷爱喝，头一天喝完第二天又去了，而且是空着肚子。绛县喝羊汤时兴泡烧饼，饼子要多了可以退。羊汤又分羊肉汤、羊杂汤，绛县的羊汤是用羊骨架熬出来的。十几年前，一副羊骨架只需10多元，现在得100多元才能买到。

青岛1号

离开青岛前，建国在青岛1号为我们饯行。有一道乌鱼方给我留下深刻印象。它切成方块，状似臭豆腐，叠放在一个黑色的磁盘里。上面浇着的乌鱼汁，拿毛笔蘸了就能写大字。其肉质尤其肥厚，大概是蒸出来的，没有加什么调料，保持着乌鱼原有的鲜味。乌鱼身上有一块骨头可以用来止血，小时候常能见到。后来在别的地方吃过乌鱼饭，也是黑的。建国十分热情好客，去青岛玩，只要他在，都会请我们吃饭。来北京办事，一般也是他请。大多都是去汾河湾，还有一次是吃阳坊涮肉。建国的酒量很好，只有一次喝大了。刚开始不知道为什么，过了很久才听他无意中说道，原来那次他发现请客的人跟大家一杯杯干酒，自己的白酒杯里装的却是水。建国气不过，把自己喝大了事。

小皮酒店

青岛黄县路上，有一家小皮酒店，经营青岛菜，去那儿吃过几次，而且都是午饭。主要是离住的地方近，而且他们的啤酒新鲜。亚林对他们的菜比较熟悉，每次点的都很好吃。有一回我们自己点，感觉就比较一般。餐馆推荐的菜，基本上是以下几道：卤水拼盘、脆豆腐、油泼笔管鱼以及鲜菇炒大肠。吃到半截，可以看到卡车装着罐装鲜啤沿街卸货。青岛罐装鲜啤虽然好喝，但有个缺点，就是龙头出酒太慢，赶不上我们的喝酒速度，所以喝鲜啤的同时，还要配几瓶瓶啤。

这次去青岛，在小皮酒店边上的小卖部发现了崂山可乐，以前只知道有崂山矿泉水。其实，崂山可乐早就有了，不过现在是由玻璃瓶改成塑料瓶了。不像可口可乐配方那般神秘兮兮，崂山可乐直接把成分印在包装上，乌枣、砂仁、良姜、白芷、丁香之类的，而且味道绝不在可口可乐之下。我注意到，崂山可乐也是崂山矿泉水公司出的。回到北京打听哪儿能买到，答案是淘宝。

河间驴肉

河间不但出太监，它的驴肉也非常有名，好些城市卖驴肉的一般都挂河间的招牌。一年冬天去河间，算是把驴肉从头吃到脚。其实，河间并不出驴，只是有很多屠户。过去杀驴都是用铁锤砸，现在文明了些，改成电击。不管哪种方法，听着都有些残忍。会城门本来有家叫老驴头的饭馆，驴肉做得就很好，从驴板肠到驴网口（音），十分地道，我经常请人去吃。这家餐馆的装修也很有特色，墙壁上刻的全是带驴字的成语，可惜最近关门大吉了。据说卖驴肉很挣钱，一年十好几万没问题。他们有个诀窍，就是少放肉多放焖子（由肉汤和淀粉熬制而成），外加尖椒香菜之类的，驴肉能省下不少。我家楼下那家驴肉火烧铺，就一对小夫妻。男的炖肉烧汤，女的做火烧，兼收拾桌子、打扫卫生，小买卖做得红红火火。

在蓟县吃午饭

蓟县的啤酒不太好喝，有股糟味儿，但这家馆子的驴板肠熏得真叫地道。另外，还有咸菜炒小鱼黄豆、野兔丸子汤以及皮皮虾肉炖白菜豆腐。头一次知道野兔肉是膻的。但最值得一提的一道菜是蒸南瓜，把一个整南瓜拨开，里面居然是蜜枣、山药和葡萄干。当然，这些蜜饯的味儿全在南瓜里头，吃着让人酒量陡增。另外，他们的炒鸡蛋也很好吃，看着葱呀姜呀什么都没放，搁在盘子里黄澄澄的，很有卖相。也许是地处北京的东边，蓟县的肉饼做得比北京的强多了。有一种类似懒龙的肉饼，有好几层，切得四四方方的，让你吃到撑。据当地接待的同志讲，就是中央领导来了，给他们吃的也是这些。听说过去还有个大北京计划，准备把蓟县并进去，只是因为夹在中间的三河不同意才作罢。不然的话，蓟县特产都成了咱北京特产了。

高家包子铺

德州有一家高家包子铺，经营二十多种包子，据说是一家老字号。我们三人点了一屉大葱馅的，一屉黄瓜虾仁馅的。一屉包子有十来个，大概是三两。此外，还点了一份菜根香和一锅熟。菜根香是由香菜根、芹菜丝和胡萝卜丝腌的咸菜；一锅熟是五花肉、豆泡炖海带。最后，每人又要了一碗南瓜小米粥。我问服务员有没有白糖，服务员说，我们这儿喝粥从来不放白糖，因为南瓜本身就是甜的。

德州扒鸡

到了德州不能不吃德州扒鸡。据说，德州扒鸡最早产自禹城，不知怎么成了德州的品牌。景县人士周军明年春节想携一百只德州扒鸡来北京搞个百鸡宴，我觉得这主意不错。周军说德州扒鸡有几个特点，一是不大，每只就一斤多；二是挑扒鸡时主要看眼睛，眼睛睁着的，是活鸡宰杀，闭着的说明加工之前就死了。睁一只眼闭一只眼的，他迄今还没看到。德州东高铁站也卖德州扒鸡，50元一只，据说在城里卖48元一只。

麻辣鸡锅

离开武邑的头天晚上，运涛请我们去吃麻辣鸡锅。鸡块是之前炖好了的，估计炖之前还用调料腌制过。问老板用的是什么秘方，老板直截了当地告诉我们，这个不能讲。我和阿坚分析，调料里有郫县豆瓣，可能还有醪糟和糖，外加一些香料。鸡块用独流老醋蘸着吃，醋里泡着蒜泥。除了鸡块，还配有一份蔬菜（莴笋叶、白菜心、菠菜和宽粉）。此外，我们还点了一份豆腐和一份饼，饼切成四方块，倒在鸡锅里炖一下当主食。这家餐馆还卖沧州烧饼，烧饼分两种，一种椒盐的，一种麻酱的。椒盐的不带芝麻，是咸的；麻酱的带芝麻，是甜的。

衡水的啤酒

在武邑喝了两种当地的啤酒，都是衡水老白干生产的。现在很多白酒企业都开始生产啤酒或者红酒，居然还挺好喝。我们头天喝的是九州牌的，微甜，有股蜂蜜味儿，口感比燕京啤酒强多了。第二天喝的是金麦牌的，没有九州那么甜，比较清冽，入口比较舒服，在餐馆卖3元一瓶。我有一个习惯，每到一处，都要喝当地的酒，觉得从酒里能喝出当地的水土，以辨当地的民风。

武邑扣碗

这次去武邑，运涛本来安排了一桌狗肉席，因为我和周军养狗，阿坚也说不吃，于是便改成了吃武邑扣碗。根据资料，传统扣碗由八个"净碗"组成，有东坡肉、瘦肉、肥肉、肘子肉、米粉肉、杂烩肉、丸子和排骨，都是蒸出来的。后来，扣碗从八个增加到十个或十二个，样式也随之而变化。如今讲究四大件，即鸡、鱼、肘子、四喜丸子，还讲究荤素搭配，因此衍生了许多新品种。那天光顾喝酒了，忘了到底吃了八个还是十个。

荷香酥鱼

在衡水湖边上的湖宝饭店，吃了一道荷香酥鱼。鱼是野生草鱼，大概有四五斤重，是从衡水湖里捞上来的。做酥鱼一般都得放醋，再有就是用高压锅，不知道这家餐馆的酥鱼是怎么做出来的，它肉质细嫩，连鱼刺和骨头都能吃。荷香酥鱼是衡水十大招牌菜之一，还被做成了礼盒。那天我们还点了一道杂鱼贴饼，杂鱼也是衡水湖的，海米大小有好几种，是用酱烧出来的。所谓贴饼，其实是烤好了的窝头片，就着夹鱼吃别提有多香。

东清餐厅

东清餐厅是保定一家很有名的清真饭馆，据说已经经营三十多年了。环境一般，有点儿像临时搭建起来的大棚，24小时营业。它们的主打菜肴是牛肉罩饼，其实就是牛肉汤泡饼，外加二两酱牛肉，再在碗里铺上一些小葱段。通常的配置是每碗二两牛肉半斤饼，我们吃不下那么多，饼就要了三两。此外，还要了一条鲅鱼、一份杭椒拌鬼子姜、一份冷菜拼盘和一小碗糖蒜。想到这天是冬至，我们又要了一份羊肉馅的饺子。跟北京不一样，河北这边的饺子都是盛在碗里，感觉是在吃汤饺，不过丝毫不影响饺子的味道，阿坚吃出来是用酱拌的馅。

东兴涮肚

满城有一家叫东兴涮肚的餐馆，在酒店安顿妥了之后，我们去那儿吃晚饭。这家餐馆主营涮锅，锅底好几种，我们要的是高钙骨汤的，因为阿坚要吃原味。除了一对男女，餐馆里没有别的客人，阿坚推测，因为这天是冬至，大家全待在家里包饺子。进门先抽奖，一桌只能抽一次，我抽了一份四等奖，中了一份免费的鱼丸虾丸。我们点了一份山羊肉、一份好还中、一份肚丝、一份酸菜、一份冻豆腐和一份菌拼。肚丝是熟的，下锅就可以吃。

肚块、肚片我们没要，怕嚼不动。啤酒是当地（保定）产的蓝星牌，味道有些像衡水的九州，5元一瓶，我们三个人一共喝了12瓶。好还中的名字较怪，印象中应该是牛肉的一种。

顺平大饼熏肉

第二天去抱阳山，起床后去离酒店不远的一家叫顺平大饼熏肉的餐馆吃早餐。我们点了小米粥、煮鸡蛋（鸡蛋不带壳，煮起来应该有相当的难度。不过，如果是煮完后再剥壳，就是另外一码事了）和碗菜。满城的碗菜跟保定类似，都是用酱油腌花生、黄瓜、银耳、莲藕、腐竹之类的。重点是大饼熏肉，饼是芝麻薄饼，熏肉是猪肘子，程序应该是先腌后熏。这家餐馆也卖鲅鱼，5元一条，东清餐馆的鲅鱼一条卖10~13元，具体价格依鱼的大小而定。此外，这家餐馆还卖熏骨头，价钱比熏肉贵。熏肉每斤20元，熏骨头每斤25元。

坛子鸡

定州车站边上，有一家坛子鸡比较有名，以为是家餐馆，到了地方才发现，这不过是一个街边的门脸店铺，只提供外卖。除坛子鸡外，它们还经营坛子猪蹄。我们买了一只鸡，拿到边上一家明月小吃铺去吃。鸡炖得很烂，不过口味偏咸。从北京出发之前，接到周军一条短信，大意是保定正在闹禽流感，尽量别吃鸡，多吃驴肉和羊肉。其实，保定的正宗驴肉已经很难吃到了，驴肉里经常掺着马肉和猪肉，而且价钱跟驴肉一样，一斤都是 55 元。

明月小吃

一只鸡显然不够三个男人分，在明月小吃铺，我们又点了一份肥肠豆腐煲，一份炒羊杂以及一份葱爆羊肉。鉴于在保定吃到的羊肉饺子好吃，我们又要了两碗，一碗是半斤。但吃完坛子鸡，几乎已经半饱了，再吃自己就变成坛子了。于是退了葱爆羊肉，饺子也退了一碗。本来还想尝牛肉板面（应该是出自安徽的面食），但完全吃不下了。这家餐馆环境嘈杂，来这儿吃饭（用餐）的客人，多是来定州务工的老乡。肥肠豆腐煲好吃，炒羊杂放了很多酱油，而且不该放孜然。

香兰餐馆

在定州香兰餐馆，我们点了尖椒溜豆腐、肉末粉条和火锅羊头，另外还要了一盘凉菜，外加一份葱花饼。想不到菜刚上齐就停电了，而且还不止我们一家，半条街都是黑的。餐馆老板说这种情况很少发生，可能是检修线路。他还说如果不是因为有客人就餐，他就关门了。他让服务员从旁边找来蜡烛，我们就这样摸着黑把这顿饭吃完了。肉末粉条还算及格，尖椒溜豆腐偏咸，火锅羊头有股怪味，大概是碱放多了。据说炖羊肉羊杂放碱，是为了吃着酥烂。开始喝的是3元一瓶的珠江啤酒,不过不是广州出的,而是当地一个叫鹿泉的地方。因为不太好喝,我和小华改喝4元一瓶的雪花啤酒。别看一瓶就贵1元,口感好得可不是一星半点儿。

红素肉狮子头

第二天一早,我们随便在街边找了家早餐铺,点了馅饼、煮鸡蛋、豆浆和羊汤。馅饼分两种,一种是猪肉馅的,另一种是韭菜鸡蛋馅的。看馅饼是现烙的,阿坚又加了两张猪肉馅的。我不知道情况,以为多出的这两张是从天上掉下来的。这家小铺的羊汤不放碱,是慢慢炖出来的,味道比头天晚上的火锅羊头果然好很多。它们还卖定州市红素肉特色狮子头,30元三个算是一份,拳头般大小。具体做法是先用油炸一下,然后还要蒸40分钟,因为这么大的丸子很难炸熟。所谓素肉,大概指的是瘦肉。老板说这道菜在定州是道名菜,要上席的。

铁岭饭店

看完定窑窑址,已经是中午一点半了。我们驱车直奔唐县,顺道找个吃饭的地方。看到出村不远的路边,有一家铁岭饭店,一层是一家四川饭馆。我们饥不择食,便决定午饭就在这里吃。凉菜要了川北凉粉、蒜泥白肉,热菜是回锅肉、鸡蛋炒西红柿、干炸香菇和氽丸子。主食是米饭,出门三天,头一次吃米饭,有一种久违的感觉。至于这顿饭的好坏,实在不便评价,反正四川人吃了肯定会造反。不管怎么样,出门在外,如果过于讲究,那就得饿肚子。但是像阿坚那种过于凑合,也会使旅行变得糟糕。

槐茂酱菜

现在酱菜的质量大不如从前了,好的酱菜可以当成礼物。据说保定的槐茂酱菜十分有名,回北京的时候,在保定东高铁车站买了两竹篓。我还看到有瓶装的,除包装不同外,不知道其中有什么区别。槐茂酱菜的配料是食盐和甜面酱,主料有萝卜、苤蓝、黄瓜、洋白菜、姜丝、洋姜、子罗、莴笋、银条、海带、象牙萝卜、地露、花生仁十多种。其中,搞不懂子罗、银条和地露,只知道银条不是金条。

草包包子铺

最近,人气最旺的当然是包子。去济南的当天,午饭就是在一家叫草包包子铺吃的。八九个人一共吃了素三鲜、御膳包和猪肉灌汤包几种。此外,每人还点了一道菜,大概有炒合菜、熘肝尖、宫保鸡丁、奶汤全家福、元葱木耳、姜汁藕片、蒜蓉西兰花以及葱烧海参。啤酒喝的是15元一瓶的泰山原浆。草包包子铺不大,一共两层,我们去的时候正赶上饭点儿,楼上楼下全坐满了,因为他们的包子确实好吃。照理说吃包子就不该吃菜了,但老魏坚持用这种隆重的方式接待大家。

三义和酒店

在济南一共吃了两顿晚饭,也都是老魏请的,而且都跟羊肉有关。周五晚,是在三义和酒店单父郡包间,菜主要有烤羊腿、羊肉白菜炖豆腐、羊汤、温拌羊脸等羊系列。据说是菏泽风味,而老魏就是菏泽人。我对这顿饭总的评价是虽然羊肉味十足,但肉质很嫩,吃着不膻,可以说是出神入化。过去总以为羊肉是新疆内蒙古一带的专长,想不到山东的羊肉做得这么好。关于单父郡的来历,我后来查了一下,相传远古时期,单卷曾游于菏泽的四泽六水之地,善道术,有德行,被世人尊称为单父。所谓单父郡,可能就是后来的单父县。

鑫旺烧烤

第二天的晚饭是在鑫旺烧烤吃的,餐馆由一间厂房改造而成,刚进去有点儿冷,但炭火一上来就暖和了。老魏介绍,这是济南最火的一家烧烤店。在济南过去吃烧烤,基本都是去回民街的路段。我们点了烤羊肉串、羊碎鞭、红腰(为的是跟白腰区别)、蒜爆肉、烤大蒜等。总的评价是这家烧烤店的烤串食材新鲜实惠,不像新疆烤串,这家店的辣椒和孜然放得很少,为的是吃羊肉本来的香味。再有就是火候掌握得极佳,多一分就老了,而少一分则不熟。这才发现，所有的东西都是烤好了才上来的，而桌上的炭火只是为了加热。

祝圣寺素斋

祝圣寺在南岳古镇的东街上，始建于唐天宝元年，原名弥陀台。在当地朋友的安排下，我们在寺里的斋堂吃了一顿午饭。午饭很丰盛，摆了满满一大桌子，所有的菜肴都是用蔬菜、面粉和豆制品做的，而且菜名都跟佛教有关，比如花开见佛、静养千年、罗汉聚会、六根清净（六种蔬菜根）等。在此之前，我也吃过北京的广济寺素菜、上海的法华寺素菜，但没听说素菜有这么多讲究。我发现祝圣寺跟其他地方素菜的最大不同是，除个别菜肴的独特制法外，大多素菜都带酸辣，也就是说它们完全可以归到湘菜菜系。这真是蛮有意思，我奇怪我为什么没在北京的素菜馆里吃出豆汁和油条的味道。

宝相寺里的斋堂

宝相寺里的斋堂叫五观堂。五观大概的意思：一是思念食物来之不易，二是思念自己德行有无亏缺，三是防止产生贪食美味的念头，四是对饭食只作为疗饥的药，五是为修道业而受此食。当时已接近中午，我看到斋堂里一个中年僧人正坐在一张矮桌前吃饭，他对我们几位不速之客的出现表现出有些诧异，屋里还有两位女居士在打扫收拾。门口的桌子上摆着三个铝质大盆,里面分别盛着焖扁豆、西葫芦炒木耳和稀粥。稀粥盆落了一只苍蝇。墙上写着两个电话号码,号码旁分别标明菜、馒头,大概是负责给斋堂送餐的。这时,阿坚让我看斋堂门口贴着一张打印的通知,上面写着:为珍惜十方供养,落实寺院《丛林管理规约》,规范斋堂管理,经宝相寺寺务管理委员会研究决定,从9月20日开始,非寺管会所管理人员,不得在寺院斋堂用餐。特殊情况须经客堂批准。望大家谅解。

洛阳水席

午饭是在真不同吃的洛阳水席。出了电梯就听到一声锣响,然后一行人就被引入包间。女服务员皆身穿唐装,宫女打扮,逐一介绍菜品。吃到半截时还有太监模样的人宣读圣旨,据说此公为洛阳豫剧团的专业演员。开席前先有宫女端来小碗一只,内盛清汤少许,让我品尝咸淡(这是难得的荣誉),获得首肯后说接下来的汤品就按着这个口味来。前八品是凉菜和点心,分别代表服、礼、韬、欲、艺、政、禅、文;汤品也是八道,为牡丹燕菜、洛阳肉片、洪福齐天、百合虾仁、金龙报春、上汤竹荪、五仁小碗汤、滋补双凤鱼羹,主食是三甜饭以及四压桌。牡丹燕菜为头一道,他们让我先动一下筷子,最后一道当地人称为滚蛋汤,意为吃完之后走人。菜品虽多,但上菜速度极快,讲究的就是行云流水,喝完一碗即上一碗。事先有人说明,不爱喝的可以放在一边,碗不大，也就一汤勺的量，所以我都喝完了。啤酒我们喝的是当地产的洛阳宫，服务员奇怪，来这儿吃饭的客人一般都喝白酒（杜康之类的），因为水席本身都是汤汤水水，最后弄个水饱。真不同在洛阳市中州中路，河南人爱说"中"字，不知道是不是跟这家餐馆的所在位置有关。

第一家牛肉汤

洛阳人有一种把各种食材都做成汤的冲动，除水席外，还有各种名目繁多的汤菜。从沿街上的招牌可以看到，有羊肉汤、牛肉汤、豆腐汤、丸子汤、凉粉汤和杂菜汤等。我们是在龙鳞路第一家牛肉汤吃的早点，据老胡介绍，这家店在当地非常有名，每天早上四五点钟便有人排队喝头锅汤。这家店的牛肉汤从 5 元到 30 元价格不等，我们喝的是 10 元一碗的，碗里有几片牛肉，还有一些牛杂。汤可以免费续，每碗汤都配有一份切成条状的烙饼，吃的时候泡在牛肉汤里。老胡管它叫馍，原以为河南人只有管馒头叫馍呢。问及洛阳菜为什么这么多汤汤水水，潜夜说可能是因为洛阳三面环山，地处盆地干燥少雨的缘故吧。狗子认为盆地未必干燥，比如四川。不管怎么样，一大碗牛肉汤下去，喝得我开始出汗，头晚上的酒也解得差不多了。

黄门脸儿

黄门脸儿不带儿字，是我后加上的，觉得这么读着才舒服。这家清真小馆就在天津沈阳道北头，没有门牌号码，正式的名字叫祥来顺回民饭馆。我到的时候时间尚早，老板说中午12点才开门，于是我就在沈阳道转悠了一会儿。快到12点时到了餐馆，发现几乎坐满了，只剩下一张小桌，仿佛是专门为我留的。菜单就一张贴着塑料薄膜的纸，脏兮兮油乎乎的，经验告诉我，越是这样的小馆菜越地道。没有著名的牛头肉（当然，有了我也不会点，不说吃不吃得完，一个人抱着一个牛头啃实在不雅）。

试着点了它们的红烧牛舌和牛尾（都是24元一份），老板很粗暴，让我点点省事的。我问什么菜省事，老板操着天津口音说，给你吃嘛你就吃嘛。我从心里喜欢这种风格，如果全中国的餐馆都这样，不知要省多少事。很快我的菜就上来了，一碗黄焖牛肉，一盘圆白菜炒粉，一份番茄鸡蛋汤以及一碗米饭。我注意到加上老板，餐馆里里外外就两个人，老板一通忙活。菜做好了放在小窗口自己取，客人吃完了也会主动把碗和盘子摆好，放到小窗口。冰柜里有可乐、雪碧等饮料，啤酒是听装的哈啤，没有本地啤酒。应该说，这家小馆的菜还是很好吃的，而且不贵，我这餐加起来才29元。只是牛肉略咸，而且似乎欠些火候。一个碗里四大块，其中一块带筋的，我实在嚼不动，剩了又不好意思，便趁老板不备，悄悄吐出来扔在桌子底下。

餐车上的饭菜

　　经常外出旅行的人，都关心飞机和火车上提供的食物。飞机上的食物要比火车上的讲究得多，有人热衷收集各大航空公司的菜谱。但在火车上吃饭比较踏实，可以拉开架势，一顿饭吃好几个钟头。计划经济时代，火车的餐车就是其铁路局所在地的饮食橱窗，乘客可以在去沈阳的火车上喝到雪花啤酒，在去成都的火车上吃到鱼香肉丝。现在就不行了，虽然仍保留着地方特色，但饭菜质量普遍较差。这次坐火车从扬州回北京，早晨6点半，早饭送到包厢。有煮鸡蛋、稀粥、两个素包子，外加几根榨菜和几粒煮花生，共计人民币20元，不算贵也不便宜。这趟列车的餐车营业到晚上12点，供应烩三鲜、小葱涨蛋、淮扬时蔬、葱香木耳、老醋花生以及紫菜蛋汤。

　　这次去上海，坐的是G111次北京南至上海虹桥的那趟高铁，早上8:43发车，到上海大约是下午两点，接着还要去宜兴。看来，午饭只能在餐车上吃了。盒饭分两种，鸡肉蘑菇的和素的，都是45元一份，问有没有方便面，回答是没有。问流动售货车当然也没有，她们跟餐车是一伙的。以后坐车想吃方便面，只能自己带了。但平心而论，45元一份的盒饭不算太贵，在普通餐馆也顶多能买一菜一汤。

　　北京到天津的火车上没有餐车，只有一节类似餐吧的车厢，提供诸如麻花、鸡翅、爆米花等方便食品以及瓶装饮料（还卖可以发光的钥匙链和高铁模型),鸡翅是袋装而不是现烤的,咖啡也没有现冲的,当然更没有方便面以及盒饭了。餐吧有两张小桌,但没有座椅,要想喝点什么只能站着或靠着。要知道这趟火车全程才半个多钟头,大吃大喝不太现实,也没有必要。除餐饮外,这趟列车在其他方面也体现出它的短、平、快,比如没有闭路电视,中途不检票,就差连厕所门都给锁上了。似乎如此这般,你才能体会到什么叫匆匆过客。商务座舱的客人可以得到优待,免费喝一杯可以续杯的绿茶,似乎是对这趟短暂旅途的一种微不足道的补偿。

螃蟹

又快到吃螃蟹的季节了,我对吃螃蟹的心得不多,只知道海蟹可以吃冰鲜的,而大闸蟹必须吃活的。有个杭州朋友认为,关于大闸蟹好不好吃,以江浙人的口感为标准,一般以公蟹蟹膏的口感作为判断大闸蟹是否优良的最主要依据,无膏的当然最次,而有膏味咸的为贱,无味的为普通,味甘甜的为上品。特别值得一提的是北戴河出产一种花壳蟹,个头不大,肉很瓷实,味道鲜美。在海南吃帝王蟹,巨大的蟹钳吃不完拿回酒店,放进冰箱。夜间喝酒时取出来吃,胜过任何下酒小菜。

每年这季节都要吃螃蟹,不知为了什么,我突然不喜欢吃这种长相奇古的水生物了,觉得吃起来太麻烦,又怕吃出惯性了收不住闸。上周青岛的小闫来北京带来一箱螃蟹和大虾,说上火车前还都是活的。小闫到北京时正好是饭点，我让他直接把它们拉到阿巧粤菜，然后叫来一帮朋友分享。印象中，我只吃了些青菜，海鲜一筷子也没动。但从大家的行动看，小闫带来的螃蟹被迅速吃完了，因为这么新鲜的螃蟹平时在北京很难吃到。北京这种地方，本来就不适合吃海鲜，包括不宜对海鲜妄加评论。

酱牛肉

好多人都喜欢在家里做酱牛肉，老鸭她姐前些日子就给过我们几块，说是刚出锅不久。她还说了一些诀窍，我只记住了一条，就是牛肉酱好后，要在汤汁里浸泡三个钟头，以便入味。李晏也经常自己做酱牛肉，有时会带几块参加酒局。平时他还喜欢泡梅子酒，在做酱牛肉时拿出几枚泡好的梅子跟牛肉一块儿炖，其味道自然胜人一筹。有一次李晏跟老中医在宣武门附近的一家餐馆搞了一个酱牛肉局，结果多数人认为李晏做的酱牛肉比老中医做的略逊，没有发挥出应有的水准。李晏自然也有他的苦衷，他说头天夜里接到阿坚电话，让他去喝酒，当时煤气上还做着酱牛肉，他没关火就出门了。本以为就出去一会儿，想不到在酒馆一坐就坐好几个钟头。好在锅里水多，回家时锅还没烧糊，但酱肉的水准大打折扣。李晏的经历跟天福号酱肘子的版本雷同，也是伙计睡着了，肉多烧了几个钟头变成了不经意间的美食，但李晏的结果却没这么戏剧性。看来，绝大多数的悲剧就是悲剧，世界上没那么多歪打正着和因祸得福。

后来有一回在老楼家吃饭,听人说做酱牛肉之前要用纱布把牛肉包住,因为羊肉越炖越紧,牛肉越炖越散。老中医听了不以为然,他说关键要看什么部位。

老楼家的牛头宴

老楼在大翔凤胡同开了一家私房菜馆,前几天请了几个人去吃牛头宴。牛头是从科尔沁运来的,四十多斤重,炖了大概不到五小时。等出锅时已经很烂了,根本不用传说中的八九小时那么长时间。但下锅之前一定要用清水浸泡,再有就是要用刷子反复地刷干净。另外,清理口腔和食道也比较麻烦。炖好的牛头模样骇人,舌头吐出很长,仿佛下锅时那牛还活着。

一条牛舌有四五斤重,味道自然好吃至极。小时候只吃过牛舌点心,后来在烧烤店吃过黄油煎牛舌。除牛舌外,有人认为最好吃的部位是牛腮,但我觉得牛腮的味道比不过牛下巴和牛唇。当然,第一口一定不要蘸调料,而是吃它的原味。

老中医说他在法国的时候,参加过一次烹饪比赛,他做的就是一道酱爆牛舌,结果还得了奖,奖品是一本菜谱。这在法国是一项了不起的荣誉,可能是因为法国人跟中国人一样不务正业,把大量时间都花在如何吃上。回到牛舌,都认为有层舌苔不能吃,炖好后要把它撕下去,但也有人酷爱吃这种麻蝇东西。

内蒙古的牛头主要出自科尔沁和锡盟达尔,它的特点是肉质好,吃起来没有脏器味,另外就是出肉率高,随便就能多剔出来两盘。在当地,吃牛头宴历来是件大事,各种头面人物以及土豪劣绅都会被请出来(引用资料来自 1949 年前),而且也不是每天都会有牛上断头台。现在吃牛头宴虽然方便,但也要凑齐了人。

巧的是就在我吃完牛头宴的第二天,咸亨酒家的岳总就去了石景山的尊筵大酒楼吃牛头宴套餐。他们的菜品分得比较细,也有一些文艺,想吃出感觉必须了解当地文化,其中主要的有豁尔赤被困、金牛顶、牛气冲天、葱烧绝顶、晾衣牛爽肉、翠玉登天梯、香辣斩草芽、思念草原、酱香脆耳、草原脑白金外加烧饼之类的。把餐饮做成文化固然有意思,但讲究过多,也很容易让人迷失。

百年李记酱骨头

我们这代人对骨头很有感觉,比如硬骨头、懒骨头以及贱骨头(呃呃)等,都是用来形容人。吃过无数次骨头后发现,骨头和骨头之间是没有区别的,只有肉多肉少,好吃不好吃。羊坊店路上(离军博地铁站不远)有一家百年李记酱骨头炖菜馆,曾经经常去那儿敲骨吸髓(店家提供手套、吸管和围裙),它们的酱脊骨、炖棒骨以及干锅拆骨肉样样都很好吃,可惜这家店没了。开始还以为改成经营别的饭馆了,后来想百年老店不能说改就改啊,但不管怎么样,身边美好的事物(包括各种骨头)没有任何征兆,说消失就消失,这就是我们的现实。

李记白水羊头

老王开的李记白水羊头在广渠门内白桥大街22号，店名是刘炳森题写的，据说这是刘炳森唯一一次给个体户题写店名。大门口的柱子上是胡絜青的一副对联，"春风百业兴旺日，白水羊头异香时"。老王说1985年西四搞了个小吃胡同，李记白水羊头也参加了，胡先生吃得高兴，专门写了这副对联送给老爷子。从老爷子到老王都不是回民，但这家店却是个回民馆子，是经过民宗办特别审批的。要有明确的进货渠道和阿訇屠宰证明。跟其他地方（比如内蒙古）的屠宰不一样，上来就是掏心脏。阿訇宰羊第一刀就是放血，这样才能把血放干净。当然还有其他方面的规定，作为一家回民餐馆，穆斯林员工的比例不能少于2%，老王店里目前有17个员工，4个是穆斯林。每到开斋节等传统节日，老王给他们放假，让他们去礼拜寺。如果不是穆斯林餐馆，就不能在店内挂诸如真主伟大、感谢真主赐予我们食物之类的经文或条幅。而且这些条幅必须经由有关部门颁发。

老王看上去四十出头，方脸上留着几根稀疏的胡子，看见谁都高兴。老岳父家有三个闺女，1994年老王开始在店里学徒，烙烧饼煮羊头，1997年成了上门女婿，2002年就单独把珠市口那家店做起来了。回忆起那段学徒的日子，老王说他印象最深的就是劈羊头，这不但是件苦活、累活和糙活，同时还要有技术。劈的时候必须稳、准、狠，对准骨头缝，最多三下，不然的话骨头就成碎渣了。最多的时候他一个人一天能劈二百斤,加上还要砸羊蹄,累得老王吃饭时拿不起筷子。后来劈羊头改成铡刀铡,现在基本上都是用电锯,但不小心还是能锯到手。每次去李记白水羊头,都要吃一份烧羊肉。据王老板传授,烧羊肉讲究用腰窝,肥中带瘦,而且讲究老汤,因为老汤炖出的羊肉油而不腻,瘦而不柴而且入味儿。文火焖到九成熟后在汤中浸泡半小时,最后用色拉油兑入香油,八成热时下入羊肉,烧至色泽红亮,外皮焦脆出锅沥油,将烧好的羊肉辗成段儿即可上盘。烧羊肉一定要趁热,凉了回一遍锅,切忌图省事用微波炉打一下便上桌。

酱羊脑无疑是世界上最好吃的美食之一,吃进嘴里如膏如脂,奇香无比,是一道很好的下酒菜。去李记白水羊头,经常会点。它用花椒、大茴、小茴、丁香、姜、大葱、黄酱、酱油加水调色,加盐,选成型鲜羊脑下入汤中煮沸并用文火炖15分钟即可,时间不宜过长,免得口感过老,吃时配醋及蒜泥,这样可去腻并相应降低胆固醇。由此想到猪脑和鸡脑,猪脑最适合吃火锅,当然也是越新鲜越好。鸡脑过去叫秦桧,因为看上去像一个跪人的形状,小时候吃烧鸡抢着吃这个,享受美食的同时,也把正义伸张了。

11月初的时候,又去李记白水羊头吃了一次饭(说是试菜)。王老板给大家准备了烤羊排、香辣虾、海鲜豆腐煲、蒜蓉粉丝素蒸、白水羊头油爆肚仁、黄焖仔鸡、精品羊杂汤和烧羊肉。其中,我最爱吃油爆肚仁,火候掌握得炉火纯青,羊杂汤也是一流的。但王老板最推崇海鲜豆腐煲,我们没特别夸赞,是因为这道菜上得晚,那时候都集体喝大了,吃什么都一个味儿。所以提醒王老板一下,下次试菜一定不要喝酒,要么多好的菜让这帮人吃瞎了。

西部马华拉面

在北京看电影是一笔不小的开销,电影票不算,来回要打车,看电影之前或者之后还要大吃一顿。有一段时间,常去双安对面的 UME 国际影城看电影,如果去早了免不了要在边上的西部马华拉面吃碗牛肉面间或几串烤串。但很少专门去这家店吃,因为打车跑大老远只是为了吃一碗拉面未免过于夸张。上星期在外面喝酒,散场时王爷不尽兴,就拉我去马华拉面接着小酌(因为西部马华拉面 24 小时营业),他还专门把顾师傅从香山叫来。我们点了两道菜,红椒土鸡大盘鸡和香酥牛肉条,外加四瓶啤酒。大盘鸡很嫩而且量很大,全是用鸡腿做的,味道介于土鸡和三黄鸡之间。牛肉条炸得很酥脆,外面裹着芝麻,很适合下酒。可惜我和王爷都吃不动也喝不动了,等顾师傅从香山赶到时,王爷已经趴在餐桌上呼呼大睡了。

兰州牛肉拉面

跟阿坚和王爷还吃过一次东直门南小街的兰州牛肉拉面,看到周围好几家扎堆儿,有西安面庄、北华伊老冶拉面以及胡同 3

号牛肉饸饹面等，可谓面面俱到。我因为之前吃过晚饭，只想吃它们的兰州甜醅子，可惜卖完了。王爷对这家面馆的拉面不太满意，觉得吃着太硬，而且拉得不匀称。15 元一碗明显偏贵（牛肉单盛一盘，不知道是不是另外算钱），阿坚说他们家的田老师红烧肉，也不过 12 元一份。据说兰州市府明确规定，一碗拉面只能卖 7 元。最糟糕的是这家面馆不卖酒，一碗面几分钟就吃完了，大家显得有几分无所事事，于是便开始喝北冰洋汽水和免费的面汤。兰州还有几家出名的拉面馆，这家拉面馆是东方宫的加盟店。王爷说过去兰州拉面都要加一种叫篷灰的东西，有的拉面馆干脆就叫篷灰面馆，现在不让加了。记得看过一个电视节目，兰州一家拉面馆的老板发明出一台拉面机，跟另一家手工拉面馆在黄河边上比赛拉面，结果拉面机赢了速度，但口感比手工拉面略差，至于味道，两家平分秋色。

右安门拉面

去右安门拉面吃过几次，都是在半夜，主要是露天喝酒，居然没吃过他们口碑颇好的拉面。羊肉串倒是不错，电烤的还是碳烤的记不住了，用扦子或者红柳枝串着，25 元一串，吃完基本就踏实了。另外，它们的炒烤肉、烤腰子和大盘鸡也不错。说到拉面馆，一般会想到西北菜，可我觉得这家店里的菜品更接近新疆来。另外，这家店的马路对面是一家加油站，偶尔能闻到汽油味儿。但更可怕的是来这儿吃饭的人身上都多少带些戾气，动不动就打架。前天夜里几个人喝酒，狗子的下巴就挨了一记下勾拳，顿时被打得四脚朝天。

褡裢火烧店

鼓楼西大街有一家褡裢火烧店，有段时间常去那儿吃。它们的褡裢火烧从素到肉有很多种馅，皮儿又薄又脆，最爱吃肉馅的，素馅的褡裢火烧总觉得是从春卷演变过来的。另外，这家小店还免费提供棒子面粥，但总不能空嘴喝粥，所以店家还要搭上白糖，每次我们都能喝两三壶，直到喝撑了为止。这家店的烙饼卷带鱼也值得一吃，饼烙得好，带鱼不腥，而且也够厚够酥，能连鱼带刺一起吃。

锅贴打卤面里的油渣

定阜大街其实就是德内至柳荫街间的一条胡同，知道的人不多，但一说老辅仁大学或者庆王府老北京人基本都知道。胡同里有一家锅贴打卤面馆（就叫锅贴打卤面），是老楼发现的。这家店棒子面粥也免费，在一个硕大的电饭煲里，要喝自己盛。这家店锅贴种类繁多，猪肉、羊肉和牛肉馅都有，当然还有素的。老板和老板娘分别来自贵州和安徽，因此在这家小馆能吃到很好吃的蒸蛋饺、蒸腊肉腊肠以及用辣酱烧的牛肉豆腐。那天高大师先是表演魔术，用百元大钞削断了一根筷子，然后就是老楼和老中医抬杠。老中医认为，之所以有锅贴，是因为有人包饺子包不好，两头没捏住。老楼说，那过去家里吃饺子，炉子上是不是同时要用两口锅，一口锅放水一口锅放油，包好了的饺子煮着吃，包破了的用油煎。看来这个问题还真得好好考据一下。

  记得有一次吃饭，我无意中问了一句有没有油渣，想不到后来再去的时候，厨师送给我一大盘。油渣不是这家店的菜品，不是什么时候都有的。

  油渣小时候都吃过，那时候时兴用荤油炒菜，而荤油就是把肥肉、五花肉在锅里煸干出来的。有的人家吃油渣喜欢放糖，有的则蘸椒盐。我就比较喜欢蘸椒盐，油渣本来就油，就着糖吃未免太腻了。后来吃荤油的人家不多了，油渣也就少了。偶尔在餐馆吃饭，能吃到用油渣炒的菜，比如油渣小白菜。上个月女张迟从英国带回一些油渣，是用带皮的五花肉做的，包装在小袋子里。她说英国人喜欢拿它当小吃下酒，看来，英国人也有些跟咱们类似的习惯。

悦宾餐馆

  去美术馆对面的悦宾餐馆吃饭，大多都会点蒜泥肘子和五丝桶，但五丝桶里究竟有哪五种丝，却很少有人说得清楚。有人统计有鸡丝、肉丝、粉丝、芹菜丝和葱丝。可我几次都没吃出有粉丝来，鸡丝和肉丝也只占一样。不管怎么说，这道菜还算合我的胃口，我觉得还得归功于裹着五丝的鸡蛋饼烙得好。但这家餐馆的用餐环境一般，客人喜欢高声喧哗，而且没有厕所。想上的话，必须到边上的胡同里头。苏老肥有个中学同班同学，是这家店老掌柜的孙女。有一次我带家人吃饭，见到了那个小丫头，可她居然装作不认识苏老肥，弄得苏老肥很没面子。

金色凉山

凉山是四川的一个彝族自治州，所以金色凉山的服务员都穿着民族服装。南方少数民族服装有个共同的特点，就是炫目，看多了令人眼花缭乱。这家餐馆有一道油炸臭豆腐，可我没敢吃，平生吃过唯一的一次还是在绍兴。之前只知道江浙、湖南一带以及北京有吃臭豆腐的传统，想不到遥远的凉山那边也有人好这口。它的外观不像平常的臭豆腐那般方正，看着更像豆腐干。阿坚前些日子还去过凉山，说是那边有个麻风病村。

上周末又去那儿吃饭，点了一道油炸金蝉，说白了就是油炸知了猴（音：季鸟猴），小时候常吃的东西，要么用油炸，要么拿火烤（没听说过有谁用它做汤）。那时吃知了猴是不花钱的，而且都是现捉现吃，因为一过夜知了就从壳里爬出来了，这就是所谓的金蝉脱壳吧。据说，蝉在土里一待就是很多年，只为了一个夏天才爬到树上。古人从中得到感悟，把知了做成玉琀，搁在亡者的嘴里，希冀灵魂的转世和再生。

金色凉山有一道炸乳扇，跟一坐一忘的洱海积雪乳扇类似，蘸炼乳吃，口味酸甜。这道菜好就好在不下饭，吃它完全是为了磨牙打发时间，就像一个不以吃饭为目的的人进了餐馆，落得个清闲自在，有足够的时间东张西望。这道菜的材料主要是酸浆和鲜奶，状似奶片，可以炸也可以烘烤，在云南常见。我爱吃甜食，又喜欢奶制品，这道菜自然成了我的盘中餐（但每次都要剩下些，不知道能不能要半扇）。至于为什么云南会出现蒙古菜，据说涉及历史中的一次人口大迁徙。

西翠路的酱猪蹄

猪蹄的魅力在于皮筋肉相间，而且可以一口咬尽，是人世间无可替代的美食。在西翠路3号院门口，每天下午3点就有位老大爷出摊卖猪蹄猪肘，一共就两盆，卖完为止。据说这位老大爷的猪肘火得不行，有人排了三次队才买到。老大爷的身份也颇为神秘，有人说他曾经当过某位要人的厨子，不管是真是假，反正很吊人胃口。作为猪蹄猪肘的热情拥戴者，我真想买回家几斤尝尝，但一想到要排队，热情便打消了。记得从小就不爱排队，家长让我到食堂打饭，看见大家排队，就坐在一旁等着，等排队的人都没了再去买。结果可想而知，要买的菜全都卖完了，听着有点儿像卖火柴的小女孩儿。

老妈蹄花

北新桥边上开了一家老妈蹄花,一直想去吃,上星期终于如愿以偿。点了一份雪豆蹄花,36元,据说在成都也就十多元。所谓蹄花其实就是猪蹄,炖得很烂,入口即化,蘸料吃。而雪豆就是北方人说的芸豆,炖得也很烂很面,吃了不用担心不消化。一碗蹄花下肚,基本上就七分饱了。蹄花当然是猪的前蹄,猪前蹄跟后蹄是不一样的,简单概括就是骨头少肉多。问题是猪后蹄做成什么了,不能光拖猪的后腿啊!

汤城小厨

上午接到老段发来的短信,约午饭去金融街的汤城小厨小坐。一般情况下,小坐或者小聚都不喝酒,即便喝酒也是小酌。这家店在北京开了好几家,仅金融街购物广场边上就有两家,招牌是广东靓汤。我们点了猪骨番茄汤,味道还不错,盐及胡椒粉自己加。煲仔腊味饭也是类似,加多少酱油要征求客人的意见。此外,还吃了它们的烧味拼盘、榄菜鸡脆骨、姑妈焖猪手、椒丝生菜以及客家豆腐。客家豆腐上有肉馅,姑妈炖猪手砂锅底下垫的是剪过的土豆条,榄菜脆鸡骨里有不少扁豆,椒丝生菜上面浇的是南方那种白色的腐乳汁。老段说别看中午来这儿吃饭的人很多,晚上以及周末就不行了,因为来这儿吃饭的大多是在金融街附近上班的。

义聚成

  义聚成专门经营炙子烤肉,我知道的在北京有两家,一家在景泰桥往南,到了安乐林路口再往西,有些不太好找。上个月老马在这家店给子明接风,头一回喝他们自酿的高度白酒,第二天居然一点儿都不难受。当然,他们的炙子烤肉也很地道,大冷天几个人围着炭炉烤肉,这种氛围很少有。前门大栅栏附近有一条胡同叫廊房二条,不知道为什么会叫这个名字,过去有很多古董店,现在还剩下两家。有时我会去那边逛逛,看能买到什么老物件。前门义聚成烤肉店就在其中一家古董店旁边,一个红色的招牌十分醒目,上书:北京胡同里最古老的烤肉 & 最早的酒铺 & 北京老字号。据老马介绍,他们的酒非常有历史,最早是跟顺义酒厂联营的,叫二门酒。具体说头和特点我就不说了,有兴趣的自己去品尝。

  马哥属马,去年因为是本命年,所以喝酒比过去谨慎。马哥喜爱运动,每周都会踢足球,所以每次在餐馆看到他,都是一身运动装束,显露出几块腱子肉。马哥重视朋友,只要是他组的饭局,即便有一个人迟到,他都会等着人都到齐后才开始。这一点跟我不一样,我是到点就吃,晚来的人不但吃不到热乎的,而且还要被罚酒(人和人的差距就这么大)。马哥喝酒开始很猛,但不恋战,点到为止,要么散场,要么转场去歌厅 K 歌。马哥还喜欢照相,上次吃饭,他没怎么吃喝,身上背着两台相机,一直给大家照相,我几次都把他当成临时请来的专业摄影师。

老浒记

琉璃厂街边有家老浒记民俗酒楼，有时逛琉璃厂赶上饭点儿，就在那儿吃一顿。当时笠谷就住在东街，阿炳住的小区也离餐馆很近，大家索性凑在一块儿。我父母也去吃过两次，对它们的饭菜赞不绝口，特别是松鼠桂鱼和烤鸭。我则比较喜欢吃它们的晾干白肉和炒红果（一听就是老北京）。人少的时候吃吃大拌菜、炸灌肠、芥末墩和烂蒜肥肠就行了（麻豆腐我是不吃的），如果一碗炸酱面下肚，就没地方装别的了。人多时除烤鸭外，还可以考虑一份酸汤鱼。除了吃饭，这家餐馆还有些纪念意义，我跟老中医就是在这儿认识的。当时餐馆已经打烊，就剩我们这桌，服务生很好，也不轰我们，这反而让我们觉得有些不合适了。

这里说的阿炳，不是拉《二泉映月》的那个，这个阿炳是出版社编辑，而且还是女的。我觉得跟几种人吃饭有意思，其中一种便是属于多才多艺型的，娱人娱己，何乐不为呢。平时阿炳作为山东（招远）大妞，吃饭虽然也大大咧咧，但话题一般比较严肃。想不到上星期在柳林熏肉大饼吃饭，阿炳兴致所至，连唱了越剧《红楼梦》、黄梅戏《女驸马》、样板戏《沙家浜》和山东吕剧《老包出宫》，把全桌给震住了。《沙家浜》唱的是《斗智》，老中医跟阿炳对唱，却只有招架之功，虽然他平时吃饭也喜欢唱上几段（保证不跑调）。说来跟阿炳吃吃喝喝也有十来年了，阿炳看似对吃的不讲究，却总能点几道出人意料的好菜，酒量一般，喝起来还算豪爽。婉约与豪放都恰到好处。

香天下

很容易把这家火锅店的名字读成看天下，周末在它们的二层搞了个义卖活动，顺便吃了顿晚饭。火锅底料分好几种，有麻辣的、鸳鸯的，还有九宫格。九宫格的好处是可以分门别类地涮，而且自己涮的东西可以吃得到。香天下的食材绝对新鲜，不管是羊肉还是腰片、鸭肠、脑花。当然，青笋、百叶、鸭血和午餐肉涮起来也很好吃。小烧饼一份四个，切成四块，是非吃不可的主食。另外还有一种炸酥肉，也十分好吃。据说一只猪身上只能出两斤肉做成炸酥肉，可惜没问清楚具体是哪个部位，该不会是猪的痒痒肉吧？

一罐香

一罐香离闵庄路不远，是一家湘菜馆。它的四周有一家康复医院，一家肛肠医院，一家妇产医院以及一家牙科诊室。另外，好像还有一个住宅小区和一个会议中心。所有这些决定了这家餐馆的菜介于快餐盒饭和病号饭之间（还好，一罐香不是拔火罐）。老鸭住院时我去吃过一次，不好吃也不难吃。用餐标准分 30 元、25 元、20 元和 15 元几种，我点的是 20 元的，两荤一素，外加一碗紫菜汤。两荤是尖椒炒肉丝、蘑菇炒肉片,一素是清炒西葫芦,十分钟就吃完了,抬头一看居然排起了长队。这家餐馆其实也可以点菜,但点菜的只有区区两三个人,不知是何原因。

小洞天

十好几年前,我有一段在簋街鬼混的日子。大多数时间都是在晚上,从另一家餐馆或者酒吧转场。来时候的状态基本上都是在喝大的情况下,所以来这里主要是为了吃东西。去的最多的地方是小洞天,还有就是小山城和表哥米粉。当时小洞天的火锅相当有名,据说是开京城麻辣烫之先河,但我们去那儿一般都是吃酸菜鱼,小山城的主打菜则是干锅麻辣牛蛙。其实我不太爱吃火锅,每次都觉得吃不饱,回家里还得煮袋速冻饺子。当时吃火锅,主要是为了图热闹,再有就是女孩子们爱吃,但她们最爱吃的还是麻小,她们能一只接一只一直吃下去,就像嗑瓜子。记得当时的人都喜欢出来混,一个火锅,一晚上能来好几拨,于是加汤点火接着涮,鱼段、午餐肉、牛肉丸、油豆皮、藕片、莴笋、茼蒿一通招呼,而不知天将破晓。

表哥米粉

表哥米粉是一家很小的店铺,印象中也就三四张桌子。每次去都要吃一碗酸辣笋尖米粉或者牛肉米粉,不记得有传说中的排骨煲仔饭。尽管味道不是很正宗,我对米粉的成见就是在这里被改变的,之前我觉得只有白面才适合做成面条状,而大米则必须是一粒一粒的。听说这家店后来改成了川味香辣蟹,还是西部云南风味,但主打菜已变成香辣黑蟹和香芋鸡。有一天我们吃到半截,进来一个弹吉他的小伙子。狗子喝大了,跟着那个歌手连唱带跳,还做了一些不雅的动作,整个餐馆的人都笑翻了。狗子和小伙子约好,小伙子第二天去狗子家玩儿。等第二天那个小伙子如约出现在狗子面前时,狗子的酒醒了,头天晚上发生的事情,成为狗子脑子里挥之不去的迷雾。

黄记煌

原来的餐馆吃腻了,有一段时间大家改吃黄记煌。黄记煌的全称是黄记煌三汁焖锅,三汁指的是酱汁、海鲜汁和番茄汁,全部美味的秘密就在汁里面,多难吃的食材,经这三种汁一焖,想不好吃都不行。记得我们去那儿主要吃鲶鱼锅和鸡翅锅,这家店的鲶鱼很怪,怎么炖都不碎,仿佛经过特殊处理似的。据说最好吃的是鲟鱼头锅,可惜没吃过。吃过大鱼大肉,就开始吃配菜,最后加水下一份手擀面或泡饼,一顿饭才告结束。值得一提的是,有的人刚吃时总怕粘锅,一个劲儿地在那儿翻腾。其实,黄记煌用的是钛金不粘锅,要知道并不是所有的不粘锅都是钛金不粘锅。这,也是我后来才知道的。

小青岛

簋街有家叫小青岛的餐馆，以前没怎么听说过。直到两个月前，阿坚约我去吃饭，我才知道原来这条街还有一个吃胶东海鲜的地儿。可能之前经过过无数次，只是对它不太重视，大青岛都吃遍了，更何况小青岛。到了地方一看，果然不起眼。跟周围的餐馆比较，这家店显得破破烂烂的，没什么装修，椅子坐着也不舒服，而且还是我不喜欢的白炽灯。本来我对海鲜就没什么概念，觉得它们属于寒食，吃多了伤身，适合浅尝辄止。但这家餐馆的海鲜做得确实不错，比如豉汁扇贝、辣炒蛏子（有些牙碜）、葱拌墨斗鱼以及鲅鱼锅贴。青蛤豆腐汤味道也还行，如果不放味精的话会更好。多亏有好喝的啤酒，多少弥补了烹饪上的不足，据说这家店的啤酒和海鲜是一起从青岛运过来的。经过一路颠簸，不管是海鲜还是啤酒，它们的生命力肯定都被激活了。

东兴楼

不过簋街也有体面的馆子，比如东兴楼、吴裕泰内府菜和花家怡园。其中东兴楼属老字号，有一百多年的历史，居八大鲁菜饭庄之首。它不但菜做得精致，服务员也漂亮，跟空姐似的。这样一个饭馆，与街边的鸡毛小店为伍，确实有点儿屈尊了。上个月有朋友在此请客，没好意思点太贵的，如镇店菜葱烧海参等，却有机会尝了它们的烤鸭、干炸丸子、酱爆鸡丁、烧二冬以及乌鱼蛋汤。因为是午饭,没喝太多的酒,几个人加起来不到20瓶。

花家怡园

去花家怡园都是去最早的有四合院的那家,夏天就坐在外面。花家怡园有自己专用的停车场,院子里有时还放电影(也可能我记错了)。来到这儿,八爷烤鸭是一定要吃的,此外,我还比较喜欢他们的老坛子、莲藕酥和花家白菜。它们的例汤也很好喝,还有一个卖得很好的菜叫纸包鸡翅,后来我在日昌也吃过。它主要是用一种蜜汁烧肉酱以及葱姜料酒等腌制,然后包上锡纸放油锅里炸。因为裹着锡纸,肉质才十分鲜嫩多汁。我曾经粗略统计过,鸡翅的做法加起来不下100种,有麻辣的、耗油的、碳烤的、可乐的、啤酒的、微波炉的等。当然还有美式炸鸡翅,而肯德基和麦当劳当之无愧是这个领域的集大成者。

吴裕泰内府菜

吴裕泰内府菜据称是一家养生餐馆,实际上还是变着法儿卖茶,比如高山流水溢鲜鲍,用的就是野生鲍鱼和茉莉花茶。还有一些菜,从它们的菜名就知道了,比如鹅肝绿茶、龙井虾仁和碧螺手拨鲜虾仁等。我发现当茶叶变成食材后,价格比茶馆里卖得还高。等着上菜时,客人们可以看到变脸和魔术,不知道有人注意到没有，这两样节目恰恰是餐饮业的真实写照，很多餐馆和菜肴都是在人们的眼前变来变去，最后一下给变没了。

嘉陵楼

半年多前，杭州的石磊来北京，我们在簋街西边靠近北新桥的嘉陵楼给他接风，当时天还暖和，大概是晚上9点多钟，石磊乘的飞机还没降落，而餐馆里已然没了空位，我们就坐在餐馆外面的凳子上等。想不到这个风一接竟持续了一周。这家餐馆的菜几乎被吃了个遍，酒就更不用说了，直到把石磊喝得一杯都喝不动了。之所以能连续来嘉陵楼吃饭，是因为它的环境不错，能坐在包间里体会闹中取静，再有就是觉得它们的菜还比较正宗。美容蹄是一定要吃的，此外，我还爱吃它们的潮州四宝拼盘、干炸带鱼和木瓜露。牛肉末烧饼更是一吃就吃好几份，好吃到什么程度？打个比方，如果烧饼上的一粒芝麻不慎掉到桌缝里，就是假装发怒，拍桌子也要把它震出来，然后小心翼翼地用指尖黏住，搁嘴里吃了。

立冬住在上海，来北京出差时会请大家在簋街一带吃饭，可能是因为簋街离他住的酒店较近。有一回是在东兴楼，还有一次是吃羊蝎子，昨天是在嘉陵楼，每次都是吃午饭，按立冬的话讲，晚上都是一些商务安排。其实吃午饭挺好，不用喝太多的酒，如果不幸喝大了，一下午连同晚饭就废了。立冬不太喝啤酒，一顿饭也就喝二两白的，有时是小二，有时是郎酒或者茅台。除了请吃饭，立冬每次还会送阿坚、孙民两条烟。此外，立冬还有一个习惯，就是随身带一个小本，听到大家聊到一些有意思的话，他就会记下来。去年6月份我去上海，那是一个风雨交加的夜晚，我打电话给立冬约他出来吃饭，不巧他陪朋友去了普陀山。

兄弟川菜

最早吃兄弟川菜，是去南锣鼓巷北口正对着的那家，主要是吃火锅。这次去簋街靠东直门的那家吃，发现他们的风格变得很重。泉水牛蛙等几道菜都很辣，辣得我眼前一阵阵发黑，黄豆炖猪手则很咸，但重口味有一个好处，就是你可以一直把注意力放到菜上，以致散场的时候，我把一盒刚买的大卫多夫雪茄落在桌上。不过，这家店的夫妻肺片确实很地道，除了里面没有夫妻这点儿小小的遗憾外，它给我留下极佳的印象。再有就是那天刚刚落座，就上来一壶黑豆浆，虽然不是现磨的，但仍不失为北京寒冷冬夜的一股暖流，因为不是我请客，不知道它是不是免费赠送的。

苗岭酸汤鱼

除了上面说的这几家餐馆，过去经常去的还有苗岭酸汤鱼和阿公阿婆靓汤食府，还有东边靠北把口的一家餐馆，名字居然想不起来了。一次，我有个朋友在那儿吃饭，被邻桌客人认成一个喜剧明星，不停地过来跟他搭讪，最后把我的那位朋友惹急了。

我想，如果他真是喜剧明星，就不会发这么大的火。苗岭酸汤鱼是一家很小的店，除了酸汤鱼外，还有酸汤鸡、酸汤鸭和酸汤排骨。最早吃酸汤鱼，是在贵州诗人何三坡家里，当时他还叫何尚，应该是他的本名。那时我才知道，所谓酸汤，是用番茄加上红辣椒、生姜和糯米自然发酵而成，但酸汤鱼里有种奇特的香味，来自木姜油，它是由新鲜的木姜子榨成的，呈黄色透明状，被何尚装在一个玻璃瓶里细心地保管着。他说，只有滴了木姜油的酸汤鱼才是真正的贵州风味。

华仔火锅店

在箅街那些消失的餐馆里，我最怀念一家叫华仔的甲鱼火锅店，它的甲鱼又嫩又烂，下锅里没一会儿就能吃了，用不着坐那儿苦等。有时连甲鱼带鸡一块儿炖，可能这就是传说中的霸王别姬了，它的香味真是令人欲罢不能。但是，有一回在华仔吃饭，一锅甲鱼刚刚炖好，一个喝大了的朋友就把一百块钱扔进锅里。其实这也不算什么，当时的人还很年轻，经常是一言不合大打出手。还有一回在华仔喝大酒，第二天呕吐，居然吐出一口鲜血。当时不禁心中一惊，怎么喝酒还能喝吐血呢？冷静下来后，回想起来，原来头天夜里把甲鱼血兑到二锅头里狂饮来着，我勒个去，原来老子吐的是王八血啊！

老北京涮肉

北京到底有多少家老北京涮肉，恐怕数都数不清楚，白脸说连锁的至少有60多家。昨天丁老禾在百子湾后现代城的老北京涮肉发他的新长篇《广阔天地》，借机会又大聚了一次。虽说挨着后现代城，它们的涮肉还算中规中矩，调料分麻酱和香油的两种，佐以香菜和香葱，辣椒油必须是现炸的。主要涮羊肉和牛肉，外加冻豆腐、酸菜、粉丝以及蒿子秆一类的。头一次吃到涮薄荷和荆芥，想不到涮薄荷叶还挺好吃，而荆芥更是稀罕。老中医说荆芥是一味中药，有治疗头痛和麻疹等功效。作为食物，可以凉拌，过去主要是河南一带流行吃这个，近些年传到北京，有的菜市场就有卖的。

天凉了，大家又纷纷张罗起吃火锅。其实，火锅有一个很大的问题，一方面觉得吃不饱，另一方面锅里剩很多，因为吃到后来都是连肉带菜一股脑往里头倒。有的人一开始就不吃，坐在炉子旁烤火。因此，火锅店最重要的是通风。上次去的那家一条龙通风就不好，大家坐在一个包间里，还没怎么开喝，脑袋就觉得昏昏沉沉的，只好又换了一个包间。最忌讳有的人吃火锅只管吃不管下，你刚涮熟的几片肉，迅速被他夹走了。

长沙粉馆

西四北三条东口有家长沙粉馆,经营各种长沙米线和浏阳蒸菜。米粉有酸辣鸡胗粉、酸辣土鸡粉、红烧排骨粉等。我不喜欢吃米粉,觉得米粉再好吃也比不上面条。这家店的蒸菜还挺不错,虽然口味有些偏重。点了凉菜酱凤爪和酸萝卜,蒸菜点的是蒸腊鸭、蒸扣骨、蒸鱼、蒸豆腐、蒸芋头等。炒菜类点了紫苏煎黄瓜、干煸猪肝和青椒油渣。之前就说是奔着这道油渣来的。我们一共七个人,去的时候正赶上饭点,等了半天座位,而且还得拼桌。在别的桌上看到一锅风味煨土鸡,等坐下已经卖没了。还有一道青菜,也没吃上。这家餐馆养了一条叫牛奶的狗,很老实但很馋,喂它肉都不吃。卫生间只有一个小便池,一捆豇豆泡在一个塑料桶里,水池旁的一个塑料盆里泡着削好了皮的芋头。别看生意好,只营业到晚上10点钟。临走时老板娘(浏阳人)给了我们一个电话号码,说下次来之前一定打电话,她好把土鸡给我们留一份。

鹭鹭酒家

在南京的时候,经常在路边喝鸭血粉丝汤,当时还有些纳闷,南京怎么这么多鸭血啊,后来才恍然大悟,南京有那么多酱鸭、板鸭、桂花鸭,鸭血多也就不奇怪了。军博售票处边上有家鹭鹭酒家,主要经营上海菜,但它们的鸭血汤做得很赞,每次去基本上都要一份。有一回发现喝不下去了,一查才知道健康出了问题。当然,它们的蟹柳芦笋和响油鳝糊也做得不错,几乎是每次必点。好像在去年四五月份,带父母游完玉渊潭公园,出来后便去鹭鹭酒家吃午饭,到地方才发现这家店已经关门了。

八珍饺子馆

六铺炕有家八珍饺子馆,一度全家人经常去那儿聚餐。进门左首是一个看得见风景的包间,正好容纳六到八人。如果没订上包间,就只好坐大厅的散座。每次当然要点几种饺子,另外就是酸汤鮰鱼。这家餐馆的饺子属于皮薄馅大那种类型,所以有时煮破了也很正常。想起当年老鸭头一次来我家吃饭,回去后她家长打听我家的情况,老鸭说还行,他们吃饺子还吃菜。

现在大家都同意,吃饭就是交际,因此跟谁吃不跟谁吃就变得很重要。大概每周回家跟父母吃一次饭,过去在家里吃的时候多,现在主要出去吃,一般都是我爸请客,所以去哪家馆子都是他老人家拿主意。跟父母吃饭一定要早到,看到他们来了,要赶快到门口迎接,点菜也要点父母爱吃的。父母喜欢看孩子多吃,但好几次跟父母吃饭,都带着前一天的醉态和酒意。

跟老婆吃饭可以很节俭,一般就点两道菜,每人一道自己爱吃的,剩下了打包也不觉得丢脸。一对男女在餐馆吃饭,一眼就能看出是不是夫妻。夫妻看着从容自在,俩人闷头吃饭不太说话。不是夫妻的,一般都是男人在表现、表白,点菜也比较铺张。真正的夫妻，丈夫一般都不喝酒，要喝只喝一瓶。不是夫妻的，男的一般会喝两到三瓶。有的时候，女的跟男的会一块儿喝，喝多了还哈哈大笑。

老鸭吃饭很慢，快餐都能吃成慢餐，而我在不喝酒的情况下，10分钟以内就把饭吃完了。她必须紧赶慢赶还赶不上，我坐那儿也觉得无聊。老鸭点菜也让人抓狂，如果不征求她的意见，她会觉得你不重视她，如果你让她拿主意，她会立刻陷入迷茫，拿着菜单反复琢磨：是呀，我是该喝可乐呢还是喝可乐呢？

老鸭有个优点，就是节俭。每天早晨我都要喝酸奶，最原始的那种。平时冰箱里也会储存若干，以便随时饮用。前几天去三里河的超市购物，顺便买了几袋酸奶，第二天却发现包装全都鼓胀了。再一看日期，原来买的当天就过期了。我想把它们扔掉，但被老鸭阻止了，以为她要去超市退货，想不到她居然要把这些坏了的酸奶做成酸奶冰棍。

饭桌上最能看出一个人的修养，有的人吃相很差，全然不顾他人，在盘子里要么拨草寻蛇，要么金鸡乱点头，看到喜欢吃的菜也是一通猛吃。我的事比较多，一会儿管服务员要餐巾纸，一会儿要牙签，连我自己都觉得折腾。我妈属于善良外加忍让的那种，菜做得不符合要求，上菜时间慢了，她老人家都不许我们吭声。

一家人外出吃饭，我姐最爱点菜。但她有个很大的毛病，就是研究来研究去，抱着菜单不撒手。一会儿说咱们吃这个吧，这个以前没吃过。一会儿又说要不然点这道，这道菜对肠胃有好处，而且正在打折。如果遇上过年，她一定会点粘糕。总之，每道菜都有说头，都有讲究。听得服务员头都大了，死的心都有。

我爸则喜欢明亮舒适的用餐环境，诸如咸亨张生记海棠居之类（能在大会堂宴会厅就更好了），蜀国演义的包间也带独立卫生间，但装修太过注重灯光效果，深一脚浅一脚，他老人家也不待见。有一次去一家老字号，那儿东西不错，但装修看上去破破烂烂的，我爸从头到尾一言不发。吃完了从餐馆出来，问他觉得如何时，他老人家勉强说了句，还凑合。今年父亲节，大家都不愿意跑远路，于是去了院子边上的一家四川餐馆，本想点一些我爸爱吃的菜，诸如大蒜烧鳝段、虾籽烧蹄筋之类的，可它们做的都带辣椒（老年人视力不好，辣椒会刺激视觉），于是便改成了清蒸鲈鱼、红杏酱猪手（名字好怪）、野菌烩丸子、鸡汁萝卜丝和干煸茭白。顺便说一句，川菜里干煸类全都放花椒和辣椒，我姐点这道菜，是因为她对川菜缺乏了解。

我爸有个习惯，就是喜欢收集在餐馆吃过的菜的小条，特别是在我们院旁边那家（我爸办了它们的卡），说来已有好几年了。这回写这本书，我想把我们家庭聚餐时吃过的菜编进去，以便记录一下一家人聚在一起都吃些什么。管我爸要那些小条，想不到他老人家已经把它们扔了。

安徽牛肉板面

周末去南口，在镇上一家小馆吃了一碗安徽牛肉板面。之前在山东、河南等地看到过很多安徽板面馆，大有跟兰州拉面一决高低的架势。安徽板面不贵，一小碗才6元，此外，还可以往里加卤蛋、狮子头、豆皮等，一份也就1元。安徽板面有两项核心技术，一是面汤，据说是用20多种药材熬制而成的，其中有当归、丁香、白芷等，我以小人之心揣度，这么多名贵药材才卖6元一碗，岂不是亏了吗？再有就是揉面，抻出来的面一定要爽滑弹牙，这要求揉面师傅必须具备相当的功夫。那天我吃到的未必正宗，碗里有三小块红烧牛肉，面底下垫着几片生菜，面汤里隐约能喝出一股药味儿，一碗面的全部也不过如此，总不能要求通过吃一碗面条，把自己身上的病也治好了吧！

路友家常菜

后来又去过南口一次，正好赶上午饭时间，当地的朋友小全请我在路友菜场菜馆吃饭。他说南口没什么好吃的，就是羊肉串，再就是羊汤和羊杂汤，他说下回我来南口带我去吃。这家餐馆最有名的菜是老汤炖肘子，很多客人就是奔着这道菜来的，肉皮和肥肉部分入口即化，瘦肉吃着也不柴，蘸料里除了大蒜还有葱花，感觉有几分农家菜的随意。一份老汤炖肘子48元，着实不贵，在城里有的餐馆能卖到近百元。另外，我们五六个人还吃了五花肉黄豆芽、肉片平蘑、酸辣土豆丝、白菜嘟豆泡，主食吃的是炸酱面和炒疙瘩。因为是中午，啤酒没多喝，只是象征性地喝了四瓶燕京。

柴氏牛肉面

几天前去甘家口吃柴氏小碗牛肉,突然被一个问题困扰住了,小碗牛肉之所以叫小碗牛肉,仅仅是因为把炖好的牛肉盛在小碗里吗?如果叫小宛牛肉或者小婉牛肉岂不更好吗?因为都还能找到出处,小碗牛肉就令人费解了。另外,柴氏这个名字起得也不太好,感觉有些塞牙。好在有若干肥肉,而且价钱便宜,才18元一碗。西三环航天桥西也有一家柴氏牛肉面,一打听,也是同一家兄弟开的,已经七八年了,有墙上的老照片为证。但航天桥这家店的生意,跟甘家口那家比起来,真是差远了。

康师傅私房牛肉面

老葛从杭州来北京,我想请他吃面条,于是把午饭约在大钟寺对面的一家康师傅私房牛肉面馆。去了才知道,这家店没有我想要的顶级弹牙嫩排面,服务员说只有礼士路店才有。得知一碗面要108元,老葛有些诧异。但我觉得,只有这么贵得离谱的面条,才能给人留下印象。

兴隆家味菜

兴隆家味菜是一家经营河南烩面和家常菜的餐馆,地处柳荫街北口拐角的位置,把着羊房胡同的最东端,门牌号码是羊房胡同1号,对着的胡同是后海南沿。餐馆开了已有三年,老板娘姓王,来自河南,除了老公外,还有母亲和两个兄弟在餐馆帮忙。每次去那里吃饭,我们都会点他们的炒饼和烩捞面。炒菜一般会点乡巴佬炒豆腐和小炒菜花。他们炒饼切得很细,火候也适中,既可以当主食,也可以当下酒菜。如果是在夏天,一定要点煮花生和毛豆,间或来几串烤串之类的。一般情况下,高大师都是三盘煮毛豆,两盘带壳的煮花生,比一窝老鼠的饭量都大。餐馆边上有一小块露天的空地,我们一帮人经常一边喝酒一边看球,直至下半夜。

京天红酒家

京天红酒家出名不是靠炒菜,而是天津炸糕。那天高利张罗在虎坊桥湖广会馆边上的楚畹园吃饭,下了车正好路过那儿,看到京天红外卖炸糕的窗口排队,就顺便买了几个。吃了一口还真不错,皮不但薄而且焦脆,里面的豆沙馅也很足,感觉主要是为了吃馅。炸糕不贵,2元一个,现包现炸,窗口贴着告示,京城只此一家别无分店,每人一次最多买20个,可见生意之火。凭我的印象,爱吃炸糕的多是中老年人,小年轻则不怎么爱吃。炸糕必须趁热吃,加热适宜用微波炉,或者蒸一下。切忌用油再炸,否则油上加油,吃着就腻了。另外,就是喝白酒时不要吃年糕或炸糕,轻则腹胀,重则便秘。把刚买的炸糕带进餐馆请大家吃,结果谁都不吃,因为吃完炸糕就没法吃菜了。京天红还有个窗口,卖天津五谷排叉和大丸子,排队的人也不少。餐馆主营天津炒菜,打算哪天去吃一次。

顺峰酒店

一般的餐馆不是叫酒家就是叫酒楼,叫酒店的大多都会有客房。没错,顺峰酒店过去就带客房,后来没有了。一天上午我去顺峰的金阁店吃早茶,主要是想把它们的脆皮乳鸽跟唐宫的做一下比较。其实,唐宫的乳鸽味道如何,早已忘得差不多了,因为也就吃过那么几次。顺峰对他们的乳鸽比较自负,一进门就能看到一块招牌上贴着他们的琵琶乳鸽的介绍,我记住一句自古以来就有一鸽胜九鸡之说,而鸽子蛋里含有丰富的蛋白质,还被誉为动物人参。这家店的乳鸽28元一只,但那天我没吃到,因为他们没有早茶,正餐从十点半才开始。我决定下次就去吃正餐,龙虾三吃就免了,我就吃乳鸽,而且也是三吃,脆皮、煲汤(用山地参)、刺身。对待美食就应该这么执着。

七彩云南

一提七彩云南,首先想到的是翡翠,然后才会由翡翠想到翡翠白菜。这家餐馆的菜有些小贵,一道稍好吃点的菜(比如烤松茸),都要三四百元。我跟老鸭考虑再三,咬牙点了一份家乡一品锅和一份菠萝饭。家乡一品锅里有油菜、木耳、鲜笋、腌火腿和两种豆皮丸子,味道很像腌笃鲜。菠萝紫米饭有些偏甜,本来紫米和水果就有甜味,再放糖有些多余。关键是一份菠萝饭要价70多元,简直贵得邪乎。想想看,一个掏空了的菠萝成本也就2元,紫米外加一些碎水果,撑死了5元,加工费3元,整个算下来也就10元。结果连饭带菜,两样结了206元,但跟翡翠白菜的价格还是没法比。回家后觉得缺了点儿什么,原来忘了要茶,于是又沏了一杯普洱,算是原汤化原食吧。

楚畹园

王爷说过一次他的经历。去年夏天他跟媳妇逛街,突然天色昏暗,暴雨如注,他赶紧和媳妇跑到楚畹居避雨。按王爷自己的说法,再晚一分钟,两人就成落汤鸡了。王爷记得那天偌大的餐馆,只有他们和另外一桌。菜做得虽然一般,但在古老的宅院望着从天而降的雨幕,还是别有一番心境。那天高利组的局点了若干个菜,虽然没有落汤鸡这道,但是点了葱油鸡。我觉得他们的私家酸汤鱼锅确实不错,另外,荔枝肥牛还挺有特色,烤乳鸽和千张萝卜也很好吃。烙饼卷带鱼不及格,因为带鱼刺不酥,吃着拉嗓子。最后,来一碗热干面是必须的。那天吃饭,还发生一则花絮,突然来了几个警察,原来一桌客人丢了两部手机和一个钱包。警察看了监控,确实有人实施了盗窃,但要查明窃贼的身份难度很大,除非网上或电视通缉,但为了两部手机和一个钱包,似乎又不太值得。

老院子

老院子是东总部胡同里的一家餐馆,挨着川办,是老放的据点。其实老院子不老,看着也就几十年的样子。昨天去那儿吃饭的,想不到没开门。据老放说,这家餐馆这些年一共换了三四个老板,因为换得太勤,虽然多次去那儿吃饭,居然没记住他们的一道像样的菜肴(总的印象是都不太好吃)。记得有一次吃饭,看着一个女经理(或老板娘)眼熟,原来她在我家楼下的茂林居酒楼干过,俩人在刹那间都有些恍惚,好像是时空交错。这次关门,不知道是装修,还是又换老板了。

老放算得上我交往近 30 年,至今还能在一起吃吃喝喝的朋友。这些年来,老放除了看着比以前苍老了以外,似乎并没多大变化。喝多了还喜欢唠唠叨叨(有人说他是病理性赘述),如果边上坐着女孩,老放的症状还会加重,常常会说到伤心处。老放不吃肉,说是不适应肉的口感,但喜欢看别人吃。老放是一家文学杂志社的资深编辑,最近不太得烟抽,但酒还是不少,而且主要是白酒。在老放家楼下吃饭,他经常会带来一两瓶。因为是地方白酒,都是我们从来没听说过的牌子,如陶山双喜、琴翁三麴等。

海泰食府

去过章丘周边很多城市,就是没去过章丘。毛辉说国宏宾馆的边上有家海泰食府,主要经营的就是章丘菜,下午没事便跑去扫探一下,看以后在那儿请个客啥的,因为住的地方周边已经吃遍了。看过之后觉得这家店的菜还行,没有菜谱,所有的食材全都在外面摆着,诸如青菜、海鲜之类的。它们主要经营海参,菜品有清汤海参以及海参烧蹄筋等(这家店的海参价格不贵,但发好的海参个头偏大、颜色偏淡,心里有些犯嘀咕。当然,不是所有没吃过的餐馆,吃之前都要做这样的功课。只是它离我家太近,我又一时闲着无事罢了)。有几道菜,诸如蒜泥柴鸡蛋、小炒松蘑、奶酪山药和泉水豆腐应该不错,主食一定要吃山东大包子和煎饼卷大葱。这也是毛辉特别推荐的,究竟怎么样,也只有吃过才知道。

京蓉府

很多餐馆每过一段时间就会推出一些新菜,新菜站住了脚,慢慢就会成为餐馆的招牌菜或主打菜,而那些口碑不好的新菜就会被淘汰。最近六铺炕附近的京蓉府餐厅新推的尖椒猪肝就很好吃,猪肝很嫩又很入味,估计是用高汤氽了一遍,尖椒是猪肝做好后搁进去的,因此也不是很辣,倒是凭添了不少氛围。从这家餐馆的名字就可以猜出它的风味,京是北京,蓉当然指的是成都,去那儿吃饭主要是吃川菜。春节过后,这家餐馆开始装修,停止对外营业。据说,装修之后也只招待住店客人(餐馆的上面是宾馆)。这可让我好生为难,如果再想去吃饭,是不是必须在宾馆定个房间?那就不如索性在房间里订个送餐服务,让他们把饭菜送上来，我老人家踏踏实实地躺在床上（或者坐在马桶上）吃。

由于常去京蓉府吃饭，那儿的厨师恨不得都认识了。在餐馆吃饭，宁可得罪服务员，也不能得罪厨师。一般在餐馆就餐的客人是见不到厨师的，他们的名字被排成号码，以小纸条的方式贴在盘子上，以便让客人知道这道菜是哪位厨师做的。但有的时候，如果客人过于挑剔，不是嫌扁豆不熟或者海鲜太腥，反复拿回厨房加工，大厨就会冒出头，朝你这边瞪一眼（当然，瞪一眼是好的）。

有时候遛狗，能看到楼下的餐馆门口，会有几个穿着白上衣、灰白条纹裤子的人蹲在茂林居酒楼台阶上抽烟，那应该就是厨师了。这是普通餐馆的情形，大餐馆的行政主厨更牛，据说他们很少亲自下厨，只负责概念，而且干满三个月就走人。所以，有些新开张的餐馆就好吃三个月，然后就变味了，原因是三个月合同期满后，行政主厨带着他的团队，去别的餐馆打品牌去了。

里庄白肉

京蓉府的李庄白肉是比较好吃的。立秋那天，没有像往年那样，狂吃炖肘子或者红烧肉之类的，而是低调地吃了一份里庄白肉。虽然看上去不像大鱼大肉那么气势恢宏，却也有肥有瘦，而且是连皮带肉。这道菜看上去也比较有形式感，切好的白肉在一个小木架子上搭着，底下放着酱油辣椒蒜泥调成的蘸料。肉片为什么要挂着而不是盛在盘子里，想必有它的道理（后来再去吃，白肉就盛到盘子里了）。这道菜的要诀是凉水下锅，煮熟即可，切片之前再用凉水拔一下，切出来的肉片才能薄而不糟，吃在嘴里肉感十足。中国有好几个里庄和李庄，出白肉的那个，应该在四川。

咸烧白

在京蓉府，如果不点李庄白肉，就会点咸烧白。

穷人爱吃的菜一般有两个特点，一是解馋，二是下饭。咸烧白就属于这样的菜，每过一段时间，我就想去餐馆吃一次，尽管有的餐馆，这道菜已经涨到 68 元。咸烧白跟甜烧白很好区分，不就一个甜一个咸吗，但跟梅菜扣肉相比，我就困惑了。两道菜在做法几乎一模一样，都是带皮的猪五花肉，都是先煮再炸再蒸（两个钟头），区别是蒸之前要用竹签在肉上扎多少下，我认为这取决于厨师的个人爱好（哈哈，听起来好变态）。再有就是咸烧白用的是宜宾芽菜，而梅菜扣肉用的是梅菜。这下问题出来了，有的餐馆在做咸烧白时不用芽菜，而是用梅菜替代（其实梅菜比芽菜麻烦，得现洗现发，而芽菜要比梅菜娇气金贵）。

鲁家客

这些年胶东海鲜在北京异军突起，三里河万方超市二层的鲁家客，就是由烟台人开的胶东餐馆。有一回跟老鸭去那儿吃饭，点了一道他们的全家福，吃过感觉还真不错。这道菜的主料是蹄筋、虾仁、猪肚和鱿鱼，配有火腿肠、鹌鹑蛋和海带之类的，一份 78 元。当然，还可以加海参，一般是要加就加 5 条，但价就上去了，一份变成了 178 元。服务员说这样也划算，因为它们的海参每条单卖要 68 元。其实不说大家也知道，全家福里的海参跟单独卖的海参能一样吗？就不较这个真了。不同地方的全家福有不同的做法，海参一定要有的，然后就是鸡肉，没有海参用鲍鱼也行，关键是各种食材凑在一起，要显得全乎，这才是题中应有之意呀。

晋香三刀

西客站附近有一家名叫晋香三刀的削面馆，昨天跟老楼他们吃了一次。觉得餐馆的名字有些骇人，问服务员是什么意思，原来是三个老板合伙开的。这家餐馆的猪头肉十分新鲜肥腴，吃着绝对解馋。酱排骨也还可以。但最好吃的是大同过油肉，里面除了肉片还有肥肠，有人做过油肉会放兰片，这家餐馆放的是斜刀切的葱段和木耳。山西人做菜舍得放油，这道菜更是如此，用筷子一扒拉，就能看见一层油在盘子底下汪着。油虽然多，但吃着不腻，而且还必须趁热才感觉过瘾。据说这家餐馆的茄丁面、小碗蒸和炸蘑菇也很好吃，下回一定去尝尝。最有趣的是餐馆的领班，我去上卫生间，她居然问我几位。说到火车站，我发觉有个奇怪的现象，很少有人把饭局约在火车站边上的餐馆，感觉它们不是正经吃饭的地方，车不好停不说，满眼都是大包小裹人来人往，那些餐馆不过就是为了让这些匆匆过往的旅人临时填饱肚子。像模像样的餐馆，反而不适合在这种地方经营。

卤煮小肠

天宁寺的周边有很多家经营荤菜的餐馆，比如潮州牛肉丸、白洋淀菜、香河肉饼、饺子等，就差一家卖佛跳墙的了。现在的出家人，真是需要定力啊。正对着天宁寺大门，有一家卤煮小肠。只要是经过，都要去吃一碗菜底，就是不加饼的那种。过去吃卤煮很便宜，现在涨价了，一份菜底15元，大碗卤煮17元，里头有四张饼，估计一般人吃不下。除了卤煮，这家店最近又增加了炖吊子和火锅（炖吊子可能以前就有）。火锅里主要是猪的心肝肺肚以及五花肉，锅里不要菜，吃的时候也不用蘸调料。一大锅要四个人吃，心想，哪天约上几人去尝尝。

江子面馆

江子面馆在头发胡同西边，靠近佟麟阁路。我一直觉得头发胡同里头不该开餐馆，而应该开发廊（果然，胡同里确实有一家发廊）。江子面馆做炖腔骨有名，但是他们的小碗元宝肉更好吃。下午去街上办事，完了后大约三点钟。看离头发胡同不远，便想去尝一下他们的元宝肉。想不到进门后老板说元宝肉中午就卖完了，想吃只能等到五点半。老板还问我是不是看了电视节目找到这儿的，我说不是，是老中医推荐的。显然老板不认识老中医，所以说完我便悻悻离开了。说起来很久没吃元宝肉了，这道菜做起来不难，基本上就是红烧肉炖虎皮鸡蛋，鸡蛋切开，看着就跟金元宝似的，又好吃下饭，又有好彩头。

宏状元粥店

广东人喝的粥种类繁多，什么皮蛋瘦肉粥、猪肝菠菜粥、艇仔粥之类的，可我最爱喝白粥，就着小咸菜，一副自虐的样子。其他粥当然也喝，但多是应景，比如腊八那天喝腊八粥。我觉得白粥越稀越好，最好能照见自己的影子。说到底，粥本来是清净之物，凑不得那些热闹。熬粥对大米有很高的要求，盘锦大米熬出来的粥就很好喝。而且粥最忌搅和，一搅就泻汤了。但喜欢搅和的人自有道理，都喜欢喝稀的，剩下那些干的谁喝？爱搅和的人还有一个理由，就是粥里如果有其他内容，喝之前应该把它们搅和匀了。

前两个月收了一个铜鎏金的瓢，从上面的使用状况和铜补丁判断，应该有相当的年头，据说是过去寺庙赊粥用的，到我这儿也只能作为一个摆设。

前天夜里去三里河宏状元粥店，发现他们的服务大不如前了。没有冰粥不算，七个人只上了五套餐具，关键是喝啤酒没有玻璃杯子。忘了去年还是前年，也是狗子半夜喝大了，约去宏状元粥店喝粥，我从家里出来，由于走神，打车多坐了一站。下了出租，看到大街上踉跄着走着一个胖丫头，近处一看，原来是于一爽，她显然也喝大了，从上个酒局赶来，找不到粥店在哪儿。两人大街上相见，如同他乡遇故知。

太熟悉家常菜

宏志组局去东大桥的太熟悉家常菜吃饭，之前去这家餐馆吃过两次，要说有多熟悉也说不上。想起来这家餐馆的边上是东大肛肠医院，便问服务员有没有大肠之类的菜。服务员警惕地看了我一眼，然后郑重加以否认，可见存心搞这种恶作剧的不止我一个人。这家店的烤鸭不错，但我们这次没点，银杏百合炒虾球还说得过去，客家豆腐煲很好吃，只是有些偏咸，鱼头泡饼的汤汁少了点儿，粉蒸肉不及格，三文鱼刺身倒是很新鲜，但宏志嫌它有些过度装饰，把上面花花草草给拔了。最富争议的是黑椒牛扒，我吃着还行，老中医偏说加了嫩肉粉，因为这么嫩的部位做出的牛扒，肯定不止这个价。

花亭湖

花亭湖在白云桥南 200 米路东，是一家专门经营徽菜（主要是安庆菜）的餐馆。头一次去是石一龙约的饭局，他似乎跟这家餐馆很熟，进了门就上上下下打招呼。后来好像还跟简宁来吃过，具体情景记不清了，可能因为简宁是安庆人，所以才有这种印象。

必须说的是，这家餐馆的黄山臭鲑鱼实在太臭了，吃到最后也没能适应。另外，土鸡汤泡炒米、徽州头道鲜锅、宣城野香菜也基本保持了当地特色，丝毫没有向北京人的口味低头，怪不得这家餐馆成了在京的安徽人的一个据点。

克里木

克里木是阿坚的据点，是新疆人开的。阿坚跟他们很熟，总要求特殊照顾（比如多送一瓶啤酒），没事还逗逗小孩什么的。去那儿吃饭大部分时间都是在夏天，所以一般都坐在露天室外，喝酒吃肉的同时，还能喂蚊子。克里木边上有一所中学，总有学生去喝黑加仑。克里木旁边有一家小卖部，可以去那儿买烟。胡同往里面走，有一个公厕，啤酒喝多了，自然勤走肾。秋天去琉璃厂，又经过那儿，发现这家餐馆已经搬走了。

巴蜀餐厅

阿坚的另一个据点是北京音乐厅南侧的巴蜀餐厅，虽说不算是苍蝇小馆，但也逼阒得可以。阿坚喜欢吃他们的辣炒小河鱼，26元一盘。河鱼是风干过的，味道有些发苦，因为个头过小，不可能刮鳞，更不可能去除内脏。跟辣椒、香菜和葱炒在一起，倒是一道不错的下酒菜。这个餐馆在其他方面也符合阿坚的标准，啤酒便宜，家庭式作坊，男人老实木讷，老板娘体态丰腴、秀色可餐；孩子还小，可以随时边抱过来玩耍，边让孩子叫爷爷，一副其乐融融的场面。但餐馆再温暖，再令人舒坦自在，也毕竟不是自己的家，到了点还得去赶末班车。这家餐馆营业到晚上十一点半，打烊之前走人正合适。

淮扬府

北京经营淮扬菜的餐馆不多，淮扬府是其中比较有名的一家。昨天去的是安定门店，本来阜成门那家离我较近，据说因为到了租期，暂停营业了。安定门这家环境不错，服务也还周到。点了很多菜，诸如扒猪头、蟹粉狮子头、韭菜炒鳝糊、太湖虾仁、茨菰红烧肉、蜜汁香草牛肋骨等，感觉除了牛肋骨外，其余的都比较一般，比如鳝鱼不是活的，猪头肉不够晶莹剔透（可能是没用冰糖的缘故），茨菰不太应季以及臭豆腐臭得不够等。不禁怀念起扬州的粮食酒店，同时印证了很多菜出了本地就没法吃那句老话。

小土豆

东北菜着实在北京火过一阵子，当时贵宾楼北边有一家东北饭馆，每周都要去吃两次，去晚了还得等位。之前吃腻了酸菜汆白肉、小鸡儿炖蘑菇，觉得松仁玉米之类的实在太有新意了，简直令人百吃不厌。再后来东北菜沉寂了一阵子，直到小土豆异军突起。最早吃过亚运村店，后来又去黄寺大街那家，吃的无非就那么几样：酱小土豆（或者椒盐）、椒麻鸭、排骨白菜炖豆腐等，主食不是东北大包子就是玉米面贴饼。后来也吃腻了，也就不再去吃了。

香巴拉的猪颈肉

有一天看完画展，跟星陆去香巴拉吃饭。以前从没喝过胡辣汤，这次香巴拉喝到了，味道确实不凡，除了那些觉得有些熟悉的部分外，香辣中还稍微带着来自异域的风情。这家餐馆的服务很好，上菜也快，就是长条板凳坐着不舒服。另外，就是灯光太暗了，适合小情侣约会。还有一个让我略感别扭的地方，就是它开在购物中心，如果到这儿光吃饭不购物似乎有点儿不合适，而且开在购物中心里的餐馆，一般都不会营业到很晚。

猪颈肉大概就是长在猪脖子上的那块，是猪身上最好吃的部位，瘦而不柴（大概动得勤的部位都好吃）。以往吃的都是烤的，比如海棠居做的就不错，而香巴拉的猪颈肉却是跟西芹之类的凉拌的，只觉得吃着很香，却不知在吃什么。临到结账时，问服务员猪颈肉是不是还没上呢，服务员说您刚才吃的就是啊。多亏吃之前拍了照片，可以慢慢回味。

新疆红玫瑰餐厅

北京的新疆餐馆不少，在工体北门对面的新疆红玫瑰餐厅应该是开得最早的之一，而且是最富盛名的。印象中面积不大，居然后来变成一个能容纳上百人的大场子。这家餐馆的菜品当然无可挑剔，关键他们还有个大舞台，让就餐的客人在享受美食的同时，还能身临其境地体会异域风情。3月1日，我们在工体北门一家粤菜馆吃晚饭后意犹未尽，便又去新疆红玫瑰喝了几瓶黑啤，要了拉条子、炒片、新疆凉菜、羊肉串、大盘鸡，以及餐馆自制的酸奶，全然不知道昆明那边发生了大事。吃到半截，联系上狗子他们，于是一行人又直奔西边。

延吉冷面

西四至阜成门一带至少有三家延吉冷面馆，最近常去府右街把角那家。桔梗和明太鱼是一定要吃的，老中医说桔梗作为北方生长的植物，从汉代就开始入药，后来才成了美食。（跟老中医吃饭一向如此，觉得不是在吃饭，而是在吃药。）明太鱼一般都是先腌后烤，所以最好是热着吃。如果在过去，一定还得要一份狗肉炖豆腐，想想家里养着四条狗，只好换成酱汤。酱汤除了大酱外，还加了腐乳汁，因此有些偏咸。另外，可能因为我们催的缘故，汤里的土豆片也没熟，吃着是脆的。

杏园餐厅

有一回跟丁老师和老中医约到杏园吃饭，这家餐馆是老中医推荐的,据说1949年前就有。它们的炖肉刀削面比较有名,另外还有干炸丸子、宫保鸡丁、浇汁豆腐之类的。那天因为临时有别的事情,到餐馆已经九点了,遍寻不到俩人的身影,一打电话原来已经吃完走了。老中医后来解释说,餐馆不好等座,而且十点钟就关门,久坐不合适。关键是一碗刀削面,五分钟就吃完了,耗着也无聊。但给我印象最深的是这家餐馆的环境,一掀帘子烟雾缭绕,满屋子北京老少爷们喝着劣质白酒,吃着花生米拍黄瓜,在那儿高声大嗓地抬杠、聊天,推心置腹。如果预先没有心理准备(尤其是外地人),乍一进去还真有些不适应。

憨豆面食

阿坚打电话,说晚上有两个诗人从外地来,一起吃个饭,他问我吃什么好。我说最好找个有包间有厕所的餐馆,阿坚说有包间可能够呛,因为他就打算花200块钱。最后定在古城地铁站附近一家叫憨豆面食的餐馆,说是西北菜,其实都是川菜,而且所有的菜基本上都是一个味儿。我们点了农家小炒肉、辣炒鸡胗、干锅肥肠、干煸豆角、洋葱拌木耳、毛血旺以及啤酒若干瓶,最后结账272元,而且还是客人掏的。餐馆环境一般,没有包间和厕所。最搞笑的是这家餐馆推出了三款习连套餐,主食是西北的羊肉泡馍、肉夹馍和一种笔画很多(音:biang biang)的面食,这也算是这家奇葩餐馆的一大特色吧。

拉祜火塘

后海边上,有一家名叫拉祜火塘的云南菜馆,两个多月前跟老鸭路过,当时它们好像在装修。昨天重阳节,接到老楼电话,说叫上我和高大师去吃饭,据说本来还叫了狗子,狗子听说我在怕喝大酒,就不去了。重阳这天没陪父母登高,想想喝高也行,于是欣然前往。我们仨人点了香酥蘑菇、无量山木瓜焖鸡、竹虫蜂蛹、包烧野山菌、拉祜炒饭(里面有小鱼)、云南小锅米线以及豆尖豆腐汤,总的来说味道还不错,就是上菜速度慢,得不断催促。啤酒喝了三种,其中风花雪夜之前喝过(但不知道商标是侯哥设计的),另外两种是大理啤酒和澜沧江啤酒,都是18元一瓶,赶上酒吧的价格。

餐馆上菜速度始终是个问题,快也不是,慢也不是。很多人觉得越快越好,其实太快了也让人起疑,你总得留出烹饪的时间吧。当然,主要的问题出在慢上,以至一定要等到客人威胁退菜时才把菜上来。因此,很多费功夫的菜,一定要跟客人说明,甚至要提前预定。

安庆菜馆

十几年前,安庆人老简曾经在西客站边上的一条胡同里开过一家安庆菜馆,经营安庆土菜(当然也有湖南、四川的家常菜),

厨师是从老家请来的。餐馆离我家很近，溜达着二十来分钟就能走到。不知什么原因，开了一段就关门大吉了。跟很多餐馆一样，提起来只记得餐馆的名字，吃过什么却印象全无，正可谓酒肉穿肠过。说来还曾经去过安庆一次，承蒙当地的热情接待，很多安庆菜看想必也是吃过的，诸如山粉圆烧肉、鸡汤泡炒米以及里蒿芽炒腊肉等，其他的竟一时想不起来了。

富春江

富春江在亚运村一个小区里，如果不开车，可以从临街一个铁门进去。如果开车的话就麻烦了，得把车往东开一段，开到小区里头。这是一家江浙馆子，但是如果来这儿只是吃梅菜扣肉、古法煎黄鱼或者舟山海蜇就没意思了，一定得吃千岛湖野生鱼头。先是连吃头带喝汤，然后再来一碗鱼汤和青菜搁一起做的粥。首先一进餐馆门就能看见硕大的鱼头，然后是经理过来打招呼，再后来肯定是黄酒喝多了。后来听说有人质疑，说千岛湖里的花鲢不一定是野生的，虽说不是指富春江，但也就很少去吃了。

九头鸟

湖北菜里我最爱吃珍珠丸子，连菜带饭（糯米），通过一道菜都解决了。不过，前提是做丸子的肉一定要新鲜，不然吃着发酸。每次去九头鸟吃饭，基本上都会点这道菜，因为一年大概也就去那么一次。最近发现,其实糯米跟腊排骨在放一起蒸也很好吃,腊制食品北方人可能有些吃不惯,它轻微带有一股哈喇味儿,乍吃还以为搁坏了,吃习惯了才会接受它的特别。后来听说,腊味食品不宜多吃,不知其中有什么说头。

汾河湾

车道沟有一家叫汾河湾的餐馆,经营山西农家菜。可能是因为离他们办事处近,加上菜品还比较有特色,建国几次来北京都是在那里请客。昨天我们几个人喝了四瓶53°的汾酒,啤酒无数。本想打包几只兔头,最后忘了。建国记得小时候一只兔头卖5分钱,现在5分钱什么都买不到,都快成纪念币了。北京现在最火的要数成都双流老干妈兔头,在双井那边有一家,跟阿炳去吃过一次。其实,汾河湾的兔头也很好吃,而且味道要比老干妈兔头温和。

禾谷园

昨天立冬,独自去北蜂窝路上的禾谷园吃饺子。禾谷园有些像国营食堂,他们的家常菜做得都不错,从手法到味道都比较本分,比如清炒白菜、焦熘丸子以及红烧豆腐之类的,饺子也是手工现包的。夏天还有冰镇的绿豆汤,但喝绿豆汤要慎重,我有个吃中药的朋友,来这儿喝了几次绿豆汤后疗效全无。边上原来有家药店,估计就是被这绿豆汤给挤走了。这家餐馆本来还卖盖浇饭，不知为什么后来就不卖了，是因为盖浇饭亏本，还是饭菜本来就应该分开来卖？

海底捞

好久没去海底捞吃饭了，有些想念他们的虾滑。但这家餐馆最为人津津乐道的，是他们稀奇古怪的服务，使其成了业界的传奇（当然也不乏笑料，供人恶搞）。记得去年夏天有一回下大雨，本不想出门，但因为预先约了朋友吃海底捞，便只好去了。想不到到了后，餐馆里居然客人满满的，还需要等座。后来就好了，海底捞又推出送餐服务，不用等座，在家里就能吃到。（不过不太喜欢海底捞这个名字，一副穷凶极恶，不达目的誓不罢休的架势。）

阿春家

双井有家专营南京风味包子的阿春家小铺，他们的蟹黄鲍鱼生煎包十分有名。一天我刚要在家吃午饭，接到宝山电话，约我到那儿去吃。吃过才发现，阿春家的生煎包跟汤包的做法不同，吃法也不一样，不用轻轻提慢慢移，每个生煎包的下面都有个锡纸盏托着，吃的时候，把小盏端起来就行了。吃过蟹黄包，一定要来碗鲜虾馄饨，然后再喝碗糯米酒。记住，米酒虽然是免费的，也不宜多喝。这家店上过电视，生意火得不行。

宝山在青岛很好的地段有栋房子，可以看到海和栈桥，每次去青岛都会去他那儿玩。宝山很会招待朋友，饭都是找人帮忙来做，不知比餐馆里做的强出几倍。有一次去他家吃饭，不好意思空着手，便去街边超市买了些食品。结果吃饭时除了用于解酒的水果罐头，其他一样都没上。在宝山看来，那些东西都是垃圾。宝山在家请客，一般会叫两桶青岛鲜啤，一桶40升，两桶喝下去鲜有不醉的。另外，宝山还懂红酒，每次请客都会拿出几瓶。

衡山汇

赵赵出新书，在衡山汇双子座店组织了一个饭局。之前在霄云路店吃过一次，但具体吃了些什么，几乎都忘了，所以这顿饭吃得比较仔细。衡山汇属于粤菜馆，粤菜这么多年吃下来，总的感觉是水平一直都很稳定，想要做得不好吃还真挺困难。但衡山汇这家店的煲仔饭还是给我留下深刻印象，尤其是里头的硕大腊肠和腊肉，一咬一口油，真叫人欲罢不能，可惜米饭软了些，像腊肉那般有嚼头就完美了。本来还要了份砵仔猪油捞饭，但上来时已经喝得有些失忆。擂沙滑汤圆很受推崇，只是有些偏甜，所以把它从点心类归到甜品类也不为过。

五花马

新华社正门往西不远处，有家叫五花马的餐厅，是经营西北菜的,在一个小院子里。夏天,小院里都会坐满了,冬天只能坐大厅里的散座或者包间。来过的人,都夸赞这里的环境。吃过他们做的烤羊腿,味道还行,预先腌制过,要吃得提前打电话预定。它们还有好些别的吃的,也都很有特色,只是一时想不起来了。

香满楼

有一年冬天,蹦蹦在香满楼请客,结果我去晚了,路上堵了两个钟头。其中最堵的一段是白石桥到西直门的那段辅路,再有就是东直门立交桥往东走那段。当时我的心情只能用火燎鸭心这道菜形容,后来我半道下车,穿过一个小区又跨过一条冰河,最终到了餐馆。点了火燎鸭心这道菜,烧得火候还行,但就是没看到固体酒精,也没看到火,因为它已经在我心里熄灭了。过去在西二环有家烤鸭店,除烤鸭外,卖得最好的就是盐水鸭肝和火燎鸭心这两道菜,找不出原因,但光听菜名就解恨。

锦官居

锦官居前身是家上海菜馆,看来,在北京本帮菜还是干不过川菜。虽说是川菜,锦官居的菜品既不麻也不辣更不烫。据老中医讲,四川人民国时才开始学会吃辣椒和花椒,在此之前的饮食都比较温和。我和老鸭比较爱吃这家餐馆的鹅肝烩蘑菇和萝卜炖棒骨。记得头一次鹅肝烩蘑菇上来后,我有些傻眼,所谓鹅肝,只是一些鹅肝粒，小得用肉眼勉强能看到，烩蘑菇的主料是鹅肝酱。但如此这般烩出来的蘑菇，居然格外好吃入味。萝卜炖棒骨用的是白萝卜，在乳白色的汤中更显洁白无瑕，只是这道菜吃着过于暖和滋补，只适合冬天吃。

京味斋

在老北京餐馆吃饭，有时会要一个芥末墩。别看是一道小菜，做起来可不简单。首先白菜要脆，太过了口感就不对了，而且芥末还要入味，但又不能太呛。再就是做完后一定要放进冰箱，因为芥末发起来很容易坏，坏了后又不易被发现。一次在京味斋吃芥末墩，一口下去辣得我热泪盈眶，几乎窒息。京味斋的面条最有特色，客人可以买白面条，各种卤子（诸如小肉、鸡蛋西红柿、尖椒茄丁等）是敞开的，可以随便浇。但这家餐厅最致命之处是夏天大厅里不开空调，但包间里有，服务员还挺体贴，把我们安排在包间门口一个位置，每当包间开门时，我都能感受到一丝凉风。

岳麓山屋

甲鱼好吃，尤其喜欢吃它的裙边。但杀甲鱼的过程比较残酷，有一次杀甲鱼，它的头怎么也不出来，后来好不容易露头，手起刀落，甲鱼见势不妙赶紧往回缩，结果被切掉鼻尖。这是20多年前的事，打那儿以后，再也不杀甲鱼了，但吃甲鱼暂时还戒不掉。

岳麓山屋有道菜叫手撕小鳖，味道偏辣。最忌请公务员一次吃两只，这个道理你懂的。去过两家岳麓山屋，一家在后海的荷花市场，一家在工体西门对面。两家的菜没有区别，但装修风格大不相同。

小院涮肉

李晏约大家去吃小院涮肉，本以为这家涮肉馆是开在一家院子里头，如同南门涮肉就在南门。去了才知道，其实是一个临时搭起来的一个大棚，对面是SOGO。据说到了夏天连大棚都没有，直接露天。这样的环境肯定没厕所，好容易在边上的胡同找到，门口还蹲着一只狗。但他们的涮肉确实地道（包括毛肚），调料也很好，怪不得好些人都来这儿吃。最后我又要了一份虾和几个烧饼，让李晏破费了。

李晏喜欢做菜，尤其擅长做酱牛肉。有一次饭局上，他跟老中医比谁做的酱牛肉好吃，结果大家对李晏的评价一般。另外，李晏爱在家里泡杨梅酒，老中医也爱泡杨梅酒，就连俩人用的白酒都一样。不过，李晏的酒加冰糖，老中医的不加。好几次叫李晏吃饭，他都不参加，说是要在家里写书。几年过去了，写书的事似乎没了下文。写作害人不浅啊！

咸亨酒店

本来一直都是去咸亨酒店吃大餐，突然想去广安门店品尝一下他们的绍兴堂吃。去了之后才发现跟想象的不太一样，主要是缺少堂吃的氛围，更不如绍兴当地小馆那般热闹。其实之前也了解一些，比如几个老人家围坐一桌，不怎么吃菜，皮筋蘸酱油，喝黄酒时不看朋友，更不交谈，而是盯着窗外的雨和乌篷船，一坐就是半天。鲁迅的《范爱农》就是这个情景。最终，还是没抵住美食诱惑，去了楼上的包间。我们点了越味素烧鹅、金牌腰花、腐皮生菜卷、家烧鸭子、白鲞扣鸡、盐水河虾、菜汁豆腐河鳗以及单鲍野生大黄鱼等，其中，大黄鱼烧得最好吃。虽然是奔着堂吃来的，但这顿饭显然已经远远超出了堂吃的标准。

  咸亨的老总岳岱是个非常有意思的人，每天早上，我的一大乐事就是看老岳在微博上晒早餐。他的早餐实在是太丰富了，数量超过了我早、中、晚三餐的总合。老岳早餐的样式经常变换，不变的是两枚煎煳了的鸡蛋。老岳说想把鸡蛋煎成这样很不容易，而且这样吃最有营养。有时老岳会招大家去咸亨喝一场大酒，顺便让大家吃一点儿好吃的。后来老岳辞职做天香大米去了，跟他吃饭的机会就少了，没有老岳的酒局黯淡了很多，因为老岳有天然的煽动性，让酒局中的第一杯酒就在沸点上。在这方面老岳是个称职的主人，记得他说过，在他的局上，餐桌上只要有一个生人，他都不会喝醉，因为要照顾好大家。有一次在网上看到一个帖子，说开酒店的人必须具备五种特质，可惜我一条都没记住，但当时在脑子里过了一下，觉得老岳五条都占，不做酒店真是天理不容。不过，从开酒店到做大米也算顺理成章，开酒店是生米做成熟饭，现在只不过返回头去做生米罢了。上个星期在白水羊头吃饭，无意碰到沈宏非，他讲了一个关于老岳的笑话，说一天突然接到一个朋友电话，说你猜我跟谁在一起吃饭？徐志摩！认识老岳的人读到这儿都会会心一笑，因为这俩人乍看还真有几分相像。

孔乙己酒家

最早吃绍兴菜，是在朝内一家小馆，好像也叫咸亨什么的，后来这家餐馆没了，就转到西四北六条西口边上的孔乙己酒家。再后来又常去后海边上的孔乙己。至于咸亨和孔乙己是什么关系，咸亨老板岳岱说，简单讲就是孔乙己一直欠着咸亨的酒钱还没还呢。金华人士丁小二来北京做书商时，常年在东四孔乙己包着两桌，因此，北京的作家很少没吃过孔乙己的茴香豆，后来觉得做书商太累，索性自己写书当上了作家。西四孔乙己很多年没去了，周二狗子张罗在那儿吃饭，一进门感觉真是久违了。于是，过去常吃的菜如法炮制，统统再来了一遍，感兴趣的，可以去网上搜他们的菜谱。

自从老丁开始写作，我们见面的机会少了很多。据说他开始注意身体，每天跑步、游泳。再后来听说他的健康出了问题，一天，像往常一样，老丁游完泳后读报，突然发现报纸上的字不认识了，赶紧送医院检查，诊断是脑血栓发作。出了院老丁不敢喝了，大家也不劝他。

有两道菜都是最早在孔乙己吃的，一道叫炸响铃或干炸响铃，突出的就是一个干字，是一道江浙名菜。我开始弄不懂它的典故，觉得如果仅仅是因为入口松脆就叫响铃，似乎有点儿牵强。后来才知道它的外观是呈马铃的形状，这里头还有一个除暴安良的故事，由于篇幅所限就不说了，感兴趣的可以到网上去查。这道菜主要的材料是油豆皮，里面的内容各异，有的放肉末，有的放土豆丝和胡萝卜丝，炸好后佐以番茄酱，不失为一道油腻的零食。

除了炸响铃，每次去孔乙己，都要点一盘茴香豆。它不光是下酒的小菜，有些时候，还能体会到文人的落魄。现在孔乙己有些偏贵，而且不能赊钱喝酒了。孔乙己的茴香豆属绍兴一带的名吃，有较重的茴香和八角味道。据说喝黄酒就茴香豆已属奢侈，大多数人喝酒什么都不吃，就是干喝，朋友坐一桌也不聊天，如同彼此间互不认识。我觉得这个境界挺难得的，北京人喝酒太过喧哗，喝不出酒的好处。吃过常州宾馆的油焖蚕豆，跟孔乙己的茴香豆意思差不多，但看上去翠绿翠绿，吃起来也比较清淡，大家不妨尝尝。

洞庭水鱼

周六老马在洞庭水鱼请客，去了大概有十来号人。这是一家以经营湘菜为主的餐馆，但最有名的是甲鱼，我们点了红煨和黄焖两种。据说，看甲鱼是不是野生的，主要是看它的裙边。但我还是不得要领，反而因为是现杀的，吃的时候轻微有些心理障碍。另外，这家餐馆的石门大块腊肉、青椒圈炖肚条、小炒黄牛肉和酸菜桂鱼仔也很好吃，只是口味有些偏重，加上喝了好些白酒，一桌人热血沸腾。

陈年老友

　　前天阿坚跟狗子约饭,狗子找了一家叫陈年老友的餐馆。这是一家地地道道的腌臜小馆,在菜市口烂漫胡同里头。餐馆也就四五张餐桌,主营家常菜和羊肉烩面。我想吃红烧带鱼和砂锅丸子,但都没有。于是便要了一个小碗的羊肉烩面,菜吃的是拌豆腐丝、花生米(油炸水煮各一半)、水煮肉(没吃出是猪肉还是牛肉)、麻婆豆腐、香菇油菜,外加尖椒土豆丝(本来要的是醋溜土豆丝)。它们的菜普遍偏咸,狗子注意到来这儿吃饭的都是外来务工人员。难怪我一进门就穿越了,仿佛瞬间回到20世纪70年代。除氛围外,连发生的事情也很似曾相识,比如我去胡同撒尿的功夫,板凳就被邻桌的人拿走坐了,等等。从这个意义上说,陈年老友这种提法还真是挺贴切挺怀旧的。

　　有了小狗之后,狗子现在很少在酒局出现了,偶有现身,也是早早就走,有时还带着小狗。喝到尽兴,他会把小狗送回家,然后返回来接着喝。或者建议把酒局挪到他们家楼下。跟阿坚一样,狗子也喝不了冰镇啤酒,如果没有常温的,他也会跟服务员要一碗热水,像喝黄酒那样,把啤酒烫温了再喝。这让我想起一个段子,这季节去东北喝酒,服务员问客人,你是喝冰镇的还是常温的,客人问这有区别吗?服务员说有,冰镇的10°,常温的零下10°。

还有一次（好像是在花江狗肉，赵妖静请客），狗子跟我拍桌子，可能是我哪句话得罪了他，狗子猛拍一下桌子，我的筷子被震掉在地上。等换上一双筷子后，狗子又拍了一下桌子，筷子又掉到地上。后来狗子好像站到餐桌上。狗子过去喝酒，喝大了后就要上桌子，说是要把人往高处带。现在他基本上没这个精气神了，本来就不怎么说话，喝大了就更加沉默。

向阳屯食府

向阳屯在万泉河路上，离罗艺家不远，于是便成了他请客的据点。这家餐馆主营东北菜，今年春节去那儿吃过一次，要了侉炖嘎鱼和老豆腐，之前还吃过它们的酸菜炖白肉、小鸡炖蘑菇、大骨头等。它们的茄子做得也很好吃，主食一定要吃酸菜馅的饺子，但口碑很好的红烧大雁没吃过。这家餐馆装修得很民俗，墙上贴着旧报纸以及"文革"时期的老照片等，此外还有一个戏台，周末有二人转之类的演出。据说它的前身是戏服厂，想必很多剧情都在这儿上演过，甚至还有名伶在此留下她们的魅影。

罗艺是广东阳江人，春节期间，带着三位女士（老婆、女儿、丈母娘）回老家玩儿，回北京时带了一些阳江豆豉（过去总念成豆鼓）。除豆豉外，阳江好像还出刀和漆器，南海1号也是从阳江打捞上来的，可见阳江从宋代就是通往西亚的重要货运码头。阳江豆豉是用当地产的黑豆，经过若干程序加工而成的，又小又有滋味，用它下酒正合适。当然，也可以做豉汁蒸排骨、豆豉炒苦瓜和豆豉烧鱼，这三道都是我爱吃的跟豆豉有关的菜肴。

德宏削面馆

德宏削面馆在高大师家楼下，高大师请客一般两个规格，高一些的去菜根源（过去是通华苑），低一些的去德宏削面馆。这家餐馆主营刀削面，每次去主要点刀削面，外加烤串，如果不喝酒，一顿饭基本上十分钟就吃饱了，人均消费20元。不过，如果喝酒就难说了，而且每次没有不喝酒的。他们的二楼有一台电视，世界杯期间还看过球。另外，二楼还有一台空调，时而灵时而不灵。特别是在夏天，没空调完全坐不住，加上他们的长条板凳坐着极不舒服，有时我们更喜欢坐在路边，一边吸着汽车尾气，一边吃花生喝啤酒。一次，阿坚为了让女服务员送我们啤酒，把我从对面水果店买的珍贵的荔枝塞给服务员吃，还一个劲儿夸她长得漂亮，并反复猜人家的老家是哪儿的。

在我认识的人里，高大师最爱吃花生，每次吃饭都要至少点一盘，不管是煮的还是油炸或者老醋的，也不管带壳还是不带壳，连他自己都说长了一个花生脑袋（这个当然是带壳的）。外出开会，高大师面对满桌山珍海味都不为所动，一盘花生就能让他三点成一线，很快就吃完了，第二天起床，脑门上都是一层花生油。我觉得这辈子，高大师不做花生代言人，真有点儿亏得慌，这是花生的损失。

新成削面馆

长假期间,老中医请我在新成削面馆吃过一次饭。这家餐馆在大栅栏附近的粮食店街边,据说1956年公私合营时就有了,别看店面不大而且老旧(有一百多年了),却是国营的,下属宣武区翔达餐饮公司。老中医说北京的每个城区都有自己的餐饮公司,东城的叫兴华,西城的华天做得最好,成为京城餐饮界的龙头老大。难怪我一直以为华天是北京市的呢。这家餐馆不太好找,到了地方已经是晚七点半多了。吃饭的人不是很多,一只黑白相间的花猫悠闲地踱着步。据说本来还有一只白猫,后来老死了。老丁和小枪之前来这儿吃过,小枪迷上了这家店的面食,说是比山西的好。我和老中医点了拼盘、熘肝尖、小碗牛肉、尖椒土豆丝和冬瓜丸子汤,主食点的是刀削面和饺子,外加三瓶啤酒,在怀念过去的同时,又有几分失落。

鼎泰丰

头一回吃鼎泰丰是很遥远的事了,印象中是在离渔阳饭店不远的一条河的边上,而且是刚开业不久。当时有些震惊,包子还能卖如此高调,但也觉得十分风光。这就是北京人最典型的消费观,吃什么都一窝蜂。后来西单开了一家,在那儿买过外卖,感觉吃着就不是那么回事了,还不如吃庆丰包子呢。这个感觉很快得到了印证,去过台湾的朋友说,北京的所谓鼎泰丰包子,跟台湾的根本不是一个味儿。但如果为吃到正宗的包子,专门去台湾一趟,似乎又不太值。

江南春

江南春在张家港饭店一层,去那儿吃过几次,都是一大堆人大吃大喝。这是一家淮扬兼本帮风味的餐馆,印象中鹅肝浓汤白菜做得还行,还有几道是我爱吃的,诸如本帮酱鸭、白条鱼、羊肚菌土鸡汤、银鱼莼菜羹以及功德林素鹅。但它们做的最拿手的是河豚,价格是360元一条。其实,吃饭用不着一大堆人,吃得的也用不着这么夸张。为什么不能一个人独吃一顿呢,而且就要一盅蟹粉狮子头外加一碗米饭。当然,这道菜的重点不在狮子头,而在蟹粉,因为有的餐馆会用咸蛋黄代替蟹粉。我觉得咸蛋黄跟蟹粉吃起来还是有区别的,但蟹粉掺入咸蛋黄,一般人就吃不出来了。

渔公渔婆

有一段时间,总把渔公渔婆跟俺爹俺娘搞混了,其实渔公渔婆在公司边上,航天桥的东南角就有一家,当然后来也不知去哪儿了。这家店主要经营海鲜,最爱吃它们的木瓜杏仁冻、凉瓜炒培根、鹅肝酱茄子、啫啫牛仔骨(根据百度显示,啫啫是指将姜葱等放入烧至极热的瓦罉或煲，使食物发出"啫啫"声和喷出香气的烹调方法）、清蒸蟹、老鸭姜汁焖水鬼重（水鬼重即将嫩豆腐用油炸过，浸在水里）等，汤如果在夏天就喝参须绿豆煲老鸽。当时公司的午饭是这样吃的，如果没有客人，就在公司开伙，如果来了朋友，就带他们去对面的大连海鲜饺子馆，只有比较生疏又比较馋的客人，才带他们去这家海鲜大排档，因为在周边实在找不到更好的馆子。

眉州东坡酒家

上次写眉州东坡的宫保鸡丁，犯了个错误，把鸡腿肉误说成鸡胸脯肉。没错，鸡胸脯肉的确比鸡腿肉出数，但不如鸡大腿肉好吃。从鸡胸脯肉想到鸡胸，小时候好多孩子都有鸡胸的毛病，后来才知道那是缺钙造成的。这家餐厅每天要卖出300份宫保鸡丁，光花生就要用掉六七十斤，他们的员工每天没事就围一起剥花生里面那层红衣。现在，宫保成了一种烹饪方法，不光是鸡丁，很多东西都可以拿来宫保。吃过一次茂林居酒家的宫保虾球，就觉得复制得比较成功。

沙县小吃

去沙县小吃，最喜欢喝他们的天麻猪脑汤，汤清味浓，小小陶罐里能看到若干根天麻，猪脑子也是整的，汤面上还浮着几粒枸杞,乍看还以为是老中医开的治疗怪病的偏方。另外,他们还有百灵老鸭汤、桂圆土鸡汤等多种原盅炖品,从火候到味道,总的来说都比北方餐馆的汤要好得多。大力推荐的还有他们的馄饨,沙县当地管馄饨叫扁肉。一份排骨汤炖馄饨要价13元,吃完馄饨喝掉汤,发现碗底下居然还沉着四五块寸方的排骨,真是令人喜出望外。柳叶蒸饺也值得一尝,正常饭量的人,一屉能吃到八分饱。但菜单上没发现油炸浆糍、米冻和豆腐丸,令我略感失望,这几样都是沙县小吃的招牌菜。

功德林素菜馆

《素食有素质》出书,老刘他们出版社在功德林搞了个隆重的仪式,请来二十多位作者以及一些狐朋狗友。我跟老刘小时候住一个院,曾经还很要好,往事越千年,再见面老刘已为姥爷了。那天菜单如下:精美六冷碟,红烧肉烧海参,金刚火方,培根松茸爆虾球,干锅栗子鸡,时蔬牛柳,焖炉飘香鸭,鲜鱿茶树菇,茶香排骨,松鼠鲑鱼,功德养颜煲,美点双辉和果盘。如果预先不知道是在素菜馆吃饭,单从菜谱上看,谁知道这些都是素菜。

其实这些人中,真正跟素食有关系的是顾师傅,他曾经在柏林禅寺的斋堂干过半年,由于忍受不了寺庙的清苦,逃跑了两次。头一次逃跑被抓回去了(据说是去广济寺烧香,被师傅碰到),第二次逃跑比较成功,至今在外面逍遥。顾师傅对香菇情有独钟,为了写素食文章,阿坚曾经专门采访过他。他说,有人修行时不食油盐只吃蒸品,香菇很有营养,有时他会给练苦修的人蒸一点香菇。干香菇发好了,切成小丁做饺子馅,俗人会以为是肉丁包。

嘉禾园

吃过很多素菜馆,跟去别的餐馆不一样,每次吃素菜都有一些心理负担,比如去静心斋,心要是不静都不好意思。嘉禾园的位置在积水潭十字路口往西约200米,地铁集团院内,门口有几竿竹子,餐馆里还有几盆造型奇特的灵芝。头一次是罗艺带我们去的,后来又去过若干回。这家店的烤素香肠很好吃,几乎可以乱真。还有就是佛跳墙也不错,只是奇怪一家素菜馆,为什么要烹饪这种谤佛的菜品,如果是一家广东(包括福州)馆子还情有可原。另外就是酒,这家店过去不卖白酒只卖啤酒,后来啤酒也不卖了,改无醇了,再后来好像无醇也没了。

白洋淀风味菜

天宁寺边上,有一家白洋淀风味菜馆,每次经过,首先想到的是白癜风,没敢进去吃饭,很大程度上跟这个联想有关。看店门口招牌上的介绍,知道它们经营的是各种白洋淀风味,嘎鱼、泥鳅、菱角之类的。若干年前去过一次白洋淀,夜里搓麻输了钱,第二天中午赢家请客,一大早我去餐馆订餐,毫不犹豫地点了一道野生甲鱼,当然还有野生鸭子等当地水产。白洋淀水大芦苇多,划船很容易转向，非常适合打游击。和平时期，只能搞搞养殖，发展发展旅游。其他革命老区，基本上也是同样的发展模式。

岐山臊子面馆

以前只知道臊字是贬义词，不知道还有面卤的意思（还有人连臊字都不知道）。过去雍和宫边上有家面铺，他们的岐山臊子面享有盛名，吃过两次觉得不错。但上个月再去吃时，那家面馆已经搬到别处了。以前三联书店边上也有家西北面馆，后来听说分家了，分出来的一部分搬到了马路对面，名字叫不上来，因为笔画过于复杂。奇怪汉字简化了这么多年，怎么没把这两个字简化了呢。吃过他们的臊子凉拌面，很是别具一格，充分展示了西北人做面条的功夫。另外，还吃过他们的肉夹馍，以及一种很甜的米酒。

臊子一般是用黄花菜、茄丁、木耳和豆腐外加肉末做原料，其特点是汤宽油多、入口极烫，所以，吃臊子面不能口急，且把这段时间当成在路上堵着。也有用纯肉做的臊子，如果是用牛肉就叫牛肉臊子，依此类推。还有一种臊子叫软臊，是用五花肉和猪的后腿肉制作的臊子，口感软绵干香，吃了还想再吃。还有一种叫脆臊，具体如何就不知道了，感觉吃着能发出响亮的声音。不过，凭我的牙口，恐怕只能吃软臊，余下只是说说而已。

甲 21 号食堂

徒弟在北土城东路的甲 21 号办婚宴,我们一帮人去凑份子。这家餐馆主要经营贵州菜和云南菜,但似乎更热衷举办婚宴。因为是包桌,吃的都一样,有烤羊腿、火炖鱼、纸包薄荷虾、米豆腐、葱油炝香鸡等。酒有啤、白、红,大概很多都是自带的,但因为是午饭都没太喝。现在的婚宴比较平淡,没有之前那些表演,就是走个过场。没吃到小宽在《100 元吃遍北京》里推荐的酸辣生虾和阿翰生蚝,留下小遗憾,打算哪天再去吃一次。

在众多美食记者中,小宽是最敬业的,把自己吃成了"三高",好像还得了痛风。他的《100 元吃遍北京》成了北京的餐饮指南,也误导了很多人,以为兜里装 100 元就可以在北京平趟。后来,小宽离开报社去了网站,我们一起吃饭的机会就少了。过去小宽只要有机会,吃饭就叫上大家。上个月在一家餐馆见到他,他说他现在基本上只能喝白酒了。我发现现在的小宽虽然变化不小,但是依然困惑、愤怒,骨子里依旧是诗人本色。

刘宅食府

美术馆东街有家叫刘宅食府的餐馆,主营老北京家常菜,比如果木烤鸭、三不沾和茄子卷等。但这些菜以前都吃过,这回我们点了一道醋焖鱼,据说是这家餐馆的特色。尝了一口后觉得味道还行,只是有些偏咸偏酸,就饭吃正好,南方人可能吃着不太适应。另外,这家餐馆不能自带酒水,有几间包间,都不宽敞,可能是吃饭的人太多,能利用的空间都利用了。

玛吉阿米

北京最早的一家玛吉阿米,是在友谊商店的后边,这些年一直说要搬,但一直没搬。喜欢吃他们的酸萝卜丝炒牛柳,用它卷饼好吃到无话可说。另外,烤羊排是一定要吃的。肉吃完后,再慢慢撕下骨头上的那层膜,把它吃掉,一根根骨头吃得干干净净。玛吉阿米每天晚上都有演出,很多人觉得边吃边看是很大的享受。但也有人不喜欢这种氛围,觉得太过吵闹,彼此听不见对方谈话。

小吊梨汤

香山公园脚下有家叫小吊梨汤的餐馆,曾经吃过几次,觉得他们的环境很好,很适合一个人对着空山发愣,也比较适合思考人生。他们的菜还不错,虽然有些小资,却也中规中矩,显然是下过一番功夫。从他们的摊鸡蛋饼就能看得出来,菜虽然不贵,但依然很细心地掌握火候,并且不惜刀工。头一次是地瓜猪带我去的,她家就住香山附近。地瓜猪喜欢吃那儿的一种奶酪鱼,后来再去,那道菜就没了。一天想买梨汤给我家老太太喝,给地瓜猪打电话,结果第二天她就给我送来两瓶。

致美斋

约人在致美斋聚餐,他们的响油鳝糊、一鱼两吃和四喜烤麸都比较有名,但我们那天好像没点响油鳝糊,因为鳝鱼死了不好吃,活的又太残忍。不过,他们其他的菜也都屁股上挂暖壶——有一定(腚)的水平(瓶)。比如他们的焦熘肉就不错,它的做法类似锅包肉,但加了姜丝,口感也更脆,味道更适合北京人。软炸虾仁也值得推荐,我那天连要了两盘,最后都吃完了。一次,老段想在致美斋请大家吃饭,居然没订到包间。再后来又吃过一次,觉得他们的水平大不如从前,很可能是换了厨师。可见吃饭这件事,也适合见好就收,吃个没完没了吃到反胃就划不来了。

旺顺阁

不管是鱼头还是烙饼,都不算是什么贵重食材,但这两种东西搁在一块儿,就能卖出很贵的价格。除了好吃二字外,似乎没其他的道理可讲。大多餐馆都是用鲢鱼头,而且最好是野生的(其实是不是野生的,只有天知道),比如旺顺阁。他们腌制鱼头的方法也与众不同。一般都是用黄酱,他们却加了少许番茄酱,这样吃起来更加有滋有味。但有一次在旺顺阁吃得就小尴尬,因为那天的鱼头不太新鲜,关键那天请的是来自拆烩鲢鱼头的故乡扬州的朋友。有时也能听到类似的反映,说旺顺阁的菜(包括服务质量），大不如从前了。

三只耳

去三只耳冷锅鱼吃过很多次，其中有一次赶上世界杯，一帮人吃完了挪到大房间熬夜看足球。冷锅鱼对我来说，一直是个陌生的概念，最近终于弄明白了，指的是把做好的鱼盛进锅里，上桌时鱼是热的，锅却是冷的。然而还是不明白，这怎么就成了特色。反正在三只耳，冷锅鱼是一定要吃的，另外还有嫩牛肉、鹅肠和土鸡，人多时还可以加两份鱼头和藕片。我吃火锅吃不饱，所以还要吃一碗担担面和一份汤圆。

海棠居

海棠居在羊坊店西路又开了一家店，之前去过他们的德胜门内店和中轴路店，后来再去中轴路那家没了，但两家店给我的感觉还不错。这次去羊坊店西路这家店，感觉变化很大（本以为海棠依旧），没有它们自酿的海棠红和推杯换盏（芥末酱和虾），啤酒居然也没有冰镇的。点了怡人玉芽、虾干菜心、家乡蒸咸鱼、黄花菜烩肚尖、徽州刀板香、胡适一品锅、金针菇拌虫草花、香辣掌中宝以及肥西老母鸡汤等，酒喝的是常温的燕京纯生和塔牌花雕。出门冷风外加小雨淅沥，结果当天夜里就着凉了，在床上躺了一个星期。

望德楼

据王爷讲,望德楼最早在德胜门边上,所以叫望德楼,后来搬到鼓楼边上,也没改成望鼓楼。王爷讲这家清真馆子属西安那一带的路子,所以有羊肉泡馍,但他们的麻豆腐也做得不错。但既然来了,也不能只吃这两样,他们的芫爆散丹、红烧牛尾、扒肉条和它似蜜还是要吃的。另外,这家馆子的虾仁和鱼做得也不错,唯觉得环境差了些,上二楼的楼梯太窄且陡,包间也稍嫌简陋,灯管是白炽灯,有些像医院的病房。不知道国营餐馆的环境是不是都这样。

王爷是半个蒙古人,爱吃牛羊肉,不沾猪肉。一次吃鱼,王爷跟服务员急了,因为他吃出鱼是用荤油炸的。服务员不承认,王爷差点掀了桌子。近来王爷痛风,很少吃肉,只是吃些素菜,酒也不太喝了。除了牛羊肉,王爷还爱吃虾仁,什么软炸虾仁、龙井虾仁他都爱吃。在餐桌上,虽然他不会对菜品有什么评价,更不屑说什么掌故,但绝对是个爱吃而且会吃的人。王爷早年间做古琴,大漆过敏,手指头不太灵活,有时会把酒杯之类的碰翻了。这不由得让人联想到手挥五弦、目送飞鸿那种魏晋风度。

曲园酒楼

曲园酒楼在展览路上,也是王爷带我去的,我不明白一个外省青年，为什么专爱吃京城老字号。估计这么多年下来，王爷把京城老字号都吃遍了。这家酒楼以经营湘菜为主，因为过了大概两年，那次吃了什么差不多都忘了，后来也没机会再去温习或强化过。印象中东安子鸡肯定是吃了的，剁椒鱼头、提锅烟笋和宫保虾仁大概也吃了，好像最后还要了个什么汤。王爷不吃猪肉，所以不用往那方面想，倒也省了我不少脑子。

永乐饭庄

五一节前跟家人吃饭，本想去人定湖公园东门的天外天，想不到那家店关门了，于是便去了六铺炕的永乐饭庄。据说以前去过一次，但我没什么印象，很可能那次我不在。我们点了糖醋里脊、酸菜丝炒粉（少辣）、东北大拉皮、永乐酱菜、酸辣汤外加精品烤鸭一套（鸭胸肉蘸梅子酱，鸭皮蘸白砂糖，配芝麻小饼）。菜虽不多，也满满当当摆了一桌，害得老鸭和我爸先后掉了一根筷子。觉得这家餐馆的味道还行，难怪十年屹立不倒，以前怎么就没来过呢？决定下次去吃他们的坛子肉和干炸丸子，当然，糯米丸子也行。但家人聚餐时我不负责点菜（也很少被征求意见），能不能实现愿望还不一定。

护国寺小吃

护国寺小吃在六铺炕开了一家分店，想起若干年前扭了腰，去护国寺的盲人医院按摩，出了胡同口就直奔护国寺小吃店，来一份杂碎汤外加一盘爆肚。本来还想吃一份驴打滚，但腰疼的我自己都想打滚，驴打滚就免了。总之，让一个身残志坚的人在小吃店大吃大喝，可见这些食物的魔力及诱惑。跟我爱吃的不一样，老鸭比较爱吃他们的麻团、豌豆黄和面茶。从这些小吃的名称能够看出，北京小吃基本上都是从庙会起家的，好像别的地方的小吃依循的也是这个传统。但北京明显占有地利，小吃前面总要加上宫廷二字。

重庆辣老五

重庆辣老五在羊坊店西路，中央电视台对面。有段时间经常去那里吃饭，无数次地喝醉。几乎每次都要点水煮鱼、老五鸡和炝炒圆白菜，他们的干煸香菇和腌笋腊肉也做得很好吃。有时一个人路过，也要进去吃一碗担担面。餐馆老板是四川人，个子不高，十分健谈。他专门向我推荐他研发的一种饮料，口感有些酸甜，配方保密。他说，有人喝它上瘾。虽然价格偏贵，但仍然常来购买。因为挨电视台近，于是这家餐馆成了电视台的食堂，柜台上方的墙上挂着央视主持人的挂历。自从这家餐馆搬到公主坟环岛边上，我就没再去吃过，原来的地方改成了一家部队招待所，一间标间398元，这个价钱在几年前可以供几个人在重庆辣老五大吃一顿。

奶酪魏

出了玉渊潭公园北门再往北走,有一家奶酪魏乳品店,每次路过都要吃一份奶制品,因为我实在无法克制对这些冰凉爽滑的奶制品的热爱。据说清光绪初年,奶酪魏创始人魏鸿臣从宫廷御厨手中学到了这门手艺。除了他们的炒酪干奶卷传统奶酪,杏仁豆腐一定要吃,杏仁的怪香加上桂花糖浆的甜蜜,真令人久久回味。前些天看了一个帖子,说最好的奶用来做酸奶,差一些的加工成鲜奶,质量再次些的做成雪糕、冰激凌,等而下下之才做成优酸乳等。所以,质量越次的奶制品,价钱卖得越高。

馄饨侯

一天下午逛完琉璃厂,去馄饨侯要了两小碗馄饨,一碗是猪肉的,一碗是酸汤的。闲着没事,我把两碗馄饨做了一番比较,小肉的(猪肉的)不放醋,但是放香菜和虾皮;酸汤的除了放醋和虾皮外,还有几丝酸菜,这可能是他们后来的改进。但两种馄饨的味道一模一样,只是在汤料上有所区别。我对老北京小吃没有太深的感情,觉得馄饨侯好吃,也是因为馅小。南方的肉菜馄饨个头太大,很容易吃撑。

文考翅吧

南锣鼓巷小菊儿胡同里有一家文考翅吧，面积很小，只有三四张小桌。菜单上写明因为店小座少，请您自觉把就餐时间控制在一个半小时以内。我觉得这种提示稍微有些多余，吃烤翅能吃一个半小时，能打破吉尼斯纪录了。好在我们去的时候是在下午，小店里就一桌客人，老板闲得在柜台后面啃老玉米，用餐时间也就忽略不计了。虽说不让带店外食品，我带了一袋从边上买的盐酥鸡米花，他也没阻止。这家店的烤翅10元一串，一串有三只鸡翅，40元起步。我点了黑椒烤翅、招牌烤翅、香辣烤翅和大将辣翅（菜单上还有少尉辣翅和中校辣翅，辣的程度随军衔的高低而定），感觉这家翅吧有军方背景，其实也未必尽然，肯德基不是也有上校鸡块吗？不管怎么说，大将辣翅果然最辣，只吃了一口汗就下来了。

驴肉火烧馆

我家楼下新开了一家驴肉火烧店，主人是一对小夫妻。以前也吃过驴肉火烧，但都是圆烧饼，再不就是烙饼卷，但楼下这家的烧饼居然是长条的，样子有点儿像热狗。内容基本上都差不多，酱驴肉外加尖椒。可是有一项不能忽略，就是驴皮冻。它不但富含胶质，而且遇热后就会变成汤汁，让人吃起来更觉酣畅。但问题就出在这皮冻上，懂行的人管这叫焖子，其中不光有驴皮，主要成分其实是淀粉，店家都喜欢用它充数。焖子加尖椒香菜，驴肉所剩无几，这些在前面我已经说过。有一天想吃驴肉火烧，没想到关门了。原来是老板娘怀孕，老板送她回河间。回来后，老板带回来一个染着黄头发的小伙子在店里帮工。但那天我的注意力在另一张餐桌上，三个外地打扮的男人边吃边聊天：

甲：骡子是马和驴生出来的。

乙：这我知道。

甲：但骡子和骡子不一样，马和驴生出来的像马，驴和马生出来的像驴。我见过它们交配，都是马主动，驴要是不配合，马就咬驴的耳朵，驴就会安静下来。

乙：马一般都比较懒，干起活不如骡子卖力。老板，咱们的驴是从哪儿运来的？

老板：河间。

甲：我见过那么多经理级别的，也就你平易近人，没什么架子。

丙：要什么架子，只要有人给你干活就行啦。咱们抓紧喝，喝完了回去睡一会儿。

廊坊涮肉

上星期去廊坊玩儿，在梨花教主家吃火锅，另外还有于卓跟另外一个朋友。我发现他们那边涮肉很生猛,不是等锅开后几片几片往里涮,而是从塑料袋里直接往里倒,而且肉片也比北京的厚,手法虽然粗糙,吃着却有种大快朵颐的感觉,感觉上了梁山了。后来喝酒喝断了片,记得生吃了不少萝卜片和白薯片,那原本应该是涮着吃的。这让我想起在景县吃涮肉,也是这么个吃法,筷子根本就跟不上,恨不得脱了裤子下锅里捞。

铜锅涮肉

北京音乐厅西侧有一条美食街,靠近北口有家铜锅涮肉。奇怪得很,涮肉一般都会强调要用铜锅,而不是铁锅或者砂锅。那天是重庆的老贾请客,看来吃惯了麻辣火锅的人也能接受涮羊肉。阿坚跟老贾很熟,每年都要骚扰人家几次。老贾防不胜防,主动到北京来了。这家涮肉馆的老板看上去文质彬彬,而且相当细心。我擤完鼻涕把手在桌布上擦了一下,他就过来阻止,说桌布不好洗。阿坚随地吐痰,他便走过来,让阿坚吐在餐巾纸上。我认为阿坚随地吐痰的毛病必须改,上次在黄柯家吃饭,他就"啪"的一声把痰吐在人家地板上。还说涮肉馆,吃到后来没什么客人了,老板便专门盯着我们这桌,孙民唱歌,老板也让小声点儿,免得影响街坊四邻。最后阿坚说他腰不行了,临走一杯酒。我说要走一块儿走,还玩儿什么临走一杯酒,哪儿来的那么多规矩。

摇滚石锅

去国贸找梨花教主取相机。头天喝酒落在廊坊,当时就想找来着,可不巧停电了,好在她第二天来北京,就顺便把相机带来了。在国贸展厅,正好碰到小柳也在那里帮她们画廊布展,于是便叫上她一起去地下一层的摇滚石锅吃了顿午饭。摇滚石锅跟摇滚没多大关系,就是普通的石锅火锅。石锅火锅不大,适合一个人吃。不同于铜啊不锈钢啊那类金属火锅,石锅火锅的石头必须耐火,而且对健康可能还有些好处。小柳点了一份海鲜套餐,有一盘羊肉,一盘蔬菜(包括香菇、木耳、豆皮、老玉米,外加一叶大白菜、一根蟹棒和一只虾)。我因连日大酒,一点食欲都没有,就要了一杯冰镇乌梅汁,可就是这杯乌梅汁,后来也被我吐厕所里了。等梨花教主布完展到了餐馆我已经坚持不住,感觉生不如死,于是只好提前走人,回家睡大觉去了。

西海鱼生

西海鱼生在西海南沿,若干年前,请阿老和赵妖静他们吃过一次。当时主要是奔着鱼生去的,不知道还有那么多杭州菜,诸如西湖醋鱼、宋嫂鱼羹、龙井问茶之类的。它们的鱼生有些怪,加了一种发甜的调料,外加青辣椒丝、炸芋头丝以及芝麻,在杭州从没吃过,据说是福建一带的吃法。那天,赵妖静喝黄酒喝大了,吐得一塌糊涂，西海鱼生于是变成了苦海余生。时隔多年以后，赵妖静说起这事仍愤愤不平，说我不给大家点菜，让大家空腹喝酒，才造成如此严重的后果。

西贝莜面村

西贝莜面村经营的是西北菜，在我看来，西北菜也可视之为西餐，它的食材十分明确，肉就是肉，蔬菜就是蔬菜（包括烹饪方式以及口味），不像一般的中餐那样经过一番煎炒烹炸后，大都变得面目模糊不分彼此。莜面即燕麦面，是一定要吃的，当然还有羊肉以及他们的石磨豆腐，最赞的是莜面鱼鱼，居然做出蘑菇一样的味道和口感。在西贝莜面村吃饭，唯一一个不便之处，就是觉得不够宽敞，来回进出时颇费周折。

颐和园北宫门对面有一家西贝西北菜，吃过他们的功夫鱼（据说是黄河鲤鱼），文火慢炖四个小时，非常好吃（因为加了不少醋，所以非常下饭），无论大小（其实每条都在二斤上下）一律59元一条，你还别挑，去晚了就没了。一进门就能看到炖鱼的大铁锅，另外还有一口大锅炖的是棒骨，就这两道菜走得最快。后来去颐和园还想再吃一次，发现这家餐馆居然没了（改成了西贝莜面村），想吃只能去别的店。

沈阳老边饺子

没有沈阳人不知道老边饺子,老边饺子所以这么叫是因为老板姓边,还因为餐馆所有的饺子馅包之前先要在锅里煸一下。老边饺子的特点是皮馅搭配得当,味道不咸不淡。有一次去沈阳,我一口气点了四五种馅的,而且全吃完了。饺子最怕那种皮薄馅大的,面香一点儿也吃不出来,感觉还不如直接吃丸子。北京也有几家老边饺子,但都没去吃过,不想把最初的感觉破坏了。我去的沈阳那家老边饺子据说是最老的,墙上还挂着赵本山刚出道时青涩的照片。

少军饺子馆

在柳荫街少军饺子馆吃过一次红烧马哈鱼,之前见过的马哈鱼都是局部,没看到过一条完整的,想象中的马哈鱼应该很大(所谓大马哈鱼),可这家餐馆的马哈鱼还不到一尺。马哈鱼产自黑龙江,到了北京不是冰冻的就是干炸过了的,要不就是腌过的,新鲜的马哈鱼还是头一次吃,觉得肉质比较鲜嫩,而且刺少。据说在东北,马哈鱼都是跟猪肉一起烧。当然,还可以有别的做法,比如可以炖豆子,也可以跟茄子一起烧。马哈鱼的鱼籽也很好吃,一般都是用火锅炖或者用辣椒炒,其实,把马哈鱼籽用盐腌一下再用碳火烤熟,就很美味。

五侯饺子馆

周日去房山,在五侯饺子馆吃午饭。四个人点了肠拼、炒墨斗鱼、炒血豆腐、鸡蛋炒蒜黄和肉片炒青西红柿。饺子点了半斤韭菜鸡蛋馅的,半斤面丁小白菜馅的。面丁有些硬,不过很好吃,有油渣味儿。这家店的香肠和肉皮冻都是自己做的,炒血豆腐里放尖椒和白菜,真正的农家菜,青西红柿很少吃到,比平常的西红柿要酸(据说青西红柿有毒,必须做熟了)。餐馆里的茶是竹叶茶,沏在一个带喜字的搪瓷缸里。这一餐不贵,加一起才101元。顺便说一句,五侯村位于北京市房山区南部,唐代于此建五侯寺,村因寺得名。

咪咪香饺

阿坚家楼下有家咪咪香饺,几乎成了阿坚请客的一个据点,因为这家店的啤酒便宜,饺子好吃,据说有四十多种馅,我比较爱吃他们的荠菜和羊肉胡萝卜馅的饺子。被阿坚叫去吃饭的,基本上都是住在西边或接近西边的。除饺子外,这家餐馆还经营家常菜,诸如鱼香肉丝、麻辣香锅等。夏天外面还有烧烤摊。但最吸引阿坚的是,这家餐馆24小时营业,每到晚上12点钟过后,就会有一些衣着暴露的香艳美女来这儿用餐,于是,咪咪香饺变成了咪咪情色。

京味饺子

在我看来,很多人对于喝酒比做爱的要求还高,做爱可以草率行事,喝酒必须喝出高潮才罢,喝大了还得找地儿接着喝,喝少了要设法补上。上周夜里十点多狗子从别处喝完,打电话又约到一家苍蝇小馆,这家饭馆在佟麟阁路上,好像叫京味饺子。我们四个人点了老醋花生米(因为有高大师)、姜汁皮蛋、酸辣汤以及酱猪蹄,老中医住得离这家餐馆很近,酱猪蹄是他特别推荐的,他说这道菜是这家餐馆自己酱的,经常大老远就能闻到燎猪毛的味儿。狗子点了一份韭菜鸡蛋饺子,又点了一份韭菜炒鸡蛋,这种吃法比较怪,觉得吃韭菜炒鸡蛋时是在吃饺子馅。

东方饺子王

今年冬至,约到东方饺子王西便门店,因为这家店有包间。饺子上来之前,先点了些凉菜。倒不是没有热菜,但热菜只有两道。就连凉菜好些也卖完了,诸如菠菜花生米、拍黄瓜等。虽说是饺子馆,他们的凉菜一点儿都不比别处差,诸如拌干豆腐丝、五香熏肚、拌拉皮、炸大肠以及熏鱼等。饺子要了很多种,但基本没吃出好坏,因为饺子上来时均已喝大了。心想着哪天不喝酒时再去吃一次,最想吃黄瓜虾仁馅的,白菜、韭菜、酸菜、猪肉、牛肉、羊肉都看不出水平。

金驼饺子馆

这年头卖饺子也能挣不少钱，木樨地有家金驼饺子馆，几年干下来，把边上的店铺都给兼并了。这家餐馆的招牌是鸵鸟馅的饺子，去那儿吃过无数次，居然没点过一回。他们的酸菜馅、羊肉胡萝卜馅都挺好吃。阿坚爱吃虾皮小白菜馅的，我做这种馅的饺子有个秘诀，就是和馅前先把虾皮用油煸一下，免得有腥味。上星期跟罗艺又吃了一次，我们点了三两鸡蛋茴香馅的，四两扁豆馅的，外加一盘烤麸，一盘蒜泥茄子和一听可乐，结账结了将近 80 元。

京郊农家乐

密云的水好，豆腐自然好吃。我跟老鸭有一次去那边游玩，中午在一家农家院吃饭时点了个葱拌豆腐，葱虽然不是小葱，而是用的大葱叶，因为葱叶是绿的。老板说除了水好外，当地的豆腐是用卤水点的，而城里的豆腐用的是石膏。延庆的情况跟密云相似，那边的豆腐也好吃，但豆腐再好吃也只能是点缀，开成豆腐宴就有些过了。北京周边大兴的水质最糟，银首饰沾水能迅速变黄，所以那儿的豆腐就不太有名，反而出梨和西瓜。

密云水库鱼

周日去密云黑龙潭那边游玩,顺便尝了一下那边的农家菜。水库鱼具有指标意义,于是要了一条三斤重的胖头,每斤40元,而且鱼还不是活的,炖了一刻钟就上来了。熟是熟了,但一点儿都不入味。关键是连当地人都承认不存在所谓的水库鱼,都是从别的地儿运来的,扔水库里养几天,然后再捞上来。若干年前也去过那边,好像在春天,正是吃水库鱼的季节。那次吃得还比较尽兴,一条大鱼被做成四吃。我觉得在北京周边,也就密云(其次是昌平)最好玩儿,其他诸如大兴、延庆、怀柔、房山之类的,都差那么点儿意思。

同和居

同和居是吃饭的地方,而不是同居的地方,三里河西口有一家。现在年轻人很少会到这种国营老字号吃饭,大多都是中老年人来这儿怀旧。餐厅宽敞高大,颇有老字号的气派。几天前我跟老鸭去那儿吃饭,俩人点了芫爆里脊丝,黑椒T骨牛排,两碗米饭外加一道鱼粒蛋花汤。蛋花汤里的鱼粒里没有鱼刺,而且十分完整,令人啧啧称奇。当然,在这家餐馆想在鸡蛋里挑出骨头,就更不可能。

砂锅居

何大壮爱吃西单的砂锅居,有一回请我和阿坚吃了一顿。点的还是砂锅白肉、干炸丸子那几样,虽然也喝了不少酒,但感觉还是正经吃了一顿踏实饭。印象中,好像跟谁还吃过一次。我对老字号心存敬畏,总觉得在吃它们光荣的历史。后来有一天中午大家约了去砂锅居吃饭,正赶上装修,虽然店家贴出正常营业的告示,还是不能忍受各种味道和噪声,只好默默地跟惦记已久的砂锅白肉说再见,换地儿到三里屯吃日料。

烧鹅仔

忘了哪一年,东华门开了一家烧鹅仔,吃过若干次,顿觉把北京烤鸭比没了。皮脆肉嫩不说,我尤爱吃最肥腴那部分。梅子酱虽甜,也不觉得腻,跟烧鹅一起真是绝配。这家店还有一道明炉鱼,味道微酸,也很有特色。再有就是咸菜烧猪肚,能吃出里面的黑胡椒粒,也应该算是潮州菜系吧(另外,首都宾馆一层也有一家潮州菜馆,也非常好吃,后来不知为什么,吃着吃着就不吃了)。再后来经过东华门,发现那家餐厅还在(包括门口那只大鹅),只是少了往年的门庭若市。

马家老铺

马家老铺是一家清真馆子,在王府井步行街北口往西一点儿,据说始创于乾隆年间,专营酱、烧牛羊肉,王爷带我去吃过一次。昨天去那边办事,发现这家餐馆关门了。不知道它搬走的原因,也记不起来当时我和王爷为什么大老远跑这儿来吃。

洪满天

元旦那天,丁老师张罗大家去安华里木偶剧院边上新开的洪满天宫廷涮肉馆吃晚饭。到了地儿才知道,原来这家涮肉馆跟洪运轩是一个老板。洪运轩涮肉过去在北京太火了,最早在辟才胡同,后来搬了好几处,而辟才胡同也不再是胡同,变成了通衢大道。作为一家传统的涮肉馆,它的全部秘密似乎都在调料上。多少年过去了,至今我还会唠几句老板是如何跟客人介绍调料的,比如辣椒不是要它的辣,而是要它的香;醋不是要它的酸,而是要它的去腻去腥。而糖蒜则起到中和的作用。最重要的是,调料不能搅和,因为涮羊肉不是炸酱面。所谓传统涮肉,说的是只有羊肉和毛肚,而且羊肉必须是冻羊肉片,手切鲜羊肉是后来才有的。但这次在洪满天居然也吃到了小鲜肉,即冰鲜生吃的羊肉,它取自俗称磨裆的部位,因此最为鲜嫩。小小几片,被精致地装在一个小罐里,底下点着冰和柠檬。用筷子拈起两片,蘸了调料小心放进嘴里,正如老板所言,果然吃不出任何肉味。

南门涮肉

  南门指的是天坛公园的南门,张宁在南门涮肉馆请过大家一次。这家店生意火爆,光等座就等了一个多小时。那天张宁喝了很多白酒,在卫生间撒尿时溅到旁边人的身上,俩人打了起来,惊动了警察。南城人的戾气由此可见一斑。

  相比之下,我更喜欢去后海那家(也叫宏源南门涮肉),因为吃涮肉环境一定要敞亮。昨天中午跟老葛去那儿吃午饭,点了花开富贵,肉是从牛小排上剔下来的,非常好吃。牛肩峰和四鲜组合也不错,印象中还要了一份太阳肉,忘记是哪个部位了,但肯定不是太阳的肉,不然还不烤焦了。唯一不方便之处是不让抽烟(我跟老葛都不抽烟,但阿坚和小秋憋得够呛)。问服务员,吃火锅不是要烧炭?烧炭必然有烟。得到的回答是他们用的是无烟炭,细看之下,果然无烟。

  吃到后来,又加了一份雪花牛肉。

  雪花牛肉给人的感觉是血红雪白,据说最早是来自日本的和牛,后来才有了本土研发的品牌。也有人认为,雪花牛肉的纹路比较像大理石,弄不好将来把它当成建筑材料。从我的经历看是大有可能的,至少在韧性方面,以往吃过的雪花牛肉,鲜有能咬得动的,不知是肉的问题还是牙不争气。

老家肉饼

阿坚喜欢写毛笔字,老家肉饼的牌匾就是他题的。为此,他可以终生在老家肉饼店免费用餐。

拍《盒饭》的时候,为了节省资金,剧组在老家肉饼店吃过一次,大家的反应是比吃盒饭强多了。还有一次是接待法国 Pata 代表团,那天的气氛很热烈,我跟方索好像还吵了一架。老家肉饼的做法跟京东肉饼类似,我怀疑就是从京东肉饼学来的。后来,老家肉饼店的老板又开了家田老师红烧肉,阿坚还想题字,却遭到了婉拒。

前面说过,阿坚会做炸酱面,而且是从张作霖家的厨师那里学来的。其实,阿坚做过专业厨师,跟地质队去西藏给几十号人做饭。据说,阿坚会在高海拔用 70°的水温把鸡蛋煮熟了。后来才发现,这项技术没什么。有一年,我在长白山脚下就看到当地人用温泉煮鸡蛋贩卖给游客,煮熟的鸡蛋是溏心的。阿坚的另外一项技术是用各种东西开啤酒瓶、筷子、手机、打火机,还有用一个酒瓶开另一个酒瓶。神奇的是,用手机打开酒瓶的瞬间,阿坚手机上的手电会亮一下。但是,用打火机开瓶时,打火机就不会着火。过去阿坚还会用牙开酒瓶,后来年纪大了,才改用别的。昨天跟老葛在海底捞吃饭,老葛见了阿坚还直夸阿坚的身体好,不像我长得这么随意,等等。殊不知阿坚现在是在吃老本,而我的状态虽不能说就像那初升的太阳,却也还有很大的提升空间。

一坐一忘

有段时间常吃云南菜，开始是美术馆对面那家，后来改成一坐一忘。每次都会点油鸡枞，虽然这道菜吃起来很香，但总觉得油乎乎的，以为油鸡枞就应该如此。后来才知道，油鸡枞鲜的时候不是这样，不一定要油乎乎地吃，还可以凉拌。一坐一忘有一种米酒看似度数很低，但几乎每喝必大，我们管它叫小手雷。倒是十分怀念它们装在竹筒里的稠米酒，喝着甜甜的，很适合馋酒的糖尿病人。

有人考据，所谓八大菜系，是20世纪80年代初提出来的，之前并没有这个提法。具体是鲁菜、川菜、粤菜、闽菜、苏菜、浙菜、湘菜和徽菜，这个排名顺序不能变。现在云南菜崛起，一坐一忘多火啊，是不是再加上一个滇菜。但是如果加上滇菜，东北人又不干了，杀猪菜听起来多么洒血啊。然后还有西北菜呢，可能形不成菜系，但老百姓喜欢啊，从兰州拉面到羊肉泡馍到贾三包子，唉，这个问题还真难解决。

埃蒙小镇

埃蒙小镇也是一家经营云南菜的餐馆，据阿坚讲，埃蒙小镇是一个靠近缅甸的地方，主要居民是佤族，这使得他们的菜跟其他云南菜馆有所不同，有点儿接近东南亚风格。大概三年前去方家胡同那家吃过一次,那天好像人很多,吃了些什么都忘了。昨天跟阿坚及埃及诗人 ALI 等又去吃了一次,我们六个人点了炒芭蕉花、辣椒炒干菌、凉拌鸡丝、滇味酥红豆、凉拌薄荷、滇味生笋、香茅草烤鱼、烤土豆丝饼以及清炒豌豆尖等。除啤酒外,还喝了木瓜汁和酸皂角汁,主食是米饭。因为大家头次见面彼此生疏,这顿饭的气氛有些拘谨,但菜基本上都吃完了。

阿斯牛牛

巴西世界杯决赛结束,赌输的一方在阿斯牛牛请客。找了半天,到了地方才知道,原来这家餐馆的所在就是当年藏库(这其中有太多的集体记忆,不说也罢)。老葵之前来这家餐馆吃过,说阿斯牛牛在彝族语言里是大家都来跳舞的意思,阿斯是大家,牛牛就是扭扭(不是唐大年,他的小名也叫牛牛)。餐馆正中果然有一个舞台,一些身穿民族服装的俊男靓女在台上载歌载舞,据说他们全部来自四川大凉山彝族自治州。彝族被认为是中国文化的活化石,在他们的传统服装和漆器的图案里保留着一些中国文化的原始密码,真正吸引我的是这些密码在他们的饮食里保留了多少。我们点了这家餐馆著名的坨坨牛肉,服务员介绍,这道菜特点是肉块大,火候在生熟之间,吃时用双手拿,在当地只有遇到火把节才能吃上。另外,我们还点了西昌香鸡、高山黑鸡脚、大刀耳片、凉山土司家、彝家冻肉、白水煮菜以及拌口蘑和粑粑菜等,应该说味道还是很特别的。只是光顾喝酒聊天,竟然忘了点主食，叫来服务员问有没有荞麦饭或者火夹乳饼之类的，她说现在太晚了，厨师已经下班。

老伍酒吧

老伍酒吧位于南锣鼓巷 66 号，是阿坚题的牌匾。据说那天大家都喝多了，找不到毛笔，于是一人贡献了一撮头发绑在筷子上。难怪那几个字看上去有些像金农的漆书，阿坚也因此可以在这里享受喝酒打折。昨天我和阿坚去的时候，已经是夜里 12 点了，南锣鼓巷有些冷清（甚至有些鬼气），但酒吧里还很热闹。刚坐下来不久，就有个上了年纪的白胡子老大爷过来跟阿坚搭讪，偏说阿坚是在旗的，阿坚没办法，就说他在的是五星红旗。老大爷听不懂，便介绍自己是正蓝旗的。老大爷走后，阿坚说他认识这位大爷，还请他喝过几次酒。大爷就住在附近，每隔一段就要来酒吧蹭一杯酒喝。两个人喝酒意思不大，阿坚喝了一扎青岛啤酒和一瓶西班牙白象啤酒，我喝了一大杯 Mojito 外加一大杯加了石榴汁的啤酒后，便结账走人了。此外，我们还点了一份炸鸡块，最后没吃完，打包带走了。

七味烧

觉得潘家园离双井东边的首城国际不远，便决定走着过去，结果到了地方，腿都走细了。七味烧是一家经营安徽土菜的餐馆，赵赵在微博上推荐过。其实我对安徽菜的印象一般，主要是不能接受它们的臭鳜鱼，想不明白好好的鱼为什么弄臭了吃。给我们开菜单的是一个瘦瘦的服务生，他看完单子后说两个人点得有点多，建议去掉一道。捞汁冰草是头一次吃（连听说都是头一次），相当特别。油酥烧饼配一碟蒜泥就上来了，烧饼就大蒜有些怪异。但是，夹几片蘸汁牛肉就十分完美了，决定下次来也如法炮制。鱼籽豆腐不如想象中的那样，有些过于细致，而且鸭蛋黄放多了。蚌埠胡辣汤很好喝，里头放了胡椒碎和油条，所以不是一味的追求辣，分量也足。结账的时候，我问服务生提赵赵能不能打折，他看上去有些为难，说去跟经理说说。没过一会儿就回来了，说没问题（其间有个穿白衬衣的中年男子在外面往我们这桌扫了一眼）。于是，应该结账 145 元打 8.5 折后变成了 132 元。

晋老西

菜市口青年餐厅边上有家晋老西，主营西北菜。这次从济南回来，高利在这家餐馆给我们接风。我对山西菜的评价是比较实惠，不搞太多的花哨，也许是受食材方面的限制。我们点了豉香小黄鱼、晋北凉粉、老板菜（其实就是棒骨炖白萝卜）、丝瓜烩酥肉、私家过油肉、汗蒸黑猪肉、农家醋溜丸、大碗有机菜花、栲栳栳等。为什么要不厌其烦地抄菜谱，因为我觉得吃什么比怎么吃要重要得多。可是在过去，我还对此类做法表示鄙夷呢。

阿巧粤菜

什刹海男科医院边上,有一家阿巧粤菜馆。有一回我去柳荫街找老楼吃饭,正经过阿巧粤菜馆时接到一个电话,是小马添乱打来的,她说她到了北京,正在阿巧粤菜馆吃饭。天下居然有如此巧的事,我边跟她保持通话边进了餐馆,小马添乱看到我时,电话还没挂,面前摆着一盘蜜汁叉烧。前段时间阿巧装修,装修后的餐馆跟文采阁合在一块儿,外面是文采阁的牌子,阿巧的牌子摆在餐馆的大堂。

例汤是我从粤菜馆学到的概念,有点儿像例会或者例假,又有些像值班经理,总会定时定点出现。我注意到例汤一般都是经熬的东西打底,诸如老鸡、棒骨一类,再加上一些经炖的蔬菜,诸如莲藕胡萝卜。海鲜和青菜是不适合做例汤的,它们太过鲜嫩,经不起时间的考验。例汤的味道不好不坏,汤而已。但如果不喝的话,一顿饭又觉得缺了点儿什么。

还是那句话,富人爱吃肉,馋人爱喝汤,出自广东小三之手的阿二靓汤,瞬间能把大婆灭了。

许仙楼的神仙鸡

除了火腿煎蛋外,猪和鸡在美食领域合作的机会并不太多。许仙楼刚开业的时候,曾经大火过一段,其主打菜就是神仙鸡。

这是一道十分下功夫的菜，据说要在砂锅里蒸六个钟头，因此每天只卖十五只，想要吃必须头一天预订。这道菜主要食材就是三黄鸡、猪蹄和五花肉，蒸的时候不能用水，其汤汁来自食材本身外，还来自冰糖和料酒。我对这道菜的来历心生好奇，是鸡在蒸的过程中会产生腾云驾雾的感觉吗？还是食客在吃的时候自身的感受。其实，这道菜烹制这么长时间，大多都花在猪蹄上，鸡肉好吃肥嫩，是因为揩了猪身上的油。

金湖茶餐厅

去金湖茶餐厅吃饭，问服务员有没有三明治，她说，我们这儿没有三明治。我听了心中生疑，因为之前在这家餐厅吃过，便索要菜单看个究竟。果然一眼就看到三明治的照片，问服务员，这不是三明治吗？服务员不紧不慢地说，哦，这是三文治。天哪，我怎么就没想到三明治已变成了三文治，真是太不明智了。说到茶餐厅，其实就是广东香港的快餐店，在北京却成了讲究的馆子。这可能跟他们的选址有关。他们主要的客源，就是在 CBD 的上班族。

素直素菜馆

南新仓有一家素直素菜馆，昨天晚上吃了一次。跟众多素菜馆比起来，这们的菜品还算有新意，当然也有点儿小贵。我们点了宫保桃仁凤脯、一指禅（烤香肠）、星岛蜜汁牛肉粒、玉笔笋配柠檬汁（玉笔是竹荪）、橄榄油炒青豆苗、口袋豆腐、鲜露云耳黄牛肝菌、松茸香椿包菜饺、碧绿香菇肉末饼。其中，口袋豆腐和菜饺最赞。红酒喝了两瓶亚思希拉，感觉微醺，也有些遗憾，当时《素食有素质》的发布会，怎么就没选在素直呢？

唐宫海鲜坊

无意中看到一张点菜单，应该是我、老鸭和老中医上个月去民族饭店里那家唐宫海鲜坊吃的。我们点了唐宫虾饺皇、豆豉蒸排骨、好味酱凤爪、胡椒蒸猪肚、紫苏酱蒸生肠、韭菜煎饺、鲜虾滑肠粉、时菜猪肝粥、皮蛋瘦肉粥、鲜奶红豆糕、木耳香菜饺，茶喝的是菊普。吃得的确多了点儿，但平时很少这么正经八百地吃早餐，多吃了些，还是可以理解的。后来又张罗一次去唐宫吃早点，大家都觉得新鲜，但吃了以后都觉得请吃早点（早茶）应该推广。因为首先要早睡早起，二是不用喝酒，吃完以后该干嘛干嘛。

喝早茶这还是早年在人人大酒楼落下的习惯，我认为广东人做的点心北方人绝对做不出来，令人百吃不厌。相比之下，北方的豆浆油条就显得有些单调及粗糙。几天前跟荣岩去唐宫，因为头天大酒，荣岩没吃几口全吐了出来，而且直接吐在人家地毯上。服务员过来打扫，我跟服务员开玩笑，是不是虾饺出了问题，服务员说不会的，大家都在吃。我也觉得再纠缠下去，虾饺变成了瞎搅，于是便结账走人。

红色凯旋门

在我家周围的饭馆里,红色凯旋门去的次数最少,主要是觉得它们的装修有些过度,中世纪的复古风跟湘粤菜肴很难协调,昏暗中甚至还有几分灵异味道。不过,这家店的烩芦笋、吊锅羊肉和过桥苏眉还是值得一吃的,只不过有些小贵罢了,那些食物以外的银两,想必是替餐馆付了装修费。近来他们的客人似乎不多,窗户上贴着招收服务员和清洁工的告示,门口花盆里的两株剑麻已经枯黄。

上海老饭店

三里河东路有一家上海老饭店,大廖和黄乐师带我和老鸭去吃过一次,当时黄乐师已身怀六甲,行动说话都小心翼翼的。这家餐馆经营上海本帮菜,中规中矩,最初去上海下馆子,也是这番情景。老鸭吃得很高兴,回去的路上还不停跟我说,像今天这样多好,而我每次吃饭都叫一大帮,弄得很多喜欢清净的人,都不愿意跟我来往了。

香山的餐馆

香山上有几家餐馆,晚饭是在香山蒙养园宾馆餐厅吃的,过道两侧的露天排列着桌椅和阳伞，吃饭的人很多，我和老中医找了靠里的位置。服务员推荐给我们黄泥烧鸽子、水晶虾球、干烧鲈鱼和上汤丝瓜，其中干烧鲈鱼是半价。主食点了两碗米饭。本想吃菜单上的鹅肝冻，被告知卖完了。服务员还给我们推荐青蛙系列，诸如金牌干烧稻香蛙、特供泡椒稻香蛙肚等。但我觉得在蒙养园这种充满爱心的地方吃活青蛙有些逆天，所以就没点。餐厅供应的啤酒是北京珍品纯生，12元一瓶，我们喝了两瓶，另外还有一瓶蓝莓果汁。啤酒还挺好喝，但蓝莓果汁味道不对。老中医拿过瓶子一看，快过期了。我觉得在咱们这儿，快过期的东西就已经过期了。不管怎么说，晚饭不错，就是服务员身上的花露水味稍重了点儿，不过也不能怪她们，她们抹这么多花露水，可能主要是为了防蚊子。

在蒙养园边上的松林餐厅吃午饭，我和老中医点了炝莴笋、香酥鸭子、西红柿牛腩煲，主食要了茄丁面和花木耳面。老中医点了一瓶啤酒，我不想中午酒喝得醉醺醺的，便点了一听可乐和一听王老吉。菜做得还不错，唯一不习惯的是，这家餐厅的杯子是一次性纸杯，饮料倒进去味道有些怪。松林餐厅在香山一带确实大名鼎鼎，生意好得不行，同名餐厅就有山上山下两家，不知他们是一回事，还是分开的。

香山饭店里的姑苏园经营杭帮菜，上次来香山，就在这儿吃过一次，不过没什么印象了。很多人到这儿吃饭，是冲着香山饭店的名声。点了东海长寿菜、干锅油豆皮和一份老鸭煲，主食是半打萝卜丝饼和一盆阳春面。东海长寿菜是海产品，吃着有些腥，干锅油豆皮过辣，不像杭帮菜倒像是湖南菜。老鸭煲到结账时还没上，只好退了。吃过午饭打车进城，半路下起雨来，突然觉得北京的气候有点儿像南方。

老中医

春节过后得了重感冒，嗅觉尽失，几近崩溃。经过老中医扎了几针针灸，嗅觉终于恢复了。其实，老中医岁数不大，也就四十出头，在一家杂志社当编辑，老中医是我们给他起的外号，因为据老中医说他有行医执照。有一回吃饭，老楼说他脖子经常落枕，老中医站起来想帮他掰，但是被老楼拒绝了。老楼怕老中医用力过猛，把他脖子掰断了。我觉得老楼的担心是有道理的，因为之前老楼质疑过老中医的学问，他肯定是怕老中医在掰他脖子时借机报复。老中医不但医术高超，还会烹饪，在法国期间还得过一个烹饪大奖。吃过他做的清炖牛鞭和酱牛肉，确实比餐馆里做得强（我的评价是能把牛鞭做得这么牛逼，老中医当属京城第一人）。此外，老中医还爱喝茶，每次聚餐，老中医都会自带茶叶。好在虽然还有很多餐馆禁止客人自带酒水，但对于自带茶叶的客人，还没有相应的条款。

满恒记

我们去的那家满恒记在赵登禹路口西南，平安大道边上，不知道别处有没有店。老中医说之前这家店叫满运楼，店面不如现在的大。这家回民餐馆生意很好，我们去的时候，两层楼包括包间都坐满了。我们点了爆肚（两份）、手把羊肉、炒红果、拌苤蓝丝、奶酪、酱牛舌、辣炒肥蛏子（他们叫小海鲜）、爆三样以及牛肉饼和炸回头等。炸回头是一种带馅的回民点心，头一回吃。爆三样是用开水涮的羊肉片、白菜和粉丝，水爆也是爆，跟爆肚同一个道理。手把羊肉很嫩，用的是小羊肉，而且不太膻，蘸辣椒酱吃。本来还想吃香煎鳎目鱼，服务员说卖完了。这种鱼之前吃过，体形扁平，两眼都在身体的一侧，侧卧在海底的泥沙里，伺机捕食小鱼。酒，老楼和刘总监分了一瓶二锅头，我和老中医各喝了四扎扎啤，这家店的青岛扎啤不够凉，燕京扎啤还可以。这些东西加起来，总共才 374 元。

春饼家常菜

华侨村附近，还有一家叫春饼家常菜的餐馆，昨天应老段的召唤去那儿吃了一次。春饼比烤鸭饼大，可卷的东西很多，肘子是必需的，另外还有炒鸡蛋（我们点的是香椿炒鸡蛋）、酸菜炒粉，炒合菜（如果上面有一张鸡蛋饼，就叫合菜盖帽），当然少不了甜面酱和葱丝。看到菜单上有粉肠，忍不住要了一份。粉肠的主要成分是淀粉，小时候常吃。怕淀粉散了，一般都会往厚了切。如果想切成薄片，就得预先把粉肠在冰箱里镇一下。这家店的青椒鱼做得也不错，炖吊子则比较一般。

据说过去讲究的人家吃春饼要把各种食材装进食盒，从餐馆送到府上。

国华酒楼

国华酒楼在右安门内大街南樱桃园站，上届南非世界杯的时候，我们就常在那儿吃。它的外头是海鲜大排档，当然，里头也是海鲜大排档，不过是挪到了包间（忘了有没有最低消费）。包间有电视，可以边吃饭边看球，最后赌输的一方把吃饭的账结了。当时常点的菜有酱爆八爪鱼，还有文蛤豆腐汤，外加烤鸭、宫保虾球什么的。后来不知为什么，这家餐馆从原来的地方搬到马路对面，白脸推测可能是因为生意太火，有些扰民了。昨天还是白脸组局，去国华酒家吃饭，还是四年一度的世界杯，但也仅仅是吃饭，再也没人张罗熬夜看球了。

关于八爪鱼，前些日子有则新闻，好像说的是一家美国人去欧洲度假，在海边钓到一只六条腿的章鱼，由于无知把它吃了。章鱼也叫八爪鱼，肯定是八只脚，六只脚的章鱼十分稀有，之前只发现过一次。不管怎么样，章鱼确实是古老而神奇的远古生物，不然怎么会预测足球呢。还有一种说法，章鱼虽有八只脚，但只有两只脚有用，天晓得。昨天在微博上看到一组日本战国时期的铠甲，其中一个头盔（装饰帽兜）的形状，就是取自章鱼，可见这个可怕的海产品，在很久远的年代就成了这个虾夷民族的图腾。

昨晚在国华酒楼吃饭，阿炳点了一道凉拌马家沟芹菜，大家一致叫好。开始服务员还有些犹豫,说今天的芹菜可能有点儿老,但我吃着够嫩的了,至少没塞牙。阿炳说马家沟是山东平度市底下的一个村子,马家沟芹菜就出自那儿。它通体呈乳白色(像得了白化病),这使它看上去跟其他芹菜有些不一样,原因就是它不喜阳光,而是专门在背阴处疯长,感觉有些半野生的性质。马家沟芹菜不但吃着嫩脆可口,而且还有药用功能,可以清热解毒什么的。做法也多种多样,不但可以凉拌,还可以跟牛肉或者豆干一起炒,还可以做汤,有机会不妨一试。

茂林居酒楼

茂林居酒楼有一个外卖窗口,每天下午 4 点钟开始外卖,除包子馒头花卷之类的主食外,还有酱肘子猪蹄、油爆河虾、五香熏鱼和自制香肠(香肠又分辣的和不辣的)。每到这时,窗口外就会排起长队,其中有小区住户,有路过的学生以及公交司机各类人等。有人买了这样买那样,有人浑身上下遍寻零钱,对排在后面的人真是一种折磨。如果只是为了买个馒头或者花卷,排这样的队肯定会崩溃。

很多餐馆每天都会推出特价菜,从周一到周日,基本上都不会重样。但茂林居酒楼就很奇怪,每天的特价菜都是砂锅鱼头豆腐汤和红烧鱼腩,几十年不变(如果它们能坚持 50 年不变,我一定替它们申请吉尼斯世界纪录)。砂锅豆腐 15 元一份,红烧鱼腩贵些,大概 20 元出头。刚开始还吃过几次,后来发觉有些不对,这才发现，鱼的最好部位都做了红烧鱼块。

茂林居酒楼过去主要经营狗不理包子，二楼的一面墙上还挂着狗不理的传说。后来不知为什么，这家餐馆跟狗不理闹翻了，他们卖的包子，不再使用狗不理的名号，墙上狗不理的介绍也摘下来了。但包子的做法和味道依旧，而且还开发出新的品种。过去只有猪肉和三鲜馅的，后来又有了素菜包子。所以，我想吃狗不理的话，就不用去天津了，楼下就有。

茂林情缘

茂林情缘是一家重庆火锅店，因为就在我家楼下，没有饭辙时就临时去那儿凑合一顿。主要是不喜欢那儿的环境，店门口有个小小的斜坡，另外还有几个台阶，所以有些半地下。白天的时候也灯光昏暗，加上座位太窄，感觉不是很敞亮。过去这是车库，后来改成洗车房，再后来才改成餐馆（餐馆名字应该叫"水往低处流"）。其实，他们的火锅还是很地道的，特别强调"绿色"二字，因为他们从不在外面采购经过加工的半成品。除火锅外，这家店还经营刀削面和扯面，近来又添了灌汤水饺。还有一个好处是打烊后也不轰人，喝酒可以喝到很晚。一次，我的一张就餐卡丢在餐馆，第二天就找到了。这张卡对我来说十分重要，是我一年的饭票。

菜根源

过去老去高大师家楼下的通华苑吃饭,后来他们家附近又开了一家菜根源,大家就挪到那边。菜根源环境宽敞明亮,包间没有最低消费。只是啤酒有些小贵,高大师每次要求去边上的店买便宜的。其实啤酒再贵,也贵不到哪儿去,关键是每次喝得多,都是几箱起步。

菜根源有很多好吃的菜,百叶结烧肉是其中一道。肉很着实,烧得也烂,百叶结如同心结,百般纠结而且很有弹性,就着它可以吃两碗米饭。另外,这家餐馆的剁椒鱼头也挺好吃,味道十分适中。过去最大的包间里还有一个沙发,不知为什么给撤了,有可能因为下午还不到饭点儿时,就有人提前来这儿喝茶。

现在比较流行吃蒸菜。菜根源就有一道小碗蒸,它是由四个小碗组成,分别是虾仁蒸水蛋、咸鸭蒸花生、豉汁蒸排骨和泡椒蒸鸡块。蒸菜的特点是酥烂汁浓味厚,其实不说大家也知道,这些菜除蒸水蛋外,都是之前做好了的,然后放碗里蒸一下走个过场。但这个过场有没有确实不一样,难怪蒸菜要争着吃,而很多菜只有争着吃才香。

有一回在菜根源吃饭,狗子带来几个老外。我最不爱跟老外在一起吃饭,尤其是跟不会说中文的老外,而且又是吃中餐。老外都喜欢较真,他们总是问这问那,你还得给他们翻译解释(诸如这道菜为什么叫东安子鸡等),等他们弄明白了,你也彻底没了食欲。所以，吃饭的时候遇到几个老外在场，我一般都会装作不懂英文。

满口香

满口香就在木樨地地铁站北侧，他们的锅贴比较有名。我跟老鸭慕名前往，点了三两羊肉西葫芦馅，还有一种具体叫什么记不起来了，反正里面有虾仁、鸡蛋、韭菜和火腿。去的时候不到五点钟，他们还没开始营业，领班在门口给服务员训话，然后每人分了一牙西瓜（可能是夏天的福利吧）。餐馆外的空地上摆了二十多张桌子，应该算啤酒广场，除了供应扎啤，还有毛豆花生等。他们的锅贴有很多种，五个一两，二两起要（听着很像是斗地主叫牌，是不是）。我觉得他们的锅贴还行，皮薄，馅里的汤汁也多，煎的过程中没用很多油。但我的那份皮破了几个，老鸭爱吃韭菜，一片韭叶塞在她的牙缝里头。

八先生涮肉

八先生涮肉离我家不远，有时候去那儿组个饭局。老鸭有一年在那儿过生日，结账后发票刮出一百元。我的运气就比较差，刮了那么多发票，都快刮成灰指甲了，都没见一个大子儿。其实，涮羊肉很简单，无非就是肉好、料好。老中医说过去老北京涮肉，就是羊肉和毛肚，没有那么多乱七八糟的东西。一个人馋了，点上煤气灶,在家里就能吃。除了涮肉,八先生卖得最好的是羊肉包子,每次不管吃得多饱,一定要吃两个羊肉包子,那可是主食啊!

翠清酒家

北京连续四天雾霾,在家里憋闷得够呛,决定出门去翠微路的翠清酒家吃顿午饭。之前听无数人夸过这家湖南菜馆,因为离家近,反而没急着去。一进门扑鼻而来的是一股臭豆腐味儿,接着就被服务员安排在靠近厕所的一张餐桌,因为别的桌子已经坐满。我和老鸭点了双椒鱼头、鸡汁豆皮和青椒炒油渣。剁椒鱼头用的是胖头鱼,鱼头很新鲜,不过味道有些咸,适合拌面条(一份面条额外付8元)。青椒炒油渣非常好吃,加了一些豆豉,缺点是油渣大小不一,极个别的油渣有些哈喇。做这道菜的要点是不能用酱油、醋、料酒之类的汤汁调料,炒的时间也不宜过久,避免把尖椒炒出水来,以影响油渣的酥脆。鸡汁豆皮比较一般。要了三碗米饭,湖南餐馆喜欢把米饭放在很小的钵里蒸,北方男人一碗吃不饱。另外还要了一听可乐和一瓶桂花酸梅汤,结账一共162元(算上两个餐盒),苍蝇小馆这个价不算便宜。出餐馆时大约十二点半,门口已经有很多人排队等位,多数是冲着双椒鱼头来的。

有一次我跟着电视学做菜,正好是讲到如何做剁椒,而且讲到关键部分,家里突然来人,大狗小狗一通狂吠,节目就没看成。根据脑海里残存的一些画面,我后来做了一番梳理,结论是不是所有的辣椒都适合做剁椒。此外，除晾晒储存等环节，剁椒最终离不开一个剁字。最早接触剁椒，是因为吃剁椒鱼头，但是只有红色的，绿剁椒是近两年才出现的。剁椒不一定非得跟鱼头搭配，跟豆豉拌一起，也是一道很不错的小菜。

柳林熏肉大饼店

张家港饭店边上有家熏肉大饼店，分猪肉牛肉两种。最开始只有猪肉，牛肉是后开发出来的。猪肉是熏的，能吃出叉烧味；牛肉用的是酱牛肉。熏肉大饼的吃法就像它的名字一样质朴，把肉蘸上酱连同葱丝咸菜丝塞饼里就可以了（当然，一定要让大饼凉下来）。如果再加上一碗棒糁粥，这顿饭就近乎完美了。但饼再好吃也要分人，一次，小招和小郑吃着半截打了起来，服务员被吓得尖声惊叫。这回请荣岩，因为他头天喝大了，只能望饼兴叹，恨自己没有口福。

金汤匙

北京出租涨价，出门蹭饭变成了一件昂贵的事。就拿去蓝色港湾来说，我家住西边，去那儿完全是个大调角，遇到高峰时间，来回车费需小二百元。所以，每次去蓝色港湾，都感觉不是去吃饭，而是出海远航。上星期又有人约去蓝色港湾的金汤匙吃饭，其实接到电话时，我已经吃完了。这是一家台湾餐馆，去那儿吃饭的多点卤肉饭、三杯鸡之类的。我觉得它们的黑椒杏鲍菇做得还不错，娃娃菜汤煲也说得过去，但最好吃的当属红豆冰山。去蓝色港湾吃饭的多是年轻人，其中不乏美女，使得餐馆的氛围有些香艳，但也令我食欲大减，因为此香非彼香。

关二烤羊腿

通常意义上的烤羊腿，指的是山羊的后腿。之前在五花马西北菜馆吃过，他们只在夏天有羊腿，而且还得提前预定。在菜市口也吃过一家，之后又连续去过几次。昨天去的是在芳古路的关二烤羊腿，跟前面两家不一样，他们的烤羊腿好像没怎么腌过，吃的是羊肉本来的味道。而且肉质很嫩，在炭火上烤十五分钟就能吃了。桌上三种调料，盐、孜然和辣椒粉，边吃边撒。老段拿了两瓶绵竹大曲，烤的时候浇在肉上若干，感觉不同凡响。另外，片羊腿也是一项技术活，阎洪子明手法十分老到，一看就是峨眉剑法。他说会吃的一般都吃骨边肉，因为骨头边上的肉最香。

潮汕美牛肉丸火锅店

西二环天宁寺边上，有一家牛肉丸火锅店，去那儿吃过两次。之前说过，我对牛肉丸的兴趣一般，像我这种牙口，更喜欢吃一些松软的食物，而潮汕牛肉丸过于劲道弹牙，即便每天去吃也吃不成食神。除了牛肉丸，这家店还有其他各种丸子，如龙虾丸、墨鱼丸、牛筋丸等（当然也可以涮牛鞭、牛展之类的）。但我更好奇他们的潮汕戈饭，服务员介绍，它类似于广东的煲仔饭，只是在内容上有些区别。价格似乎也不太便宜，四人份的要198元。

巴蜀宴语

这家餐馆的前身叫十二季私房菜，经营杭帮菜，因为就守着父母家门口，经常为了图方便，去那儿吃个响油鳝糊以及老鸭煲之类的，烹饪水平还算过得去。前些日子，突然改成巴蜀宴语，菜式也从杭帮改成川菜系。昨天跟家人吃了一次，觉得真的一般，糖醋脆皮鱼一点儿也不脆，外面裹着的面比烙饼还厚；蟹黄豆花和芋儿小白菜明显偏咸，五谷丰登用的都是陈年食材，广东菜心老得嚼不动；龙抄手皮儿都煮破了，担担面里碎花生太多，而且不该放芝麻酱，一家人吃得默不作声，我爸更是连连摇头，预言这家餐馆早晚非垮了不可。对我来说，我早就不相信进化论了，所以凡事不一定越变越好，很可能越变越糟，眼前就是鲜活的例子。

北平居

细想起来，老北京菜除了烤鸭外，就是一些诸如焦圈、灌肠、炒红果一类的小吃。烤鸭算不算老北京菜还得单说，另外就是涮羊肉。北平居就是一家经营老北京菜的餐馆，有一年重阳节陪父母去景山登高，下来时正好赶上吃午饭的点儿，我爸提出去吃北平居，原来鼓楼边上还有一家马凯餐厅，后来没了，但是音乐学院边上有一家。到了北平居，想不到已经没位了，好在一进门有两排椅子，另外还有一个书报架，上面摆些杂志什么的，等候时也不觉得时间太长。点了它们的蹄筋烧海参、松鼠桂鱼、宫保鸡丁以及虾球等，觉得味道还不错，但就是没点所谓的老北京菜，可能是因为我们家算不上老北京，对这个超级城市的餐饮还没那么深的感情。

第一楼

东四有家第一楼，主营家常菜和开封灌汤包。若干年前去过一次开封，就曾经被当地人带到第一楼吃包子。一般形容开封灌汤包，都说它提起来像灯笼，放下去像菊花（大意），而且皮薄馅大，配料考究，灌汤流油，软嫩鲜香。总之，概括得比较全面，我也没什么好补充的。第一楼的包子分两种，一种是普通的猪肉灌汤包（店家叫古方极品猪肉灌汤小笼包），另外一种是蟹黄灌汤包。猪肉灌汤包22元一屉，共12个；蟹黄灌汤包一屉38元，只有7个，装在餐盒里像是吃剩的。这家餐馆的家常菜缺少开封的地方特色，天南地北的都有，诸如小鱼花生、麻辣一锅鲜、大豆芽炒粉条、腐竹溜鸡片以及酸萝卜焖土鸡等，让人感觉虽然开封的包子出来了，但其他的菜肴却没有跟上。

爆肚冯

看一盘爆肚好不好吃，我觉得就两条，一是看有没有异味，二是看塞不塞牙。爆肚按不同的部位又分成肚领、肚蘑菇、肚散丹和肚葫芦，每个部位涮的时间都不同。通常吃的都是肚散丹，下锅里五秒钟就够了，但还是要凭经验和感觉。关于毛肚有个故事，说是有人喝醉带朋友半夜回家，怕惊扰父母，于是摸黑去厨房烧了一锅毛肚汤解酒。大家咕咚灌下，觉得味道还行，只是毛肚偏老，第二天发现原来是把抹布炖了。后海一条胡同里的爆肚很好吃，过去常去。东兴顺的爆肚张却大不如从前了，量少，还塞牙。海碗居的爆肚完全不及格。

去爆肚冯吃涮锅子，每次必定要点一份松肉。松肉是清真食品，是用牛肉馅做的，为了吃着酥松，里面还要掺豆腐和鸡蛋，当然还要包一层油皮。松肉最好趁热吃，味道口感俱佳。至于羊肉片，有人喜欢吃鲜的，有人喜欢吃冻的。爆肚冯的酸菜不好吃，即便涮完了从锅里捞出来，吃着还是太咸了。辣椒油必定是现炸的，放一勺在调料里非常提味，但韭菜花就不必了，因为调料里已经有腐乳汁。昨天阿坚喝大了，把芥末菠菜也涮着吃，也不失为一项独创。

庆丰包子铺

去爆肚冯之前,高利张罗大家去宣武门的庆丰包子铺吃包子,我是先跟父母吃完了饭才过去的,到了之后已然什么都吃不下,唯有喝酒。庆丰包子铺是快餐店,适合吃完了就拍屁股走人,不宜久留。没坐一会儿,就觉得浑身不舒服。于是,想找一家没有过堂风的,带卫生间的,用玻璃杯而不是塑料杯喝酒的,座位带靠背的地方接着喝。这餐是高利请的,五个人点了拌豆腐丝、酱肘花、豆豉焖酥鱼、猪肉大葱包子、啤酒等,共计190元。因为去得晚,不知道他们吃没吃炒肝。

常州驻京办

常州驻京办是很多人眼中的美食圣地,我也时不时去那儿吃一顿,如果想要坐包间,必须提前预定。他们的蒸黄鱼功夫是一流的,但炒老油条显然不及格。首先油条太细,可能是明矾和洗衣粉放得不够,所以看上去不够老。其次用甜辣酱炒味道偏甜了,再有就是口感不够酥脆,嚼嘴里皮皮塌塌的。孔乙己的牛肉炒老油条的火候就比较到家,老油条们吃了纷纷称道。

但他们的油焖蚕豆比孔乙己的茴香豆好吃,蚕豆是绿的,吃着非常新鲜。

6月初的时候去镇江,吃过一些蚕豆做的菜,当地人说这正是吃蚕豆的季节。一天早晨，去街边的巷子里转悠，发现很多老年人都在自家门前剥蚕豆，然后把剥好的蚕豆放在筐箩里晾晒，因为鲜蚕豆不好保存，加上天气热，恨不得一夜间就馊了。经过晾晒的蚕豆，除了更有嚼头外，还能除去原本的怪味。最近吃过的跟蚕豆有关的菜，是把青蚕豆和韭菜以及小河虾放一起炒，大家吃了赞不绝口。

四川驻京办

四川驻京办简称川办，前几年火得不行，去晚了便没有桌位，包间更得提前几天预定（跟常州驻京办一样）。去川办吃饭，每次都要点一份跳水鹅肠，这道菜的特点是又脆又入味，虽说是凉菜，仍可就着它狂吃米饭。1985 年去重庆吃川锅，学会了吃各种肠子，当时觉得鸡肠太细（所谓小肚鸡肠），鹅肠太粗太厚，鸭肠涮起来最好吃。是跳水鹅肠这道菜，给鹅肠挽回了名誉。但我仍不明白，鹅肠不比牛蛙，为何要跳水呢？

新疆驻京办

新疆驻京办场子很大，像个大食堂，过去隔三岔五就会去那儿暴吃一顿（我喜欢他们的羊肉包子和自制酸奶，以及小瓶的新疆黑啤）。记得有一年夏天，约了一大堆人去那里吃晚饭，想不到下午五六点钟，突然天降暴雨，北京城瞬间成了泽国。因为事先约好了,只好坚持前往。这顿饭等车花了一个多钟头,路上花了两个小时(从我家到新疆驻京办也就四公里),街道上的水几乎漫到车窗。到了餐馆已经是晚上九点多钟了,但仍然有好多人还在路上,这样的情景以后很难再出现了。后来,吃新疆餐也很少去新疆驻京办了,而转场去了车公庄大街的乌鲁木齐驻京办。

宜宾驻京办

宜宾驻京办是之前的名字,现在降了一级,对外叫宜宾招待所。一次,老中医向我推荐他们的宜宾燃面。三十年前,我去过宜宾,在那儿待了大约一个月,奇怪的是,居然对宜宾燃面没留下任何印象,想必是这些年开发出来的(但也不一定,宜宾人别生气)。很多人经常把宜宾燃面跟武汉热干面弄混,其实最大的区别是宜宾燃面里有宜宾芽菜,而武汉热干面通常放榨菜。有好事者往武汉热干面里放芽菜,要想辨别就困难了。再有就是宜宾芽菜里面的调料主要是酱油,而武汉热干面的调料是芝麻酱。如果有人执意往宜宾燃面里放芝麻酱,就天下大乱了。当然,宜宾燃面主要强调的是辣,不然的话,怎么对得起那个燃字。去宜宾驻京办,除了吃燃面外,还应该尝尝他们的地皮菜炒猪肝,外加清汤豌豆尖。需要说明的是,这是我在饥饿状态下一个人的菜量。

老坑记

我们平时说出去吃饭,其实主要吃的是菜,饭是泛指。介绍两家专门吃饭的餐馆,一家是港澳中心东侧的老坑记,他们的猪油捞饭做得很好吃。做好的米饭盛在石锅里,仔细看除了煎过的鸡蛋清和几片芥蓝外,没什么其他内容,味道跟煲仔饭类似(做法大概也是要选香米,蒸之前先用冷水泡,锅的内壁先抹油之类的)。说到猪肉捞饭,一般会觉得吃着很腻,其实这家餐馆的猪油捞饭完全吃不出猪肉味,所以,叫猪肉拌饭还比较合适,捞字言过其实了。也许捞是米饭的做法,跟猪油无关。但是,米饭再好吃,也不好意思空着嘴吃,起码要点两个菜。推荐他们的咖喱牛腩,牛腩滑嫩入味,土豆也很面,尤其是咖喱不很刺激,就米饭吃非常合适。

金鼎轩

有些餐馆去得次数太多,反而麻木了,金鼎轩就属于这种。去金鼎轩吃消夜,多数情况是喝大了。到了地方,往往会乱点一通,但总要点一份木瓜酿鲜奶用于解酒。烹饪木瓜的方法无非或蒸或炒或凉拌,但怎么做都好吃。我总觉得多吃些木瓜没什么坏处,用不着担心把自己吃木了。推荐一道冰镇木瓜,具体做法是把蒸熟的木瓜切成块,在冰箱里冰镇一下,吃之前浇上一勺桂花蜜,再加上一些点缀，就万事大吉了。在公开的转基因食品名单中，木瓜榜上有名，再看到木瓜时，心里便有了抵触。

半个多月前，在地坛南门的金鼎轩喝酒，把一盒上好的茶叶，一个古代非洲面具，一部照相机，一部手机以及刚买的两本书全落在出租车上。那天狗子也在，我回家时他又转场去了鼓楼，如果我们俩一起回家，这件事恐怕就不会发生。可惜的是那个面具，是我当天下午刚花重金买来的，而那包贵重的茶叶，是我前前女友送的，上次吃饭，落在常州驻京办的餐厅里，那天刚取回来，就连同其他东西一起丢了，至今还没有找到。

娃哈哈酒楼

隆福寺胡同旁边有一家娃哈哈大酒楼，乍听还以为是一家儿童餐馆（头一次去那儿吃饭时确实有人带着孩子），但吃了几次后才知道，他们的消费对象确定无误地是针对成人的，虽然具体吃了些什么都忘得差不多了。前两天老詹约大家去光华路泰达时代广场的娃哈哈（江南赋）吃饭，才发现时代变了。首先是服务员，清一色的朝鲜姑娘，让人觉得跟想象中的江南关系不大。给我们包间服务的那位姑娘姓权，来自平壤，看到有人给她拍照便羞涩地拒绝了。后来又来了一位表演电子伽倻琴的，风格就比较豪放，她用近乎摇滚的风格，给我们弹奏了一曲《阿里郎》。至于这家餐馆的烹饪水平，便不多评价了（比如象拔蚌刺身的食材不够新鲜，大煮干丝的干丝太粗，感觉是高碑店的，还有响油鳝糊里的洋葱太多等）。关键是盛菜的盘子豁大，偌大一张餐桌几道菜就摆满了，弄得大家没吃几口就不得不要求她们换小盘。但这家店的熏黑蒜还是很好吃的，黑黝黝的独头老蒜吃着一点儿都不辣，味道有些像无花果，而且口感极佳，想必是用了什么独门秘诀吧。

港丽茶餐厅

去港丽吃过几次饭，居然都是中午。用餐的客人很多，多数都是白领。去那儿吃饭的人，大多都会点蜂蜜厚多士，我觉得就是面包加奶油冰激凌，吃到嘴里怪兮兮的。有一回跟老鸭去王府井一家银行办事，正赶上他们中午休息，我们就在新东安的港丽吃饭，两个人点了炭烧柠檬猪颈肉、鬼马鲜果虾球、果木烟熏三文鱼玫瑰、一份牛河以及野菌浓汤，结果点多了，剩下的只好打包。后来我们总结，这事要怪只能怪银行，大中午的，干吗要休息呢？

何贤记

我跟老鸭在何贤记也是类似的情况，因为是头一次吃，结果点了一大桌。其实，我们大多数时间都很节俭，一次只点一道菜两碗米饭，饮料都舍不得喝。那是在熟悉的餐馆，在没吃过的餐馆，就容易昏头。我和老鸭在何贤记点了顺德酿辣椒、松茸炖鲍鱼片、干炒牛河（菜单上还有湿炒牛河）、蜜汁叉烧肠、何贤记烧鸭（味道类似烧鹅）以及花旗参炖乌鸡，饮料喝的是四季凉茶。凉茶很怪，居然是热的，找来服务员询问，她说凉茶本来就该是热的。多亏没点炒生鱼片并且退了一碗米饭，烧鸭虽然好吃，而且我们只点了半份，但吃到半截就吃撑了，后悔没多叫些人，点这么多菜，再加双筷子也够了。

仙踪林

经常觉得吃饭是个负担，要为吃什么而苦思冥想，要花钱花时间，吃多了要减肥，喝多了得罪朋友等。因此，只要能果腹，我对食物及餐馆并没有太多的要求。但仙踪林仍然超出了我的忍受限度，先不说一进门就看见两个中学生在面对面荡秋千，在相会的一瞬间喝一口对方的饮料，单说他们的饭，简直是太难吃了。所谓的台湾三杯鸡套餐，哪里是三杯鸡呀，完全是对鸡的恶意嘲讽。叻沙（叻应该指的是新加坡）海鲜焗面更是甜得出格，全是椰奶的甜味，而所谓海鲜，也不过是两个虾干，以及摆在面条上的几块略带海鲜味儿的面饼（外加一小片可怜的芝士）。至于饮料我就不说了，无论如何，仙踪林的确是个令人迷失的地方，去一家中学生才去的地方的成年人，进门前就已经昏了头。

澳门豆捞

三里河开了一家澳门豆捞，之前在别处吃过几次，但都没留下什么印象，感觉无非就是把海鲜涮熟了蘸酱油。老鸭更绝，她始终认为豆捞的锅底里有豆子，想来想去，原来过去在老焦的坎普吃过有豆子的火锅，刚开始涮着觉得还挺好吃，吃着吃着豆子就粑锅了，冒出滚滚黑烟。要想避免出现这种情况，必须不停地搅和。据说澳门豆捞跟豆子无关（本来那个地方就不产豆子），它的本意是大家都来捞，透着广东一带的拜金文化，外加不捞白不捞的市民心态，本人对此是颇以为然的。但好吃与否，就是另外一回事了。

古都台南

　　古都台南的全称叫古都台南台湾美食主题餐厅，在中央音乐学院对面。说来我跟音乐学院还有些渊源，曾经的工作单位就设在学院的留学生楼里。当时还没有这家餐馆，倒是记得南边的胡同里有家药膳馆，现在早已不知去向。来古都台南吃过几次，而且吃的都是午饭。他们的皮蛋瘦肉粥分量很大，一份至少能盛三小碗，牛肉面也是，吃不完最后都剩下了。三杯鸡味道挺好，就是做得不够嫩，吃起来有些吃力。价格方面觉得有些小贵，除了前面说的这些，三个人还点了一份蒜香排骨、一份清炒丝瓜、一碗米饭、四瓶纯生啤酒，外加一杯鲜榨猕猴桃汁，结了三百好几十元。

　　去过那么多次台都台南，却没吃过他们的卤肉饭。最近一顿比较失败的是在沙县小吃吃的卤肉饭。那天天气巨热，我一点儿都没食欲，便给老鸭点了一份台湾卤肉饭。等那份饭上来后，我和我的小伙伴都惊呆了，天哪，难道这几块白不呲咧硬撅撅的东西就是传说中的台湾卤肉？这需要多大勇气才能下咽呀！米饭更甭提了，没办法只好打包，后来把它扔进垃圾箱。

当然，这主要是我的问题，台湾卤肉饭怎么能在沙县小吃吃呢，要吃也得去单位的食堂啊。（正宗台湾卤肉饭的具体做法，详见百度。）

粤北小城

粤北是指广东的韶关和清远，那边我没去过，但吃了粤北小城之后，觉得他们的菜跟广州一带的菜还是有区别，有些偏辣偏咸。我去的那家粤北小城在工体北门世贸百货的四层，在商场里的餐厅吃饭，我一向有心理障碍，生怕吃久了耽误商场的下班时间。北京的商场在夏天顶多营业到晚上10点，冬天关门时间更早。不过，商场里的餐馆从来不缺客人，基本都要等位。这家餐馆的招牌烧味拼盘做得不错，我们连续吃了两份，另外就是竹蔗马蹄茅根水也很好喝。其他的菜印象不深，因为去的人比较多，马哥点了一大桌，其中有沙姜捞猪手、猪脆肠、牛蛙煲、豉汁蒸罗非鱼、小煎猪肝、原汁萝卜牛筋腩、骄子肥牛、鱼杂炖豆腐、白切清远鸡等。

起士林

最早吃起士林是在北戴河，虽然是比较简陋的俄式西餐（有黄油面包和红菜汤），但已经很不错了，因为当时北戴河的西餐厅只有这么一家，老外就更少了，不像现在，到了夏天俄罗斯人哪儿哪儿都是。有一年我在北戴河心梗，抢救后从医院出来，就直奔起士林，记得那条缓坡让我爬得汗如雨下，到了地方还关门了。昨天一个人去天津玩，逛完博物馆专门去商业街小白楼（当地人的叫法）的起士林小坐。这家店坐落在一栋四层的老建筑里，边上是著名的狗不理，看上去比北戴河那家像样多了。一层是面包房，二层是维多利亚俄式西餐，三层是德国啤酒屋，四层是法式西餐厅。当时是下午两点多，大堂里一个女服务员在埋头吃盒饭，三层和四层还都没营业（可见还是俄罗斯民族能吃苦耐劳），二层偌大的俄式餐厅里也只有两桌客人，俄文《红莓花儿开》的歌声在空气中回荡。我点了一份挚爱的俄式鹅肝坯，外加一杯金汤力，毕竟下午没睡午觉，需要一点儿酒精提神。之后还要去沈阳道，晚上北京还有一顿酒局在等着我。

必胜客

好多次想吃必胜客，都因为要等位而没吃成，搞不懂他们的生意为什么会这么好。最早常去的是东直门外那家，当时也是要等位，于是便在门口挑打口盘，而且一买就是一大摞。盛沙拉是必胜客的必备项目，具有相当的表演性质，一个空盘随便盛，盛多盛少全凭本事和技巧，据说国外还有这方面的大赛呢（一般都是女的去盛，男的不去可能觉得丢不起人）。说到底，还是必胜客这个名字起得有学问，顾客再狡诈，也斗不过商家。

说来荒诞，最早吃必胜客是为了吃他们的Tabasco辣椒仔辣汁，当时超市还没有卖，转眼到中国已经若干年了。它号称拥有独特的酿造技术，造就了它的独特口味，目前已经出了四种口味，每种我都试过，其中有一种是绿色的，吃着不是很辣。还是喜欢最原始的那种，在我看来，自从有了Tabasco，饮食的面貌就焕然一新了，无法想象，如果没有它，披萨和意式面如何下咽，就如同吃炸酱面时没有醋和大蒜那样令人扫兴。

问题是这种东西难以保存，在冰箱放一段时间后，就沉淀成透明的了。后来忘了听谁说Tabasco其实最早是个地名，顿时感觉自己真的很无知。从这个意义上讲，中国人想要理解西餐是不可能的，如同外国人不懂中餐一样。

偶巴尔坛

入冬以来，又喜欢上一道新的菜肴，韩国烤牛肚。说到牛肚，一般都会想到爆肚，其实爆肚仅仅是牛肚外面的那层。真正的牛肚，指的是牛的胃。据说牛有好几个胃，而第一个胃最好吃。圣诞夜那天跟郝帅等几个朋友去吃偶巴尔坛韩国（霄云路店）烤牛肚，算是真正吃了一次牛肚，也知道了什么叫又嫩又脆，跟以前吃过的酱牛肚熏牛肚完全是两个概念。除了牛肚，还有烤大肠，绝对肥得流油，但一点儿都不腻，一口下去终于知道什么叫化境。忠告是怕长胖怕"三高"的人不建议吃，理由是莫以恶小而为之。

之前吃过的韩国烧烤里，最好吃的当属烤牛排骨。烤之前，服务员舒缓地在你面前把两卷牛排骨展开，就像展开了两幅美好的生活画卷，然后用剪子把它们剪成寸方小段，放到炭火上烤制。最后，她们还会把骨头烤熟，在剪的时候，她会故意留一小段肉跟骨头连着。一般我都会把这块骨头留给我家毛驴（我家宠物狗的名字），它同样喜爱这道美食。唯一好奇之处，是不知道这么好吃的牛排骨在牛身上哪个部位。

肉骨茶

过去在北太平庄一带，有家经营新加坡肉骨茶的餐馆，吃了几次，觉得不错。后来这家餐馆就消失了。所谓肉骨茶里的茶，其实是药材，为了好听才说成茶，而肉骨指的是猪的排骨。听说马来西亚的肉骨茶才真正正宗，我没吃过，所以没法比较。北京现在有几家经营肉骨茶的餐馆，都在东边。打车去怎么也得50块钱，回来又是50块钱，100块钱就这么没了。这还不包括饭钱呢。现在北京的吃饭成本实在太高，足以抵销我对肉骨茶的思念。

亚洲之星

这家餐厅的全称叫亚洲之星新马印餐厅，在长虹桥南，Friday 对面，一度经常去那儿吃饭。印度咖喱鸡是必点的，另外还有泰式明炉鱼、马来沙嗲串、虾酱扁豆以及奶白鸡丝汤等。主食一般都是点印度抛饼，天冷时还会点一杯拉姜茶。平时最不喜欢吃虾酱炒的菜，但这家餐厅的虾酱系列（除虾酱扁豆外，还有虾酱芦笋等）还能接受。虽然吃着较咸，但比较下饭。

海棠花餐厅

北京的海棠花餐厅最早只有一家，在蓝岛大厦马路对面，而不是现在的昆泰广场。当时的菜就是一些所谓的传统美食，诸如泡菜、五花肉、大酱汤、生拌牛肉以及冷面之类，当然还有打糕和狗肉汤，尚没有海参、黑松露酱银鳕鱼等贵得离谱的菜。最爱喝高丽参煲鸡汤，不惜流着鼻血，在冰天雪地裸奔。至于餐厅服务员养不养眼，是不是能歌善舞，称不称呼自己为同志倒也并不太在意。那时的餐厅里就摆着一些大药丸（但没有助消化的），发现原来朝鲜这个国家也讲究医食同源。

雕爷牛腩

好像是今年2月，我和丁天、高大师以及老中医去东四环大悦城的雕爷牛腩吃饭。这轻奢餐保留了快餐的方便快捷，而在食物上又比较精致和讲究，老中医觉得程序上又颇似法餐。它们的奶油蘑菇汤选用的是黑松露，以前翻译为黑菰或块菰，是法国和意大利一种特有的珍贵食材，因为其深埋地下，要靠狗或猪的嗅觉才能找到，而它的香气的确沁人心脾。这里主菜只有两个选择：

咖喱牛腩配米饭和浓汁牛腩配面,这就是据说几百万买的秘方。我们都选的是咖喱牛腩配米饭,但老中医觉得咖喱味太霸道,容易掩盖牛腩的原味,所以选了后者。汤确实浓稠如黄焖鱼翅,彰显了炖功。上个月雕爷牛腩又在西单老佛爷开了一家,再吃就不用跑那么远了。

德国啤酒屋

火腿香肠拼盘绝对是道横菜,最早是在凯宾斯基一层那家德国啤酒屋吃到的。火腿大而粗,香肠有很多种,佐以酸菜,可能是怕吃顶了。德国人能长成科尔那种体型,除了啤酒外,跟这道菜绝对有关系。他们的主食也不含糊,面包涂猪肝酱以及黄油,每次都吃得我神情恍惚。德国白酒度数很高,都是纯蒸馏的,那度数绝不亚于北京的净馏。现酿的啤酒度数也很高,像我这种酒量的,一般也只能喝三到四杯。我觉得与其狂喝工业啤酒,不如少喝几杯酿制的啤酒,度数和花的钱到头来是一样的,感觉却是天壤之别。

法国的芝士分子

法国人酷爱吃奶酪,简直到了丧心病狂的程度。一次去一个法国人家做客,她的冰箱里除了酒就是各种奶酪。据说法国的奶酪有1000多种,著名的就有44种之多。我对奶酪所知甚少,甚至奶酪是不是芝士也不敢肯定，但我知道买奶酪的诀窍，就是在不知买哪样的情况下，买最贵的肯定没错。话说回来，如果奶酪就是芝士，那些酷爱奶酪的法国人（包括法籍），就是我心目中当之无愧的芝士分子。现在很多奶酪在北京一些小超市也能买到，比如三里屯一带和朝阳公园西门一带，那都是芝士分子聚集的地方。

青柠泰餐厅

还犯过一次贱，从大西边跑到酒仙桥颐堤港吃过一次饭，具体哪家餐馆忘了，只记得是野夫组的局。上星期又犯贱去了颐堤港，在青柠泰餐厅吃了一顿午饭。要了青柠汁虾沙拉（不要辣）、鸡肉沙爹串、泰式炒空心菜（不要辣加虾酱）、咸鱼粒炒芥蓝、泰式猪肉素菜蛋卷以及泰国香米，因为是工作餐，没有喝酒，免费的柠檬水倒是喝了若干杯，离开前默姐还把自带的茶杯灌满了。

黑松白鹿

黑松白鹿在北京有好几家店，这次老詹约的是离我家最远的姚家园路的那家。他们的牛肉刺身沙拉、章鱼刺身和螃蟹很好吃，特别是螃蟹，把蟹腿肉剥出来放在蟹壳里，再拌上调料，对于怕麻烦的人正合适。但这家店的生鱼和海胆只能算及格，鹅肝火气大了些，吃出了猪肝味，松茸汤明显咸了，可能是由于喝酒的缘故。这家店的清酒杯像那种大号的龙舌兰杯子，一口一杯很快就大了。

人在酒后对香味是没感觉的,而甜味和咸味则被无情地夸大。所以,酒后吃什么都是白瞎。

老詹爱组局,也喜欢喝白酒,几乎每喝必大,每大必与人争论。这时候的老詹特别爱钻牛角尖,很多人奈何他不得。我喜欢这种喝酒的节奏,他喝大时,我也晕乎了,但总是他照顾我。但也有例外,一次酒后,我送他回家,他记不住小区的名字,我们只好下了出租,在马路牙子上坐着聊天。看他缓得差不多时,我便走了。后来听老詹说,那天当他彻底醒来时,正在蹚过一条黑暗的冰河。说他缓得差不多,不过是假象,人在喝多时,只有一根筋是清醒的。

四叶

四叶是一家寿司店,主打手握寿司,想吃乌冬面是不可能的。海胆刺身和金枪鱼很新鲜,有些小吃诸如烤银杏和牛油无花果也很地道。之前,吃过新源里那家,这次去的是丽都店。进门脱鞋,有地热,就差窗外飘雪花了。特别推荐他们的烤明太鱼籽,虽然看上去狗屎一般其貌不扬(而且是温乎的),被精心切成几小节,用它下酒再合适不过了。尤其吃过寡淡的生鱼片后,再吃一口咸香的鱼籽,便能把口味调回到常态。

说起寿司,想起我有一个大学同学,他对哲学非常狂热,整天不是康德就是休谟,要么就是黑格尔。毕业后他去了美国,30年来音讯全无。一次偶然听说他成了寿司厨师。要知道当年还没有新派日料之说,对寿司师傅的要求极为苛刻。除了那些复杂的修行，最重要的是寿司师傅的手的温度，温度太低太高都不行。在北京东边有家日料，忘了三叶还是四叶，他们的海胆寿司令人难忘。之前离我家最近的有一家回转寿司店（我老说成转炉寿司），有时带老鸭去那儿吃，名义是带瘦厮吃寿司。

秋樱

上个月老段约大家去华侨村的秋樱吃饭。山口百惠唱过一首《秋樱》，不知道这家日料与其有没有关系。吃过后才发现，说是日料，其实更像是居酒屋。地方不大，有榻榻米包间，因为没有靠背，坐久了不舒服。他们的三文鱼和金枪鱼刺身还算说得过去，海胆就不敢恭维了。天妇罗炸虾还挺好吃，烤鳗鱼也还行。因为是自助，牛排必须单点，但黑椒T骨牛排包括在免费之列，酒当然可以敞开喝，不管是啤酒（朝日）还是清酒（松竹梅）。狗子来的时候就喝了不少，他说他们发小聚会，从中午就开始喝。收到短信后，到底是来还是不来，他脑子里进行过一番激烈的思想斗争，最后还是忍不住来了。

夏天有一阵子，跟老段聚得很勤。有时去我家楼下，有时去白水羊头，偶尔也会去海底捞。每次吃完，还会找地方K歌。吃饭的时候，老段一般都会带一两瓶红酒，偶尔带茶。如果喝白酒，老段一般喝白瓶牛二。老段在银行工作，非常在意自己的健康状况，喜欢检查身体。有时让他喝酒，他会以明天体检搪塞。另外，老段还喜欢一些体育运动，比如游泳、打羽毛球。照理说身体应该很好了,可还是经常听他说不舒服,又感冒了,等等。老段有时开车赴宴,有时骑小鸟,喝大了就打电话找代驾。

绿川

郝帅同学请我在三里屯南街的绿川吃饭,觉得除了有些小贵外,还真值得推荐。刺身那些就不说了,这家店的和牛寿司非常好吃,可能是牛肉比鱼生更接近国人的饮食习惯吧。所谓和牛,应该是日本那边的,但据说是因为受到污染,就改澳洲的了。再有就是银鳕鱼白籽火锅,从鱼籽的外观到口感,都像是脑花,但吃着确实非同凡响。服务员介绍,只有这个季节(12月份)才能吃到。

卡门

昨天头一次中午去三里屯的卡门吃饭,之前去过几次都是在晚上。因为大夏天的,就不想吃他们的海鲜饭,也不想喝牛尾牛肉奶油汤了,觉得太腻太油太热。但主厨沙拉和风干火腿塞蘑菇一定要吃,外加一份橄榄油煎虾。主食就吃 Tapas,它的主要成分是面包、香肠和奶酪,据说是西班牙饮食国粹,其实在家里自己就能做,至于能不能像这家餐馆做得品种这么多这么好吃就不一定了。饮料喝的是 Sangria,虽说号称西班牙国酒,但除了红酒外,其中的朗姆和白兰地肯定跟西班牙无关。水果我吃出来了,肯定是从三源里菜市场买的。

巴比诺餐厅

  北京好吃的餐馆大多集中在东边，西边可去的餐馆不多。有的时候想趁人少吃点儿好的，又不想往东边去，香格里拉酒店里的巴比诺意大利餐馆是个不错的去处。两三个人来一份香草鹅肝，帕尔马火腿芦笋卷一定要吃的，再来一份芝士焗龙虾，汤可在西西里海鲜汤和意大利蔬菜汤之间选择，主食可以吃碳烤披萨和意式面，也可以吃羊肚菌意式饭，酒一定要喝玛歌古堡或者嘉雅巴巴罗斯。可就是这么一个餐馆，居然搬走了。听说杭州的香格里拉酒店有一家巴比诺，该不会从北京搬到杭州了吧。

Jazz Ya

  过去混三里屯的时候，经常去的一家餐馆叫杰西亚（通常的叫法叫爵士屋），而且通常是在下半场，喝得醉醺醺的情况下。每次去都会点它们的金枪鱼吐司、蛋包饭、嫩烤牛肉以及盐焗白果，有时也会点生鱼片之类的。一晃多少年没去过了，听说他们又在东直门一带开了一家，哪天一定要在清醒的状态下去吃一次，好像它们又出了一些新的菜品，像颇受好评的海胆山药寿司还没吃过呢。

商贾 Mercante

商贾 Mercante 小得有些不起眼，从它边上经过时居然没发现，经一个卖西瓜的小贩指点，总算找到了。它就在方砖厂胡同的东头，边上是一家山东呛面馒头铺以及一家名叫皇城驿站的小吃店。一进门就看到一台农村称猪的铁秤，给我的压力很大，如果是给来这儿用餐的客人准备的，也称得上独具匠心了。老板是个会说中文的意大利美女，她跟我说他们六点钟才开门，周六周日中午也营业。我点了一份海盐烤菲力牛排（菜单上强调面包是当天现烤的），一份帕尔马火腿拼盘，一份蔬菜沙拉以及一杯意大利起泡酒（Prosecco Belstar）。本想点意式经典水牛卡布里沙拉，但被告知做这道菜的原料还没空运过来。令人难以置信的是搭配牛排的布丁竟是棒子面做的，这在美女老板那儿得到证实。她说棒子面在意大利过去也是穷人吃的，现在成了备受追崇的健康食品。只不过在意大利做成布丁，在中国做成窝头或者熬成棒子面粥而已。

金芭蕉泰餐厅

看完《谍影重重4》，挟着曼谷特工的雄风，我和老鸭直奔金芭蕉。冬阴功汤是一定要喝的，记得头一次喝时，还以为这道汤跟泰拳有关，而且使的都是阴招损招。喝过才知道，完全不像想象中那么邪乎，不过就是泰国的酸辣汤。其中最重要的调料是香茅和冬阴功汤酱，其他诸如秋葵和虾之类的不过是配角。像很多泰国餐馆一样，金芭蕉晚饭时也有表演，还会邀请用餐的客人跳舞。不知道客人跳完舞，桌上的咖喱蟹会不会被同伙吃完了。

想喝冬阴功汤，不必去餐馆，自己在家里就能做，因为有现成包装好了的调料包。成分分别是南姜、香茅叶、白砂糖、辣椒油、干辣椒、酱油粉、柠檬叶、辣椒粉，以及青柠檬粉。具体做法是：

1. 煮沸 500 毫升的高汤（可供四人食用）、肉汤或海鲜汤。

2. 把包装中的四种香料（香茅叶、南姜、柠檬叶、辣椒）放入白色纱布包，绑紧下锅煮约 2~3 分钟煮出香味。

3. 放入适量草菇、虾、鸡肉或各类海鲜，煮炖至熟。

4. 倒入包装内的调料包，搅拌并小火煮沸至其入味，关火并倒入辣椒油包，点少许香菜即可食用。

提示：也可加入纯牛奶或椰浆，制成冬阴奶汤；把包装内的四种香料掰碎煮熟，味道更浓厚。缺点是喝汤的时候，可能会喝到渣子。

基辅餐厅

去基辅餐厅吃饭，无非就是罐焖牛肉、奶油烤杂拌、红菜汤或者奶油蘑菇汤那几样。去那儿吃饭的客人，主要是为了怀旧。有一次我带着父母去吃饭，他们受不了那种闹腾和喧嚣，那些金发碧眼的功勋演员来到我们桌旁载歌载舞时，令我们羞愧得无地自容。短暂休息后再返场时，他们就不过我们这边了。这家餐馆的格瓦斯都是从俄罗斯进的，比娃哈哈和秋林的好喝，最近又有一种黑格瓦斯，口味跟黑啤差不多（这也不怪，很多啤酒也是由面包发酵而成的）。

上周去基辅餐厅吃饭，发现他们有波啤了。波啤不是波兰啤酒，而是波罗的海啤酒。周一吃饭，野夫就拿来一箱。老全去俄罗斯时喝过，他说这种酒从 0 度到 9 度，越往上走度数越高。乍一喝有些发甜，味道跟黑啤差不多，但口感有些粗粝，可能酿造过程不是很讲究。老全说没人能从 0 度喝到 9 度，基本上两听过后就趴下了。野夫拿来的是最高的 9 度，果然最后喝翻了好几个。其实，啤酒 9 度不算高，还有人酿造 60 多度的啤酒，相信喝的人不多，不过是为了搞噱头。我喝过度数最高的是罗斯福，酒精度 11.5，据说是当年修道士酿的，度数如此之高（当然也有较低度的），是因为可以顶替面包。

奶油烤杂拌

20 世纪八九十年代，奶油是个贬义词，专门用来形容某一类长相的男人。

关于奶油烤杂拌，很多人都做过这道菜，什么样的心得都有，争议最多也是难度最大之处，不在于放什么样的香肠和奶酪，而在于什么时候放面粉以及放多少，才不至于把这道菜做成一锅面疙瘩汤。这证实了我一贯的想法，烤箱是外国人的神器，我们却只会用它加热剩菜和剩饭。最早吃奶油烤杂拌是在老莫,后来在基辅餐厅也吃过若干次,最迷恋上面那层烤得酥脆的焦皮。如果不吃奶油烤杂拌,就点一份奶油烤鱼。反正必须有奶油二字。

很多西餐馆都有奶油蘑菇汤,有时头天喝大后没胃口,一份奶油蘑菇汤绝对抚慰心脾,足以让一个萎靡不振的人迅速恢复体力。有的奶油蘑菇汤看不见蘑菇,因为它们已经在搅拌机里打碎了,即便上面摆着一两片,也是为了验明正身。当然,如果蘑菇汤上有一块松茸就更完美了,它更能让你迅速从沮丧中解脱出来,精神面貌焕然一新。所以,别看都是奶油蘑菇汤,彼此之间存在着天壤之别。

中餐馆大多带奶油的菜都不太好吃,除了金色凉山有一道炸乳扇,跟一坐一忘的洱海积雪乳扇类似,蘸炼乳吃,口味酸甜。这道菜好就好在不下饭,吃它完全是为了磨牙打发时间,就像一个不以吃饭为目的人进了餐馆,落得个清闲自在,有足够的时间东张西望。这道菜的材料主要是酸浆和鲜奶,状似奶片,可以炸也可以烘烤,在云南常见。我爱吃甜食,又喜欢奶制品,这道菜自然成了我的盘中餐(但每次都要剩下些,不知道能不能要半扇)。至于为什么云南会出现蒙古菜,据说涉及历史上的一次人口大迁徙。

赛百味

在众多快餐中,赛百味是我最常吃的一种,虽然我几乎不坐地铁,也很少吃着东西匆匆赶路。它最大的优点是你可以自己挑选面包、调料和各类蔬菜。面包我会选择一般的白面包，有些面包（如全麦）固然好吃，但过于抢味。调料我喜欢多加芥末酱，一般还要多些酸黄瓜，其他蔬菜多些少些则无所谓，最好是现做现吃，因为面包是热的，有些蔬菜时间长了就蔫了。不过，赛百味虽好，可不能贪吃，一两个月吃一次就行了。

加州牛肉面

加州牛肉面在北京风靡好些年了，全称叫美国加州牛肉面大王。最近一次吃是在北京南站，32元一碗，外加10元一杯的可乐。话说也不贵，前些日子在超市买牛里脊，100元一斤。细数了一下，一碗面里有七块牛肉，当然还有一些香菜，煮面用的是牛肉汤肯定的。问题是，加州有牛肉面吗？问过几个去过加州的人，他们都一脸茫然。其实很久以来，加州牛肉面和扬州炒饭（不算德州扒鸡）成了一桩美食公案。不管加州牛肉面是否来自加州，美国人表现得都很大度，本来这个民族对面条就没感觉，但如果你胆敢把山西肉夹馍说成美国汉堡包，他们就急了。再看看店里经营的那些小菜（诸如拌腐竹、拌黄瓜条之类的），你就会发出会心的一笑，如果加州牛肉面确实来自美国，它可确实够入乡随俗的。如果是来自中国本土（包括台湾），我建议换一个土一点的名字，以便在下一届评选中国十大面条。

丸龟制面

我不喜欢吃米线，也不太喜欢吃乌冬面，以为乌冬面是用米粉做的，因为它看着白不呲咧，吃着也不如普通的面条有弹性。一次，跟老鸭在西单华威大厦吃过一回丸龟制面的乌冬面，让我对这种面条改变了看法，首先我弄明白了乌冬面的原料不是米粉，而是小麦（但白的疑问还是没有解决）；而且乌冬面的粗细有严格规定（可能唯其粗才有质感）。关键是这家店的乌冬面太好吃了，我点的是番茄牛肉冷乌冬，番茄牛肉的浇汁很入味，估计是用了一些神秘调料。老鸭点的是锅捞乌冬面，没什么内容，就是乌冬面蘸海鲜汁，老鸭觉得寡淡，又加了一些芥末，殊不知寡淡才是真正的境界啊！

日式面馆常去的还有面爱面和味千拉面，在面爱面我最爱吃虾哺酸辛面，以至于吃到最后感觉比较辛酸。去味千拉面一般都是吃他们的骨汤面，次数多了才发现所谓味千其实就一个味儿。偶尔也去无敌家，除了吃面，还吃其他一些别的。记得试着吃过一种鱼生，当场就给腥翻了，以致连续几个月不敢逛水产市场。原来馊、辣、臭、腥几种极端味道里，最难以令人忍受的是腥。说到面条，记得曾经看过一部日本电影，说的就是做面条的事儿，觉得虾夷民族真的很敬业，有时到了很搞笑的程度。

肯德基和麦当劳

把肯德基和麦当劳放在一起说,是因为我觉得这两家快餐馆早晚要合并。

肯德基好像一共出了三种卷饼:墨西哥卷、老北京鸡肉卷、川辣嫩牛卷。墨西哥卷没什么感觉,比在墨西哥餐馆吃的食物差很多;至于老北京鸡肉卷,我认为完全是臆想出来的,不过还可以接受,前提是黄瓜和大葱不能在甜面酱里浸时间太长了;最好吃的是川辣嫩牛卷,疑问是:是否是从嫩牛五方演变来的?有时想换个口味,吃吃肯德基的米饭套餐,却被告知晚餐才供应。唉,没办法,还真把套餐当大餐了。

得知长安商场的麦当劳没了,心中一阵失落。这些年经常在外面喝完酒,于夜半更深时路过这家店,进去吃个巨无霸,回家睡觉才觉得踏实。平时去逛长安商场,也会进去喝杯可乐之类的。麦当劳搬走后,总以为会有星巴克或必胜客来替代,结果却让人大跌眼镜,原来的场地变成卖鞋的,临时柜台上摆满了降价打折的各种皮鞋。走近了一看,最便宜的一双皮鞋也够买二十多个巨无霸的,其中真正的原因,恐怕也是不足为外人道哉。

谁都知道北京麦当劳的咖啡可以续杯,但从没见谁喝到恶心心慌为止(我最多一次喝过两杯,好没出息)。这次荣岩来北京,跟他约了在长安商场的麦当劳见面,他对北京的麦当劳店咖啡可以续杯感到不可思议,他说上海的麦当劳店就不能续杯,以前可以续一次，续的时候服务员要在杯子上用圆珠笔深深地打一个对勾。而且上海的杯子要比北京的至少小三分之一。没在上海吃过麦当劳，为了续杯这件事，下次去上海一定尝试一次。

另外，如果麦当劳和肯德基真要合并的话，我建议带上德克士鸡腿。

这次出门，感觉真是跟鸡干上了。在北京南站上车前，就在德克士吃了一个脆皮手枪鸡腿。脆皮稍嫌厚，但鸡腿很嫩，吃的时候佐以椒盐。以前似乎从没吃过如此夸张的鸡腿，如果不说鸡腿，还以为是火鸟的腿呢。之所以管它叫手枪鸡腿，可能是因为它的外形比较像手枪。手枪鸡腿用于比喻，肯定是不恰当的，但是真把鸡腿矫正成手枪状，我也就无话可说了。以后不妨这样，保安每人发一个手枪皮套，里面塞着一个德克士鸡腿，既对坏人产生威慑作用，又给商家做了广告（这一条可是要收费的哟）。

吉野家

似乎是要跟麦当劳抢生意，吉野家最近推出一款汉堡牛肉饼套餐，作为垃圾食品爱好者，我忍不住吃了一次。那牛肉饼真是难吃死了，就像从麦当劳的牛肉汉堡包里直接抠出来的，干涩焦硬，带着一股很冲但不很自然的牛肉味。所幸上面浇的汤汁还不错，最后又要了份辣酱和姜丝，才把这份套餐吃完。但这并不是吉野家最糟糕的表现，最近他们又新推出一种双拼，用一种很难吃的野猪肉替代了牛皿。我发现洋快餐这个行当有一个普遍现象，不是因为担心水土不服盲目讨好土著消费者，就是在所谓创新中走下坡路。本土快餐业也不争气，说了那么多年赶超，最后也都消声灭迹了。

慢船

悠航 (Slow Boat) 在东四八条胡同里，是几个老外开的一家经营汉堡包的小馆。我更愿意叫它慢船，尽管听着有些像运动俱乐部。二十多年前，我曾经在这条胡同里的一家单位上班，如今的慢船就开在原单位的边上。胡同看上去没多大变化，仍然是绿树婆娑，几个胡同里的居民在搓麻、下棋，只是公厕比过去多了。我点了一份忧郁汉堡，一杯叫舵手蜂蜜艾尔的淡啤酒。忧郁汉堡里主要是蓝莓奶酪、牛肉和紫洋葱，好吃得无法形容，只是小了些，有些意犹未尽。它不像一些汉堡那么花里胡哨，没有配菜，只有一片竖切的酸黄瓜。吃过才发现，东西太好吃了，也是可以让人忧郁的。

许留山

喜欢吃甜食的人认为，就在甜味入口的一刹那，会让人感受到生活的美好，世界上还有什么理由，比这个更充分更站得住脚呢？所以，那些开甜品店的都是一些善良的人，而那些喜欢吃甜食的人，大多都脆弱敏感，容易受伤害。明白了这个道理后，再探讨甜食是否会给健康带来什么就意义不大了。

许留山是一家来自香港的甜品店,在西单汉光百货的一层就有一家。据说许留山的龟苓膏和凉茶最有名,这两样偏偏又是我的最爱。我不但爱吃龟苓膏,还会背《龟虽寿》,尽管龟苓膏跟乌龟无关。爱喝凉茶的原因也说不出来,可能是因为人一走茶就凉吧,所以必须喝凉茶。但北京这家许留山却让我失望,服务生告诉我说它们没有龟苓膏和凉茶,因为北京的店都是针对北方。好吧,热饮总会有吧,但除了红莲冰糖炖雪蛤外,单子上的热饮都没有,因为那些热饮只有在冬天才提供。

糖朝

糖朝就在糖果的边上,不知道这两家店有没有关系。有一次跟人约在工体一带吃晚饭,到得早了些,就去糖朝吃甜点。我平时就酷爱吃甜食,人生最大的理想就是找几个志同道合的糖尿病人,开一家糖厂(至少原材料解决了!当然,也有人认为,糖尿病人的尿里不含糖)。可能因为下午的原因,这家店的环境比较发暗,四处贴着蔡澜的字(有一幅写着"甜到心")。点了一份我挚爱的杨枝金露以及一份芒果班戟,觉得还是相当不错的。可惜他们甜品的种类少了些。有一道木桶冰豆花没敢点,据说是这家店的特色,但看到冰豆花跟各种水果在一起,感觉是直接挑战我几十年来形成的饮食习惯,想来想去只好作罢。

上岛咖啡

我家附近开了家上岛咖啡，那儿的卤肉饭42元一份。北京南站也有一家上岛咖啡店，那儿的卤肉饭贵了一倍，要84元。有一次我去外地，赶上饭点儿，就被南站这家上岛咖啡宰了一顿。过去去上岛，主要是打牌。一天下午在三里屯北街的上岛正在打牌，突然冲进来几个全副武装的武警，把大家吓得不轻。这件事我在别的文章里说过。

上岛咖啡可以叫外卖，天冷不想出门，就打电话叫了两次。都是普通的套餐，价格不贵，22元一份。除了饭菜外，还有一杯很甜的果汁以及一杯很腥的紫菜汤。菜的味道当然也很一般，我就不做过多的评论了。平常我很少叫外卖，懒得出去吃就在家自己烹饪，更没有在极端天气如飓风或者地震时叫外卖的经历。最近一次叫外卖，叫了一份熏肉大饼、一份毛氏红烧肉、一瓶饮料，一结账居然80多块。还有两次他们把餐都送错了，我忍不住批评他们几句，他们后来就不给我送了，理由是人手不够。

永和大王

军博对面有家永和大王，有时候路过就进去吃点儿东西，赶上端午节还会吃一个粽王。不知为什么，今年端午，粽王取消了。记得夏天的一个早晨，看完球去永和大王吃早点，刚吃半截，就听到一个女服务员说了句"该不会是炸弹吧？"。原来，她在打扫卫生时发现座椅上放着一个无人认领的双肩背。我记得几分钟前，那张桌子旁还坐着一男一女。不顾还剩半碗馄饨，我迅速离开豆浆店。穿过马路，我听到身后一声巨响——一辆垃圾车在倒车时撞上了电线杆子。

日昌茶餐厅

中秋节陪二老逛北海公园，之后去日昌吃了顿午饭。四个人点了烧鹅、普宁豆酱冻鱼、例汤、滑蛋虾仁、姜葱炒猪肝、腊味煲仔饭、豉汁炒牛河、奶油南瓜卷、麻蓉汤圆和一壶普洱茶。二老吃得很高兴，说好久没来这儿吃了，上次还是在若干年前。最早吃日昌，去的是协和医院对面的那家，虽然地方不大，菜的种类也不太多，甚至连卫生间都没有，但东西比较地道。记得有一次去那儿吃饭，有个哥们儿喝多了，跟旁边桌上的两个女孩儿搭腔，结果女孩结账离开之后不久，来了一车大汉，两拨人大打出手。

茗都茶馆

茗都茶馆在北蜂窝路北头把口，过去常和老黑、兰竹在那儿玩斗地主，偶尔也约人聊聊天什么的。虽说是茶馆，也供应小份的煲汤以及馄饨等。有时打牌忘了时间，便要些小吃填饱肚子。一度爱喝他们的洋酒，喝不完连同茶叶一块儿在店里存着。不知从什么时候起,这家茶馆也卖起炒菜和饺子(还有盖饭、面条等,饮料除了茶,还有啤酒、咖啡),一打听原来他们在茶楼边上开了一家饺子馆,所以名正言顺地搞起了多种经营。虽说可以在茶馆吃饭,条件是必须点他们的茶(但不能赌博,不能大声喧哗)。我觉得既然你都人间烟火到这般田地了,就不应该再玩高雅了,你说对不?

露雨轩

一直觉得在茶馆吃东西有些怪,跟在洗浴中心吃饭没什么两样,完全是为了凑合。茶馆卖饭,还要餐馆干吗?但现在在茶馆吃饭,似乎已经成了再正常不过的事情。去年6月去上海,在一家茶馆喝茶,就顺便吃了不少主食(间或还听苏州评弹什么的),险些在晚饭前吃饱了。北京保利大厦二层有一家茶楼,在那儿喝茶时,也吃了一大堆诸如馄饨、面条以及水果之类的。在茶楼大张旗鼓经营餐饮的,还有露雨轩,吃过若干次他们的素食套餐,有两次到了饭点儿,想找一家正规的餐馆吃饭(其实就是因为在一个地方坐久了,想换一个地方),但鉴于这家茶楼号称禅茶馆,不悟出点什么还真不好意思说走。

圣诞大餐

火车到了西客站,已经是晚上七点半了,直接打车去锦官居跟老鸭吃圣诞大餐,顺便把胃口调整过来。在河北玩了三天,吃了一肚子杂碎(另外就是连日来的雾霾,喘气都是黑的)。但北京也好不到哪儿去,特别是北京的西边,历来没什么节日气氛。不过,锦官居还是布置了圣诞装饰,服务员也应景地戴上圣诞小帽,餐馆里还不停地播放着圣诞音乐。我们点了香卤千叶豆腐、芥辣鲜虾、葱爆澳洲小牛肉、童子骨炖萝卜(这道菜的名字比较怪异),主食是米饭,没要酒水,也没有最低消费,所以吃得比较消停。

跟考古队吃饭

去大云山汉墓,头一次跟考古队在挖掘现场吃饭,心中难免小激动,所以特意记下了这顿饭的菜谱:鲢鱼豆腐汤、腊肉合拼、咸肉炒青蒜、韭菜炒蚕豆、炒芦蒿、炒苋菜、百叶结炒青椒、辣椒炒莴笋,还有一个丝瓜。主食大米饭。我因为头天大酒,加上舟车劳顿,胃里实在难受,这些菜都没碰,只是喝了一口鲢鱼豆腐汤。别看这么多菜,不到一刻钟,这顿饭就吃完了,因为有十几号人呢。还有一些人没上桌,很有可能我们吃完了他们接着再吃。需要说明的是,考古队的生活十分艰苦,大部分时间都是吃盒饭，这顿饭是他们为了接待远道而来的我们而专门准备的。

自助餐

最不喜欢吃自助餐，食量及癖好暴露无遗，而且为了吃回成本，往往还会比平常多吃。另外，一趟趟端着食物满载而归的模样，看着也不雅观。所以，如果一定要吃，夫妻俩比较合适，趣味相投，谁都别嫌谁。其实，一些饭店里的自助餐（特别是西餐）还是挺好吃的，其实惠程度绝对超过团购。4月份的时候，去过顺义果园西餐厅吃自助，觉得他们的牛排烤得很好，不过不是我请客，也不是AA，价钱就不清楚了。另外，金融街威斯汀酒店的自助餐也不错，不像有的自助餐那么鸡贼。阿坚不爱吃自助，觉得太忙活，跟在家里吃没什么两样。

天宁寺斋饭

到天宁寺时正是中午，看到一进门右首摆着张桌子，上面摆着三个大铝盆，分别装着面条、黄瓜丝和莴笋叶，还有一个大碗里装着炸酱。很多人手里拿着饭盆排队领取，她们大多都是来天宁寺念经的中老年女性居士，炸酱面是寺庙斋堂免费提供的，不过，仍然有不少人把钱放进一旁的功德箱，捐多少自愿。天宁寺里有座佛塔，好像是唐代的，但好些人觉得塔不灵，原因是边上有个烟囱的高度高过了古塔，把天宁寺的风水破坏了。这真是一念之差,如果能换个角度,认为天宁寺塔这么多年能够屹立不倒,全凭那根烟囱(包括从里面冒出来的烟)罩着,感觉上能舒服点儿。

南口和平寺的素食也远近闻名,有一天我想体验一下,却被告知吃饭的时间已经过了。当时是中午十一点半,但和平寺的斋饭十一点就结束。虽然没能吃上和平寺的斋饭,却让我知道了什么叫过午不食。除了素食,和平寺的禅茶也很有名,但饿着肚子喝茶未免有些自虐,想了想觉得还是下次吧。其实,和平寺的素食只是对外的,庙里的僧人有自己的斋堂,但我们去时也已经关门了。隔着窗户往里望去,看到斋堂里有六七张桌子,若干条板凳,桌子上还留有一些餐具,估摸这个寺庙的僧人应该有二十人左右,但我一个都没看到。只记住墙上一副篆书书写的对联:五观若存金易化,三心未了水难消。

被吃垮的餐馆

一个人下过多少家馆子不重要,重要的是吃垮过多少家。粗略统计一下,阿坚他们这些年至少吃垮了七八家,其中一个就是离新街口地铁不远的新川面馆。有一段时间,在阿坚和狗子的带动下,很多朋友成了那儿的常客,就连"非典"闹得最凶时,一堆人也去那儿照吃不误。当然,也不光是吃饭喝酒,其间还去胡同上房揭瓦,有时还自制毛笔,在餐馆墙上题字。结账时还让餐馆送酒,不但送自己桌,还给邻桌送(如果邻桌还有人,特别是姑娘的话)。喝到半夜,服务员睡觉这些人还要接着喝,直到服务员第二天起来做早点。有一回狗子深夜喝大,跑到边上的徐悲鸿纪念馆,偏要见廖静文,难怪这家餐馆后来就垮了(后来又听说餐馆没垮,而是搬到一个阿坚他们找不到的地方,好像还改了个店名)。当然,有些餐馆并不一定都是阿坚他们搞垮的,也有经营不善或其他方面的原因。比如将来有一天全聚德经营不下去了,我敢保证跟这些人的关系不大。

传说中的清真餐馆

写一家没吃过的餐馆,是一件很困难的事,在不知道餐馆在哪儿以及叫什么的情况下,更是难上加难。上次跟白脸吃饭,他就说起这么一家清真馆子。白脸也说不上具体在哪条胡同,更不知道门牌号,餐馆也没有名字。反正就在广安门至牛街一带,白脸仗着住在附近,加上皮肤白,蒙着去吃过几次。其中一次带着狗子,俩人先是在一个明显的地方集合,然后便由白脸带路,半误打误撞,才找到那家餐馆。据说狗子吃过惊呆了,说之前从没吃过这么地道的清真菜。后来狗子试图自己去这家餐馆吃饭,但转来转去就是没找到。这哪里是吃饭,听着有点儿像陶渊明误入桃花源。这也不是像普通的寻找美食的故事(用于吊足人们的胃口),而是在寻找精神家园,整个过程像是虚构。据白脸说,餐馆面积不大,也就四五张桌子,来这儿用餐的都是街坊邻居,见面寒暄让座,因为住在南城,大家处世方式有些老北京。此外,有什么要求还可以直接吩咐厨师:劳驾,我那盘芫爆肚丝别放香菜；老板，我那份扒肉条不要放肉。且慢，扒肉条不放肉，盘子里还有东西吗？光剩油了，搞不懂这是吃饭还是说相声。不管怎么样，我说的都是我亲耳所听，有阿炳和丁老禾做证。

后来果然找到了那家清真餐馆，不像想象中的那么隐秘。它就在法源寺后街胡同西头，边上是著名的法源寺街商店。商场至少是20世纪六七十年代的，现在已经关门了，变成了一间小五金仓库。餐馆确实没有门牌号码，也没名字，说来餐馆老板还是我的发小，当年我住在白广路1号，老板住牛街一带，我们俩同在抗大一小就读，老板说后来那座小学改成181中学了。其实，教子胡同一带不光是这一家清真餐馆，我数了数不下二十来家，法源寺后街对面就有一家著名的穆德楼。我们十来人点了烧黄鱼、八块鸡、扒肉条、烧两样、炒咯吱、葱炒豆腐、醋溜木须、喂牛肉等餐馆的特色菜，但我没敢多吃（但喝了很多酒），因为去之前我逛了法源寺，出来看时间尚早，就在街边啖了一斤多荔枝，我怕再多吃牛羊肉会上火。其实，牛羊肉上不上火我也不知道，而且我认为什么东西吃多了都会上火的。吃到后来下雨了，大家陆续离去，老板举着一把室外用的那种巨大的遮阳伞，陪我到街上拦车。

食堂菜

也有人提出中国第九大菜系当属食堂菜，主要服务对象是单位内部的员工，其特点是所有的菜都一个味儿，而且量少、巨咸，想吃到还得排队。过去的食堂菜就是大锅饭，还是很好吃的，而且大锅炒菜很需要水平。但不是所有的菜都适合用大锅炒,所以食堂还会供应小炒,菜价当然要比大锅炒出来的贵。一般的食堂,都有一些福利性质。

拿我们家楼下的部队食堂来说,一个战士一餐只收费5元,不管吃什么吃多少。另外,食堂的碗碟不是不锈钢的就是塑料的,很少用瓷的(这有点儿像监狱,又有些像快餐店)。昨天阿坚、狗子、高利和孙助在食堂吃饭,我们五个人一共点了六七道菜,其中有红烧带鱼、西红柿牛腩、回锅肉、红烧豆腐、韭菜炒河虾、木须肉、熘肝尖以及白菜氽丸子等(木须肉吃到最后没上,可能他们给忘了),一共花了170多元。

食堂的菜最近发生了一些变化,不是说比以前多好吃了,而是做完的菜要留样,分别装进八个铝制的小盒里。至少在食品卫生安全方面有了保障。一般食堂里的汤,都是免费的,因为所谓的汤,无非是往水里打个鸡蛋,再放些西红柿片,或者黄瓜片,顶多再放些紫菜。它不显山不露水,静静地搁在墙角一个大铝盆里,外加一个汤勺和一摞碗。即便如此低调,我注意到有些人照样一趟一趟,喝起来没完。更过分的,还有人用饭盒汤盆打满带回家,真正会过日子。我对汤的要求不高,觉得无非就是变相喝水,把嗓子眼里的干货顺下去。好汤除外。

团购餐

1. 老鸭喜欢吃团购餐,我跟着她吃了好几次,其中有日餐、泰餐和港式火锅,这还勉强说得过去,前些日子她居然团购了嘉和一品,让我跟她一起喝粥。这就让我纳闷了,平时去喝粥,一个人也就30元左右,团购又能省多少呢?老鸭的理由是嘉和一品离玉渊潭公园不远,我在公园走完步后出了公园正好去吃。

2. 吃泰餐团购那次,我把父母也叫上了,结果那叫一个上当,餐馆在建外SOHO的一个犄角旮旯,环境也不舒服,像是一个鸡窝,菜式也十分雷同,我爸坐在脏沙发上一言不发。后来老鸭又订了日餐团购,在北大边上,这次她还想叫上我爸我妈,我说别介,咱们先去试尝一下再说,事实证明我的判断是正确的。

3. 关于吃团购餐,我一向兴趣不大,感觉没必要连吃饭都想物超所值,尤其是看到有的餐馆给吃团购餐的客人专门设定一个区域,更觉得受到了歧视。但老鸭兴致不减,之前除了提过的几家餐馆外,她跟她姐还团购过上岛咖啡和贵州酸汤鱼,在2013年到来之前,她还订好去吃乐蛙蛙和蟹老宋的团购餐。

chi 餐厅

想把这本书起名叫《我的名字叫 chi》,所以一直想去五道营的 chi 餐厅吃一顿饭。之前就听说这家餐厅没有固定的菜单,当天晚饭吃什么,完全取决于上午采购到什么样的食材,这更让我对这顿晚餐充满期待。吃的时候才发现,这家餐厅对食材的了解和呵护,也贯穿到烹饪的每一个环节。每道菜都最低限度地使用油和调味品,使盘中的食物得以返璞归真。刚开始觉得有些偏淡,细品尝才体会到其中的丰富和细腻。原本是一次平常的晚饭，却变成了对食物小心翼翼地接近，只有热爱自然辛勤劳作的人，才能烹饪出这最本色的佳肴（呸呸，是不是太舌尖了）。好吧，这天的菜单是椰奶青豆汤、乡村猪肉批、味噌烤鳕鱼、海鲜墨鱼面，甜品是桑葚蛋白饼。饮料喝的是他们自酿的两种啤酒和一种混合的果汁。

食古记

一、徐州的把子肉

1. 2013年11月3日,星期天。我和阿坚一大早坐上G263次由北京南至徐州东的高铁,开始了这次食古之旅。07:55开,不到11:00到的徐州。二十多年前,我和老鸭到过徐州,当时好像是要买丝素,就是香烟过滤咀的材料,正好老黑的弟弟在徐州卷烟厂工作,觉得找到他能有办法。当时我们还没结婚,到徐州后订房必须凭结婚证,于是便订了两间房,其中一间肯定白订了。晚饭过后我们去街上溜达,还买了瓶红酒,回到房间后我去卫生间洗澡,洗完澡发现老鸭坐在床边哭,一瓶红酒已被她喝没了。由此想到,很多女人喝了酒都爱哭,而且哭得十分莫名其妙。

2. 我和阿坚坐在徐州东站外面的一个水泥台阶上抽烟,过了一刻钟,高大师和王爷也到了,我们本想坐同一趟车,可是他们没买着票，只好坐 08：08 分那趟 G107 次。之前，阿坚联系上宿迁的汉行，看能不能一块儿玩。汉行说他有事不能前来，于是安排陈师傅开一辆车接我们。我们决定先去逛文物市场，然后吃午饭，接着去徐州博物馆，然后龟山汉墓，最后出发去洪泽，再由洪泽转往蒋坝。

3. 跟很多城市一样，徐州的文玩市场其实就是花鸟市场，在快哉亭公园门口，而文玩商铺就在快哉亭公园里头。进了公园，发现有很多中老年人，据说是在相亲。阿坚一听这个就来了精神，在一个大妈身上来回打量，都快给人家看毛了。没过一会儿，小华和阿休就来了。他们头天夜里从北京坐火车，上午 10 点到的徐州。在公园转了一圈，看实在没什么好买的，就买了个葫芦。高大师买了一架百花牌娱乐琴，大约 20 世纪 60 年代生产于上海。

4. 给荣岩打电话，希望午饭能吃些当地风味，他说在立达路有家袁记把子肉。我们东转西转费尽周折，最后总算找到那家街边小馆。老板娘颇有几分姿色，身材好，对我们也很热情。屋里没大桌子了，她就在外边给我们拼了一张。好在天气很好，一点儿都不冷，而且本来就不严重的雾霾都消散了。菜肴不多，都写在小黑板上：把子肉 5 元一块，怪味鱼 20 元一条，烧茄子和鸭血豆腐都是 5 元一份，猪排 14 元一份。主打菜把子肉长约 3 寸，1 厘米厚，吃过才知道有些名不副实，烧得不够软烂，吃着塞牙。相反，烧茄子倒是很好吃，跟以前吃到的烧茄子不一样，用的是长条茄子，完全是用高汤炖出来的。怪味鱼也值得一吃，炖的方法跟西北菜有些类似，只不过多加了一些辛辣作料。另外，就是这家店米汤好喝，而且是免费的。说到把子肉，据老板娘讲，就是拜把子时吃的。想到徐州是刘邦故里，不沾些流氓习气，等于白来一趟。其实，把子肉作为山东菜，很早就有了。王爷不吃猪肉，给他专门点了一份牛肉丸子，他也吃出了猪油味儿，包括那条怪味鱼。没办法，他只好去边上的小馆，花6元吃了一碗兰州拉面。之前听说徐州的名菜是双快一慢，就是一只甲鱼和两只兔子在一起炖，在火车上阿坚说徐州的地锅泥鳅也十分出名，不过他不打算吃。

5. 吃完午饭，我们参观了一下徐州博物馆。馆藏的文物不多，无非就是金缕玉衣、汉俑以及坛坛罐罐之类的，倒是觉得彭城王陵墓比较特别，黄肠题凑用的居然不是木头而是石头。与彭城王相比，夫人的墓室显得太小了。不像在我们家，我老婆睡大屋子，我睡小屋子。此外，楚王浴间也很有意思，看着很私密，像是隐士修行的地方。以后自己盖房子，一定也照原样设计一个。本想还去龟山汉墓，一看时间来不及了，因为还要赶路，徐州离洪泽县有170公里，途经宿迁、睢宁、洋河、淮安等地，路上怎么也得开两三个钟头。阿坚说汉行在宿迁，睢宁是荣岩的老家，洋河出白酒。果然，经过洋河的时候，车厢里都是酒糟味儿。傍晚经过淮安大桥，陈师傅介绍，这里就是大运河的三岔口。

二、蒋坝的红色沙砾

1. 傍晚终于到了蒋坝，本来说在洪泽住一宿，陈师傅说不如直接把我们拉到蒋坝，省得第二天折腾了。舟车劳顿，我们随便在路边找了一家旅社，安排好住宿，然后就在一家叫祥子大酒店的餐馆吃晚饭。说是大酒店,其实就是个家庭餐馆,上下二层,主营当地风味。坐下来不久,石磊到了,他是从杭州坐高铁到南京,然后换乘长途,最后下高速打了辆出租才找到这儿的。

2. 刚一落座,老板娘就给我们上了一大扎茉莉花水。大家都懒得点菜,安排什么就吃什么。后来拿到了菜单,有小银鱼涨蛋、鲢鱼粉皮、红烧老鹅、蒜烧鲶鱼、豆腐圆烧肉饼、蒋坝捆蹄、白汤羊肉、凉拌大蒜、花生米、大闸蟹。一瓶大可乐、两箱天岛啤酒、九瓶青岛啤酒。从菜单看出,这儿的菜肴属淮扬菜系。其中大闸蟹80元一斤,应该说不算便宜,而且是煮的而不是蒸的,水里还加了姜片和盐,所以蟹肉是咸的。银鱼涨蛋在家里试着做过几次,都不成功,问题出在银鱼不是新鲜的,而是用碱发的。这道菜的涨字颇为传神,可能是指鸡蛋一进油锅就迅速变大了。蒜烧鲶鱼王爷比较爱吃,想再来一份,但餐馆里的鲶鱼只够做半份的了,于是就要了个半份。吃过晚饭,陈师傅就回淮安了。

3. 晚上跟高大师一个房间,住宿条件不像荣岩说的那么简陋,有空调、电视、卫生间,但是有暖水壶,没杯子,也没有牙膏牙刷。而且房间冷,必须开空调。跟高大师住一起是因为他不抽烟,还是跟以往一样,睡觉说梦话,还不时发出怪声。夜间醒来,无意间看到高大师抱着大可乐瓶一通猛喝。

4. 11月4日,星期一。起床后去吃早点,高大师要了一碗粥和一份油条,我要了一份馄饨。高大师说猜你就得要馄饨。其实,跟我们坐同一张餐桌的两个当地人中有一个是算命的,他一直看高大师的脑门。这人看上去有六十多岁,典型的南方那种瘦小枯干,嘴边还留着胡须。他开口就说你们是从别处来的吧,我和高大师都没敢接茬儿。又过了一会儿,老先生放下粥碗,说蒋坝没别的,就是空气好,欢迎你们常来。然后就和另外一个中年人走了。刚吃完,阿坚就来了。就又陪着他吃了一碗面条,发现当地人喜欢放味精和黑胡椒粉,但这家小馆的尖椒茄子酱非常好吃,里面还有小河虾。

5. 跟当地人打听老街,答案是还没建成呢。原来所谓的老街,指的就是街边的仿古建筑,也就是江南常见的白墙黑瓦,无甚新意。虽然有几间老旧的房屋,看样子大多是在六七十年代搭建的。当然,有几间房屋年代更早,就凭这把蒋坝称作古镇,似乎稍显勉强。高大师始觉上当受骗,觉得有些白来一趟。他认为荣岩之所以喜欢这个地方,是因为有几处风景适合写生。

6. 我、阿坚和高大师沿着洪泽湖堤坝走,路边有几个妇女在织鱼笼。湖面风高浪大,可以看到几条渔船和湖中间的灯塔。头天晚上到的时候,曾经看到灯塔发出微弱的光亮。堤坝围堰上留有"文革"时期的遗迹。阿坚提议从堤坝下去到湖边走,看到的景象跟在堤坝上看到的果然不一样,有若干细节,比如湖里的水草,从湖里钓上来的小鱼,水里的一条死狗,石头上刻着的工匠的姓氏,还有一块石头上刻着"工尾七十九尺"字样。我发现没走多大一会儿,就有一摊红色的沙砾,上面还会趴着几只蜗牛。阿坚觉得这是渔民做的记号,但干什么用的他就说不清楚了。后来才知道这些红色沙砾是蚁药,用于防治蚂蚁,所谓千里之堤溃于蚁穴,但上面为什么会有蜗牛就不得而知了。

7. 蒋坝镇口,竖着一块牌子,上面写着蒋坝的历史沿革。大意是说蒋坝镇地处洪泽湖南岸,从汉代就开始在这里筑坝,到明万历年间蒋坝建镇,但还是用土筑坝,到了清乾隆年间就用石头了。由于常年泥沙堆积,洪泽湖变成了一个悬湖,沿湖居民常年来饱受洪患之苦,等等。看后不由得佩服当地人在如此凶险的条件下,还能够处之泰然。镇上就一条主要街道,没有卡拉 OK 和洗脚房,但是有台球厅和棋牌室。我去一家商场买了牙膏牙刷和一条毛巾。街对过,高大师看中了一个餐馆的桌子,跟人家砍价。

8. 旅社小院里,几只猫在晒太阳。突然觉得时间漫长,稍微有些无聊。石磊到处找蹲坑,因为他坐马桶拉不出屎。王爷把高大师的娱乐琴搬到院子里,胡乱拨弄了几下。大家都觉得这张琴实在太破了,娱乐他人肯定是不可能了,只能勉强用于高大师自娱自乐。抬头看见每间屋子的门楣上方正中都安了一个比乒乓球大一些的小镜子,以为是猫眼,但如果真是这样,那就真是给猫看的了。其实这不过是玩笑,大家都知道这镜子用于风水。

9. 午饭吃了杂鱼、鲫鱼汤鱼圆、农家土鸡、荠菜圆子、野芹菜炒香干、洋葱猪腰子、韭菜炒鸡蛋、香菜炒蘑菇。天岛啤酒一箱,青岛啤酒两箱。石磊在杭州经营水产,他说杂鱼都是野生的,一网打上来每样就几条,不值得精挑细选,索性一锅炖了。吃到一点多钟,高大师单位来了辆车接他去南京,出发前我给他订了晚上七点多钟从南京回北京的车票,在南京他还要跟老黄吃晚饭。另外,他还想抽空逛南京的旧货市场,所以急着忙着要离开。

10. 吃完午饭没地方去,接着在小镇转悠。镇上小卖部不大,但功能齐全,似乎镇上人的生老病死全能管。白酒主要是洋河和双沟。另外一个生意就是租被子,镇上的人谁家有红白喜事,来的亲戚朋友多,被子不够用,就去小卖部临时租用。我一个人溜达到三河闸,之前就听说这是一个著名的闸口,主要用于泄洪,但也用于灌溉和航运。在湖边捡了三颗小石子,还发现一个很大的灶台,看着像是旧石器时期的物件,可惜没办法把它弄到北京。回旅社的路上,看到阿坚王爷他们在街边喝酒,边坐下来喝了几杯。后来有人要去理发,其他人各自回房间。我注意到高大师被子上有一块血污,看上去不像是高大师的。

11. 吃晚饭的时候,荣岩带着海归和小手电从上海来了。我和荣岩还有小华一共喝了两瓶白酒,其他人喝啤酒。菜单记不住了,好像有水煮黑鱼片、银鱼涨蛋、红焖老鹅、红烧鹀鹕(鹀鹕是洪泽湖一带的水鸟,石磊说他下午就看到餐馆服务员在路边收拾)、蒋坝鱼圆、大闸蟹等。荣岩大舅爷是蒋坝人,早年间去世。前些年大舅奶也过世了,荣岩来办丧事,无端喜欢上了这个地方。据小手电讲,就在他们的车开到蒋坝镇时,荣岩把头探出车窗,对着洪泽湖高喊:大舅爷,我回来了!波涛汹涌的湖面顿时变得格外安静,只见荣岩的大舅爷缓缓从水面升起,脚上穿着一副崭新的滑板,被一艘渔船拖走。整个过程只持续了十几秒。

12. 11月5日,星期二。又去头一天去过的早餐铺吃早餐。因为头天喝得有点儿大,几乎没胃口,一碗面条剩了一多半。想起头天高大师把剩下的一截油条让给我吃,油条油很大,一咬滋一嘴。荣岩带着海归和小手电在堤坝上走了一圈,但他们没走下头,所以我们看到的东西都没看到。我在街上买了几个橘子，小手电给头天载他们来的司机打电话叫车，以便去往下一处地点。为打发时间，我在院子里踢了几脚球，还跟石磊和海龟搓了一圈麻将。没过多久，旅社的老板开着一辆电动三轮车回来了，他和他的老婆把从别处取回来的被子晒在院子里。后来小手电叫的面包车总算来了，我回到房间拿行李时突然扭了腰，走路剧痛，上下车都需要搀扶。只好去路边一家药店买了一盒布洛芬，当场用矿泉水服用一粒，后悔不该踢球逞能。

三、在明祖陵看水落石出

1. 汽车离开蒋坝，在乡间行驶，村落的墙上到处写着"收狗"。通过交谈得知，司机姓裘，以前当过兵。大概过了半个钟头，我们就到了盱眙县城。在中心广场，一对红色的小龙虾雕塑引人注目。街边还有一栋整体玻璃幕墙的弧形建筑，据小手电讲，是从英国原样照搬过来的，只不过比例要比原来的小很多。又开了一会儿，我们就到了明祖陵。明祖陵在洪泽湖西岸，也是屡遭水淹，直到1963年的一次泄洪，这个陵墓才水落石出。这也是我们这次旅行，一定要让石磊来的缘故。

2. 陵园进门不用买票，在一个识别系统上刷一下身份证，门票就出来了。穿过大殿，就是一条神道，原来的大殿已经荡然无存了，只剩下一些石础子。神道两侧，排列着21对石像，可以看得出来，它们都长时间被水浸泡。其中有两对石柱（华表），一对造型简洁，纹饰繁复,有西亚风格。另一对没有图案,如同罗马柱的中间部分。那些牵马倌、麒麟都很威武,六对狮子都是雄的,它们硕大的阳具贴在肚皮上,象征着帝国勃勃的雄心和旺盛的生命力。再往前走,就到了一个青砖砌成的半圆形水塘。据说,这就是地宫的甬道和拱门,现在地宫还没发掘,游客当然也就不得其门而入。只有落在甬道上的梧桐叶,在路人脚下发出碎裂的声响。林中,一只蓝色的虫子相貌奇古,闪着金属的光泽。有谁怀疑,它就是明代先祖的化身呢?

3. 陵园中有一个码头,据说是淮河和洪泽湖的交汇处。

4. 午饭阿坚坚持要到城里吃,理由是景区太贵。可已经是下午一点半了,接着还要去马坝镇,看大云山江都王刘非的墓,于是,大家决定就在离明祖陵不远的大明宫吃。我们点了心里美、猪耳朵、猪嘴、花生米、一品豆腐、小炒肉、炒田螺、百叶萝卜炒青椒、炒蕨菜、杂鱼煲、毛刀鱼和青菜汤。啤酒喝得不多,大概三十瓶。

四、大云山汉墓

1. 我们大概是 5 点多钟到的马坝镇大云山村委会,考古队就驻扎在这儿。李队长去南京开会去了,考古队没有别人,只剩朱科长看家。他说因为没仓库钥匙,所以没办法给我们看挖掘出来的文物,而且重要的文物都送到南京博物馆展览去了,那些东西在网上也能看到。然后,他带着我们到了大云山汉墓挖掘现场。首先看到的就是用于黄肠题凑的金丝楠木和几口棺材,接着朱科长就带着大家下到江都王刘非的墓室里头。我和荣岩在今年 4 月曾经下去过,就在上边等他们。因为天色已暗，墓穴里显得阴气十足，深不可测，阿坚他们沿阶梯下去几步就见不到人了，只能看到手电的光亮。从墓穴上来，朱科长又带大家看了车马坑，他说这个车马坑光修复的费用，就能买好几辆宝马。本来还想再看看几座妃子墓，但此时天色已经彻底黑下来了，只有一轮弯月和一颗星星挂在天穹。

2. 从没见过如此清澈湛蓝的夜空。上次来大云山汉墓看到的众多的文物中，有一件鸭嘴形银制的带钩，是从一个妃子的墓中出土的，分两片，一片铸有阳文"长勿相忘"，另一片则有对应的印文，两片合在一起时，文字和销钉的凹口正好起到固定作用。这是一件多么特别的信物，其中又有着怎样的爱情故事？

3. 请朱科长吃饭，他坚持回考古队，于是把他送回去后，我们驱车前往金湖。一进县城就看到有人在放烟花，这样的烟花，以往只有在节庆时才有。晚饭是在太明渔村酒店吃的，上次来大云山，也是在这家餐馆吃的饭。只不过上次是在102包间，这次是101。上菜还是按以往的标准：五香熏鱼、地锅鸡、莲藕粉丝、白煮青鱼汤、羊肉明炉、清汤翡翠丸、鲫鱼鱼圆汤、老鸭汤等。主食：农家烙饼和水饺。啤酒总共喝了四箱青岛，两箱青岛纯生。忘了谁问服务员，没见过这么喝酒的吗？服务员说，没见过这么喝啤酒的。一桌人顿时颓了。吃完饭就在楼上的酒店住下。

五、在高邮放鸽子

11月6日，　星期三。

1. 早晨收到小手电短信,说她早上接到海归电话,有早班车,和海归回上海了。拉开窗帘,外面下着蒙蒙细雨,可没过一会儿又出太阳了。随即音乐大作,宾馆和餐厅的服务员在小广场做集体操。可能因为这几天折腾得太厉害,我早起就咳嗽、拉稀,尤其是在咳嗽时拉,差点拉到裤子里头。我和阿坚下楼去吃早餐,品种不多,就是稀粥、咸菜和红烧鱼,奇怪的组合。后来大家都起来了,临时决定去高邮。因为金湖离高邮不远,才68公里。车上,王爷说山西省委大楼门口发生了连环爆炸,几辆停靠在路边的汽车的玻璃被震碎。好在是早晨7点多钟,还不到上班时间,没能造成重大人员伤亡。

2. 到了高邮后,直接去了南门大街东的盂城驿,这是明代遗留下来的一处驿传建筑,也是目前全国规模最大、保存最完好的古代驿站。阿坚没进去,而是沿着大运河堤坝溜达。我和荣岩则进了小巷里一家文物商店。有一块金砖不错,而且十分完整,可惜太沉了。老家具也比北京便宜很多。一眼看上一块黄色的寿山石章料,顶端刻着一尾芭蕉,大概是民国的,便买了下来。还有一方红寿山也不错,应该跟那块黄色寿山是一对,顶端雕刻的是一本翻开的线装书,我觉着书卷气太重,拿起来又放下了。说到文物,我有个体会,就是不懂时最爱买,而且一买就一大堆,懂了反而不爱买了。比如现在我正处在眼力最好的时候,却失去了买东西的热情,如果买了,也不过是为了做个纪念啥的。

3. 润扬邨酒店吃的午饭。因为是别人请客,就没记菜谱。记得有一道红烧肉烧茨菰,里头的茨菰又面又入味,这种做法以前没吃过。还有一种野生的青蛙，比一般的青蛙大，但不同于牛蛙。清水白菜很见功力，好像是用干贝吊的。另外，还有水芹炒香干等。水芹就产自南方，北京吃不到。跟上次来不一样，没上高邮双黄咸鸭蛋，而是溏心的松花蛋。也没多喝酒，几个人一共两瓶天之蓝，阿坚喝了大概三四瓶啤酒。最后上阳春面，按当地规矩，吃阳春面之前要胡搞一下，意思就是把分酒壶里的白酒干掉。说到阳春面，据说最早出自高邮，因为下辖在扬州，也就算成扬州的名吃了。这次"中国十大面条"评比，阳春面被镇江锅盖面比下去了，最终落得榜上无名。吃饭期间，听到街上有人放鞭炮。上次来高邮，也是在吃午饭时听到鞭炮声。

4. 吃过午饭，办好住宿手续，我带阿坚他们去净土寺广场看辽塔，阿坚这些年对古塔有些研究。关于高邮的辽塔和镇国寺的唐塔，我还听到过一个故事，说两座塔因为在一条直线上，所以经常幽会，为了阻止它们的关系进一步发展，明洪武八年在两座塔中间建了个魁楼。当然，也有相反的说法，说是建魁楼是为了给两座塔搭桥牵线。总之，民间传说不可信，一切都是姑妄听之。我因为太累，看完辽塔就回酒店休息去了，王爷他们去了镇国寺和文游台。

5. 晚饭是在酒店苏州厅吃的，具体菜名记不住了，好像有拌海蜇、虾、文蛤、狮子头、昂刺鱼等，其中小鱼类的上了两道。酒青岛纯生9瓶，长城干红11瓶，其中五年的7瓶。我发觉酒喝到一定程度，对食物的分辨一下变得敏锐了，对某些味道完全没感觉，而另一些味道则被放大，比如说香精。所以，有些菜刚开始觉得好吃，吃到后来就不对劲了，因为我们的味觉被各种调料给糊弄了。中午喝着还行的米乳汁，此时也变得分外难喝。吃到后来，王爷说要上楼拉稀，不见了踪影，荣岩开始胡乱干杯。眼看局势失控人心涣散，大家也就都回房间了。

6. 11月7日，星期四。这一天是立冬。醒来后早餐，在酒店吃了三个蒸饺，喝了一杯牛奶，还吃了咸鸭蛋和拌干丝。除了我、阿坚和司机，其他人都在睡觉。吃完早饭回房间，发现手机进水了，一定是晚饭时不小心碰倒水杯，水进到手机里。好在房间里有电吹风，于是卸掉电池用电吹风对着手机吹了好长时间，直到受不了电吹风的噪声才把它拔掉。眼看到了9点多钟，阿坚说必须把他们叫醒，不然他们能一觉睡到中午。睡了一夜居然没发现，荣岩枕头边有一堆呕吐物，里头好像还有血，阿坚分析也可能是红酒。王爷说从餐厅回来，荣岩就在他们的卫生间里吐过一次，呕吐物呈喷射状，就像是从背后挨了一记铁砂掌。王爷和石磊受不了房间里的味儿，又在街上行走了一个多钟头。记得今年4月在宜兴，荣岩也是喝大后吐血来着，而且是吐在一朵杜鹃花上。

7. 酒店结完账，大家溜达到一座小桥边上的农贸市场，等司机把车开来。我终于看到了头天中午吃的茨菰，后来查百度，茨菰属（Sagittaria）淡水植物，约20种，广布全球。多年生、草本，生长于浅湖、池塘和溪流。叶似箭头，有肉质球茎，可食。花有三枚圆形花瓣。北美最常见种是宽叶茨菰（S. latifolia），叶箭形至禾草状，被广泛引种以扩大禽类食源。茨菰（S. sagittifolia）分布于欧洲大部分地区，在中国则栽培以食用其球茎。

8. 除蔬菜外，农贸市场还卖水产品和家禽。看到一个铁笼子里装着鸽子，我突然产生放生两只鸽子（一只25块钱）的冲动。可能是在笼子里待惯了，头一只鸽子飞到屋顶就不再飞了。第二只的情况更糟糕，扑通一下，飞到了道路中间，又被卖鸽子的小贩捉了回去。小贩怕我们发现，一直背着手。荣岩买了一截糖藕，石磊想吃早餐，我说想吃早餐就必须早起。后来大家去看王氏父子纪念馆，我和荣岩在大家后面慢慢溜达，居然两个人走散了。临上车前，荣岩见大家都不吃糖藕，他自己也吃不下去，便把糖藕扔了。

9. 高邮的城市雕塑是两个风尘仆仆的骑在马上送信的古代邮差，看扮相应该是秦代的。想起了一句特别矫情的话，大意是如果不读万卷书，只行万里路，你在别人眼里不过是个邮差。不知为什么，我觉得这句话拿到高邮说特别合适，首先说这话的人会被打死。

六、扬州的散伙饭

1. 下一步去扬州看隋炀帝墓，也就是所谓的隋炀帝杨广陵寝。行驶在大运河旁边的堤坝上，沿大运河溯流而上，直奔隋炀帝墓，也是题中应有之意，也将为这次旅行画上句号。高邮离扬州大概不到70公里，路上花了一个半钟头。司机没走过这条线路，虽然有GPS导航，他还是要经常停下来，跟各种人问路。

2. 费尽周折，我们终于在中午12点15分到了粮食酒家。卢老板在西安，特意关照夫人出面接待，还让厨师长作陪。厨师长平时就不怎么喝酒，这次破天荒喝了三瓶。但因为连日舟车劳顿，大家明显不在状态，就连小华和阿休这样的年轻人也打蔫了。菜肴很丰盛，有高邮湖虾仁、醉虾、垮炖鲢鱼头、鲍汁鹅掌、狮子头烧老鹅、油焖大虾、大闸蟹等。另外，还有几样青菜，主食是扬州炒饭。啤酒喝了将近四箱。本来卢老板还给准备了一箱白酒，但没动。为了表达谢意，我把在徐州买的葫芦送给卢老板，每个人都在上面签了名。这葫芦本来是我在蒋坝送给海归的，正是因为有了这个葫芦，他搓麻连和四把。离开金湖那天，他把葫芦落在车里，带着小手电走了。

3. 吃到半截时，收到李队长短信，大意是今天不能回扬州，临时被安排了接待任务，所以隋炀帝墓也不能看了。这反而让我如释重负，因为一上饭桌，司机就不停地跟厨师长打听从粮食酒店到隋炀帝墓的行车路线，而且越问越糊涂，所有人都快崩溃了。隋炀帝墓迄今为止，一共发现了四处。陕西隋炀帝陵位于咸阳武功县武功镇西塬上。河南隋炀帝陵墓位于洛宁县东宋乡郭村东南之柏山，历代地方志都有记载。江苏先前发现的那座隋炀帝陵位于扬州邗江区槐泗镇槐二村。我们这次想看的隋炀帝墓，位于扬州市邗江区西湖镇，是今年4月14日发现的，出土了鎏金铜制的衔环铺首、金镶玉腰带，还有一块墓志铭。之所以没有对外开放，据说是为了避免像曹操墓那样引发争议，从而演变成一场全民论战。

4. 跟司机结了账，大家开始讨论接下来的行程。大家基本上都是一副随波逐流的态度，只要阿坚着急回北京，他说家里有事，10日还得去一个什么地儿。我也不太想玩儿了，因为儿子路路病了，我十分想念他。特别是没有李队长的大云山，没有卢老板的扬州，也就没有了继续待下去的理由。午饭结束已经 4 点多了，最后大家决定直奔镇江。

七、在镇江各奔东西

1. 车过润扬大桥，十几分钟就到了镇江南站。石磊想回杭州，问我想不想一块儿去，害得我一通思想斗争。王爷跟小华他们去安源看做古琴的木头，但他们没买着车票，几个人只能在镇江住一宿。我跟王爷说，如果第二天有时间，一定要看看镇江博物馆和西津古渡，金山寺也值得一游。荣岩买到一张 G139 次回上海的票，18:46 从镇江发车。他也是必须回去，因为第二天还有课。

2. 在候车室，荣岩好像仍然没缓过来，坐在座椅上，一副痛苦不堪的样子（在粮食酒店他就一直躺着）。我给他买了一瓶功能饮料，他喝了一口后放到一旁。也许，这个家伙因为在高邮我盖了他的被子而怀恨在心（他说他是因为夜里被冻坏了才吐血的）；也许他还在努力回忆，为什么在刚到蒋坝的那天夜里，当大家吃完饭醉醺醺地走进旅社的院子时，他突然拉着小手电和海龟转身往外狂奔，放着我们给他们租好的房间不住，而要另找旅社（他不知道那一夜我的心有多冷）。此时的阿坚则不见了踪影，想必是躲到什么地方抽烟去了。再后来就开始检票了，我们和荣岩就此别过。

八、回北京的火车上

1. 我和阿坚坐的是 G154 次，18：16 从镇江发车。乘客集中在几个车厢，大部分车厢是空的。但更糟糕的事情还在后面，列车在行驶途中居然临时停车两次，头一次在快到枣庄的地方，第二次是到了枣庄站就不走了，说是发生了事故。有乘客反映，餐车里有股烧焦了的胶皮味儿，好像还从什么地方冒烟。有人试图用应急锤砸车窗玻璃，被乘警及时制止。后来故障总算排除了，不是餐车的事儿，餐车有怪味，是因为厨师炒菜炒糊了。不管怎么说，看来现在的高铁又开始不靠谱了，在我们从北京去徐州的高铁上，就看到了末日景象，开到济南时，雾霾遮天蔽日，达几十公里。另外还有一次短暂的临时停车，说是等前方的信号。

2. 我跟阿坚在火车上吃的份饭。我吃的是梅菜扣肉，阿坚吃的是红烧牛肉，都是 45 元一份。听起来有些小贵，但内容还比较丰富。就拿我那份来说，除了梅菜扣肉，还有玉米粒烩胡萝卜丁，笋丁炒豆干以及咸菜。另外还买了一袋烧鸡，好像是 35 元或者 38 元。不管是份饭还是烧鸡，都是在微波炉里加热。我觉得他们加热的时间过长，生米都会做成熟饭。阿坚喝了一听啤酒，好像还是从北京去徐州那趟高铁上买的，我喝了一听绿豆汁。刚上车时，阿坚显然享受，手里捧着热水杯，把座椅调整到合适的角度，眯着眼睛看闭路电视，还简要总结了一下这次的旅行。后来，阿坚实在扛不住，便躺在椅子上睡了。这情景让我感到心酸，这个在宋朝肯定会聚啸山林，在明代肯定会是徐霞客，就在一个钟头前还在看《建国大业》的矫捷之人，已然垂垂老矣。

3. 这趟高铁是从上海高桥始发的，途经镇江、南京、宿州、泰安、济南、沧州，最后到达北京南站。到北京南站时已经 11 点 15 分，晚点了将近半个小时。也正是这宝贵的半个钟头，让阿坚错过了回家的末班车。

九、青年餐厅的接风宴

1. 11 月 7 日，星期五。昨天夜里回家，一进门一股热浪，原来是头天来暖气了。难怪家里热得如同盛夏，连纸裤衩都穿不住，晚上睡觉必须敞着门窗。中午小时工来，洗这次旅行换下来的衣服，发现一件衬衣上被烟头烫了一个大洞，说不上是谁干的。中午接到王爷电话，说我们走后，他和石磊小华他们在镇江草草吃了顿饭，然后就找家酒店休息了。王爷跟石磊说这趟玩下来，他感觉自己已是强弩之末，石磊讽刺他说顶多算是强努。王爷说下午就去买票，弄不好一起去杭州。跟王爷通完电话，又接到高利的短信，问我是不是回北京了，说想给大家接风，地点定在菜市口十字路口往西 200 米的青年餐厅。

2. 青年餐厅是北京的一家连锁饭馆，阿坚说已经开了有 40 年了，最开始是培训上海菜的厨师的，后来才变成经营家常菜。上楼的时候，我前面走着两个老外，其中那个男的上了年纪，一个僧人引领着他们，还高声唱着法号。我被眼前的情景惊呆了，几乎止步不前。

　　3. 那天凉菜我们要了水晶皮冻、蕨根粉、青年拌菜、拌木耳。热菜是豉煎黄鱼、豆干烧排骨、小笼粉蒸肉、焦溜丸子。主食是猪肉大葱馅的水饺。这是一个不折不扣的接风宴，把大家都接疯了，每人都喝了很多酒。在大家表示喝不动了之后，高利又要了十瓶，眼瞅着就跟前面几天在外地的大酒连上了。

2013 年 12 月

杭州三碗面

高铁到了杭州,已经是下午一点半。为了去奎元馆吃虾爆鳝面,我跟老中医耐住饥肠,没有吃餐车上的梅菜扣肉套餐盒饭。路边湿漉漉的,就连树叶也是湿的,出租司机说你们来得正好,早晨杭州雨下得蛮大的,景区一棵大树都倒掉了。

　　可能不是饭点儿,解放路那家奎元馆里没有几个人。二楼是炒菜,推荐的菜肴里有东坡肉、香酥鸡、糟三样和杭州鸡卷。我跟老中医点了一碗虾爆鳝面和一碗片儿川。虾爆鳝46元,片儿川16元。所谓爆是先用菜油爆,次用猪肉炒,再用麻油烧这么三道。难怪鳝鱼吃着发糟而且味道偏甜,味道有些像北方的红烧带鱼。

　　餐桌上摆着醋和胡椒粉瓶,我试了一下,原来还真能用这两样调料把甜味压下去。但把鳝段过三遍油还是有些烹饪过度,完全没有这个必要。另外,面汤里除了酱油,似乎还放了大油(也就是猪油),其他并无特别。我倒是对片儿川这种叫法有些好奇,本以为是片儿氽。但不管怎么叫,浇头不外乎肉丝(猪腿肉)、笋丁和雪里蕻。

老中医说大概八几年来着，奎元馆在西单大地西餐厅原址开过一家，也是卖虾爆鳝面、片儿川和葱包烩，他有时候到那儿去吃。可不知为什么，这家店开着开着就不开了。

晚饭老葛约在渔悦龙宫，有一道海鲜炖土豆做法十分新鲜，而且非常好吃（海鲜主要是螃蟹和河虾）。还有一道野生鱼炖粘糕，虽然采用的是当地惯常的烹饪方法，但仍然让人食指大动。除了我、老中医和老孔几个北京来的，老葛叫来良渚的古非，另外还有石磊、小玮、小郑、方叔和袁玮等，大家七七八八坐了一大桌。有人统计，最后总共喝了三瓶白酒、五瓶红酒和若干啤酒。吃完饭又去了酒吧，老葛介绍给我一个叫jia庆的朋友，后来良渚的讲座他也去了。我们狂喝了几打龙舌兰，袁玮喝大了，不停跟一个梳着小脏辫的黑人跳舞（细想那人跟方叔还真有几分神似呢）。

第二天醒来已是10点多钟，我打车去了中河南路12号的菊英面馆。出租司机奇怪，因为我打车的地方（离我们住的酒店不远）就是慧娟面馆。下了车跟一位中年妇女问路，她打量我一番说这个点儿吃不到，要排队的。

果不其然，到了菊英后发现里面已经坐满了，很多人在门口领号。门口贴着一张打印的告示：本店不开分店、不加盟、不转租，无技术可教。时间是2016年11月22日。告示下方又用粗笔写了一句"招女工一名"，不知是店家写的，还是有人搞恶作剧。

这家店的营业时间也相当特别，早上7:30至下午1:30，晚上不营业，节假日延长半小时。据说为了吃上菊英的面，经常有人凌晨前来排队。除此之外，菊英最牛的是夏天不营业。后来我才知道,不是因为天气热,也不是因为好汉不挣六月钱,而是因为夏天的笋没法吃。菊英的名声就是片儿川,片儿川又离不开笋。

据说春笋在挖出来6小时内吃着最好,如果过了这个时间,挖出来的笋还会自动生长。但也有人认为竹笋这种食材其实没有一点儿营养,而且笋里的纤维人体完全无法消化吸收,毕竟人不是大熊猫。前些时候,据说有人因为吃笋过量而导致死亡。

但这阻挡不了人们的热情。我在窗口统计一下,这家店平均30秒出一碗面条。即便这种速度,仍然供不应求。排队的人越来越多,发号的阿姨也变得越来越不耐烦。有意思的是紧挨着面馆有一家诊所,第一眼看到排队的长龙,我还以为这些人是瞧病的呢。

生意虽然火爆,但菊英很快就要关张,传说因为老板娘累得快扛不住了。

11点半时,眼瞅着就快排到,突然收到老颓在群里发的短信,说他刚到萧山机场,打听午饭如何安排。接着石磊打来电话,说他和小郑刚醒,准备往这边赶。老中医刚吃完馄饨,问我在哪儿。一看一位变成五位,我赶紧重新排号,这一重新领号不要紧,前边又多出一百来人,于是又等了四十多分钟,人总算陆续聚齐后,前面还有七八十位。

因为下午还有安排,大家决定放弃等候,去边上的缙云烧饼铺吃烧饼(估计烧饼店的客源就是这么来的,有上游就一定会有下游)。缙云烧饼分两种,带馅的和不带馅的,我们要了几张带馅的。但他们的馄饨就奇葩了,里居然放排叉(上一次在杭州吃饭时被震撼,是豆浆居然是咸的)。泡在馄饨里的排叉当然软踏踏的,这很像广东人喝的皮蛋瘦肉粥的做法。招牌菜牛肉血汤15元一碗，老板问我放香菜还是葱花，我说都行，结果两样都放了。

后来查了一下，缙云是丽水市下辖的一个县，除了烧饼，麻鸭和茭白也比较知名。

吃过午饭还有时间，一干人在巷子里穿梭。过马路时，杭州车让人让我感觉不太适应，在北京都是人让车，因为开车的是大爷。

看了宋城遗址，感觉杭州后来的建筑稍嫌单薄，古人的一些东西没学到家。在一条巷子里，一只老鼠趴在一户人家门口一动不动，像是死了，仔细看仍然活着。行至西湖边上，几个游人在粼粼波光的映衬下影影绰绰，对面山上的雷峰塔有再次倒塌之势。想起出发前去看我爸，他老人家听说我要去杭州，不禁皱起眉头，挨个把西湖几大美景数落一遍，诸如花港观鱼的鱼很一般，柳浪闻莺没听见鸟叫等（说的话比鲁迅还损，我就不在这儿一一学了），但每年的龙井茶他老人家是一定要喝的。

我们在浙江美术馆参加了老唐六叔的画展开幕式（老唐作为家属，被要求穿正装），然后去满觉陇的桂语山房喝桂花茶，说是当地产桂花。开饭之前，杨光从上海来了。

桂语山房的伙食不错，牛肉超嫩，但是菜量很小，很多菜要了两份（还有一些菜不知所云）。头一回来杭州，在龙井7号吃饭，印象最深的也是牛肉。据说南宋的杭州人不吃牛肉，因为牛要耕地，吃牛肉等于把生产工具吃了。

吃完又去酒吧会绍斌（他是诸暨人，在杭州开了一家很好吃的诸暨餐馆）。大家又喝了一堆啤酒，一瓶半威士忌。剩下那半瓶拿回了酒店。

第三天一大早，专门去了望江路的慧娟面馆。奇怪的是，尽管菊英和奎元同样出名，但杭州的出租车司机一般都会推荐慧娟面馆。点了一份45元一碗的虾爆鳝面，感觉还行，至少鳝鱼段不像奎元的那么甜，上面也没裹那么多面粉。我因为头天喝大胃纳不佳，只吃掉鳝段和虾仁，面条就吃了一筷子，汤也只是喝了一口。

头天问过石磊，慧娟的面条跟菊英的有什么区别？他说慧娟的面汤要比菊英的油腻一些，喜欢油腻的，就觉得慧娟的好。另外，菊英的鳝段口感要脆些。我没吃上菊英的虾爆鳝，自然没法比较，但也没有觉得慧娟的面汤油腻的不行（不知道是不是厨师忘了加大油了）。

我刚离开慧娟没一会儿，老唐就去吃去了。

问老唐面条的味道如何，他说慧娟不像传说中的那么邪乎，浇头一般，主要是他觉得面条夹生。细追问老唐，他承认他吃的虾爆鳝是38元一碗，里面没有虾仁，味道当然不能跟45元一碗的比。问题的关键是没有虾仁的虾爆鳝面，还能称之为虾爆鳝吗？爆鳝面而已（除了各种面条，慧娟招牌菜还有腌笃鲜、素烧鹅、虾油鸡、香菜拌鸡肫以及千张包）。

吃饭之前，本想叫上老中医，可他在卫生间又是拉屎又是洗澡，半天不出来。我们住的酒店紧挨着火车站，靠近铁轨一侧的客房的窗户上都罩着铁网。平均10分钟就会过一趟火车。入夜，火车的轰鸣跟老中医的呼噜声交相辉映。

大约10点来钟，我们北京来的几人和杨光出发去了良渚。

在酒店放下行李后去瓶窑镇看了南山摩崖石刻。几年前跟老葛、荣岩他们来过一次，也专门去了南山，但这次感觉有些不一样。记得上次没怎么爬山，而且看到的佛造像要多出不少。瓶窑镇有一家好吃的农家（南方的农家主要是渔家）菜馆，街边堆着很多玉料，整条街都在做仿古玉。所有这些这次都没看到。

中午在江南驿吃午饭，印象中吃了牛肉粒、椒麻鸡、烤肥肠、糟鸡蛋、香椿炒春笋以及砂锅蛤蜊汤等。糟鸡蛋是头一回吃，之前只吃过糟毛豆，后来还吃过糟猪肉、糟虾，再后来发现江浙一带逮什么糟什么。糟不但是烹饪手段，同时还是保存食物的方式。有一次我问他们，蛋糕你们糟不糟？

蛤蜊汤锅里汤不多（连三分之一都不到），但是非常好喝。锅里盘着一圈不知名的枯藤，想必是某一种中药。问老中医是什么药材，他支吾了半天，又借机品尝了两口，居然没有说出来。这种情况之前从来没有发生过，不管什么话题，没有老中医说不上来的时候。吃到后来，又上来一份红烧鱼头。老唐夹了一筷子说鱼头没熟透，里头还结着冰，又让服务员拿下去重烧（此刻，我又想起他说的夹生面条）。

吃过午饭，回宾馆眯了一小会儿，杨光打来电话，说要去了良渚博物馆（上次来良渚也去过）。头天下午，还去了杭州市博物馆。总觉得博物馆这种地方看多了，很容易压抑或者麻木。这次也是如此，可能是因为博物馆光线都比较黑暗，让人误以为是文化压迫。加之我们去的这次闭馆时间临近，身边不断有人催促，于是草草转了一圈便出来了。

看到外面的碧水蓝天，绿树红花，呼吸重新变得顺畅。

到了夜晚，良渚天气渐凉，感觉温度要比杭州低许多。走在通往艺术村的小路上，一切都变得很艺术。一轮弯月挂在天际，远处是群山的轮廓。上回看到同样的弯月是在盱眙，也是在夜里，我、荣岩和杨光一行人心惊胆战，沿着临时搭建的台阶，一步步下到了大云山深处江都王刘非的墓室（也就是人们所说的大云山1号汉墓）。

活动结束后，大家边吃消夜边聊天，我跟良渚艺术馆的张炎还用啤酒打了两关。说到面条，张炎说杭州有的地方现在时兴在菜市场吃加工面，意思是面条里的浇头客人自己去菜市场买，不管是猪肉还是海鲜，然后拿到面馆现做现浇。听着感觉跟自己在家做饭没多大区别，其实不然，来吃加工面的都是街坊邻居，面馆也就相当于茶馆。

嘉定那边吃面也很有意思，当地面馆跟无锡的类似，浇头和面是分开的。一些老顾客一般都是点一碗面外加一杯酒，先用浇头下酒，酒喝完后把剩下的浇头倒在面条里，把面吃完。

第二天（也就是29日）上午，从良渚准备进城。这时杭州那边传来消息，赶上五一小长假，西湖景区堵得一塌糊涂，关键是回北京的高铁票卖没了。大家一听便炸了窝，于是八仙过海，各自想办法。老唐之前买到了一张下午4点多回京的高铁票，老孔买到第二天下午回北京的，老颍买了一张晚上7点钟回北京的机票，我买到的是第二天中午回北京的高铁（杨光头天晚上活动结束后就回到上海）。一个临时拼凑起来的团队，就这么鸟兽散了。

进城以后，我把老中医搁到地铁站，他要坐 12 点多去上海的高铁，然后第二天上午从上海回北京。回北京的高铁票虽然抢到了，但令老中医想不到的是杭州到上海票没有。老中医当场就焦虑了，连夜宵都没去吃，据说夜里还腹泻来着。最后总算托人帮忙弄了一张，老中医才恢复了以往的谈笑风生。

到了杭州大家直奔白傅路的菲乐餐馆，据说白居易当年在此地活动过。立峰比我们先到，订了一个包间。他头天晚上从上海来杭州，因为在高铁吹空调得了感冒，头天打电话时还一把鼻涕一把泪，一夜之间吃药压下去了。

这家餐馆是老唐推荐的，之前他在这家店吃过一次，格外爱吃他们的猪肝炒青菜、洋葱爆牛蛙以及螃蟹豆腐汤。我挨个吃了一遍，觉得这些菜虽然好吃，但普遍偏咸，难怪老唐连吃两大碗米饭（我当时就想给老唐起个法号，就叫普咸。但是他已经有了一个法号，叫安定门仁波切）。当然，既然是江南小馆，甜是免不了的，但比起苏州、无锡还是温和多了。这两个地方别说排骨之类的食材，就连包子都是甜的，甜到糖尿病人当场复发。老颓说吃这种餐馆，不在当地住上半个月，口味不会适应。我的悟性差，估计要吃惯这么甜的菜得在江南住半年以上。另外，我跟老唐一样，不觉得南方的面食比北方强。

若干年前，读过谢和耐所著的《蒙元入侵前中国人的生活》（刘东翻译）。关于杭州人吃面条这件事，是这样描述的：从淮河流域或者更南区域输送进京的稻米，早已成为开封人的主食之一，并且在河南的饭食中与小麦一样重要。而反过来说，当入侵中国北方的蛮族把原属于开封地区的上层人士赶到长江中下游地区时，北方的饮食传统也就随之传播到了东南诸路。据说，当时杭州城内的大多数餐馆均由开封人开办。那里供应的菜肴都仿照东京和宫廷的风味。这样，到了一个世纪以后，中国两种主要菜系就合二为一了。

现在又轮到我们北京来的人合二为一一次。

吃过午饭，因为就在附近，大家看了一眼长生路57号邮边湖抗战期间韩国的临时总统府，然后去一家拍卖公司喝茶。公司主人是小郑的朋友，他给我们展示了一张吴昌硕早期的画，上面画着三棵大白菜，画面上方还有几句题跋。这正是国画跟油画不一样的地方，除了在自己的画作上签名，没见过在油画上写字的。国画就不一样了，画家画完了不啰唆上几句，感觉这幅画就不是那么完整。

从拍卖公司出来，我、立峰和石磊他们继续寻找晚上的饭辙，最终把地点定在香积寺附近。到了香积寺，大家在门口的台阶上呆坐，谁也没有进去的意思。广场上有两座石塔，我凑上去看了看，却没看出什么究竟。

香积寺附近的餐馆大多集中在大兜路一带，但因为才4点多钟，很多餐馆都没开门。我们一路踅摸（一只黑凤蝶在石板路旁的花草间飞舞，之前从来没见过这么大的蝴蝶）。几栋青砖黛瓦楼房过去是明朝的粮仓，于抗战中毁于日军的炮火，1950年成为国家丝厂仓库。阿拉丁说另一侧过去是码头，果然，著名的京杭大运河就在边上流淌。当时真想随波逐流，一路坐船沿运河回到北京，免去乘坐高铁的那番劳顿。

坐船肯定比坐火车舒服。

最后在禧堂花园餐厅吃了这趟杭州之行的最后的晚餐,立峰点了烤咸虾、冷鹅肝和鱼头汤,吃到半截袁玮和方叔也来了。大家啤酒喝了无数,导致后来都有点儿大。最后大家集体在石磊家睡了一宿(袁玮和方叔回了自己的家)。我被安排睡在一张大床上,迷迷糊糊睡到天亮,直到立峰来到我的床边,扒拉一下我说老弛该起来了。

在 G38 高铁的餐车上,我要了个茶座,独自品着碧螺春,思忖着这此旅行总的来说还算顺利。特别是在良渚文化园那场面具讲座,虽然听者寥寥,反响却还不错,听众席上的那些面孔跟古人的面孔同样令人难忘。唯一遗憾的是本打算吃三碗面,最后只吃了两碗。

过些日子杭州就要进入梅雨期,然后就会暴晒。但不管是下雨还是暴晒,一把天堂伞总是少不了的。

2017 年 5 月 3 日

南北面食的区别

这趟来南方,真是没少吃面食,主要是各种包子和面条,加起来不下二十种。一般以为都是北方人爱吃面,南方人则主要吃米。其实还真不能低估南方人吃面的热情。那么,北方面食和南方面食有什么区别呢?

我觉得南方人吃面条的习惯跟北人的三次南迁有关系。史料记载,东汉末年大量北人避乱南下,在毗陵(今武进)辟吴国最大民屯区。特别是北宋南迁那次,把各种北方人的毛病都带来了。之前南方是稻作经济,而且是单季稻,没有任何关于小麦的记载。水稻从河姆渡文化、马家浜文化等遗址中发现很多碳化稻粒,说明太湖地区水稻种植已有五六千年的历史,但均系一熟晚稻。

据《新唐书·玄宗本纪》载:开元十九年(731)"是年扬州穞稻生"(穞稻即双季稻)。可见早在唐朝时期,太湖流域就已经开始种植双季稻了。据北宋神宗时朱长文《吴郡图经续记》记载:"吴中地沃而物罗,稼则苶麦种禾,一岁再熟,稻有早晚。"这里说的稻有早晚,指的是再生稻或者间作稻,可能不是双季晚稻。

本地确切的双季稻记载始于南宋。南宋宝佑年间《秦川志》记载,有一种"乌口稻",其特点"再莳再熟"。明朝正德年间《姑苏志》《松江府志》都保留了许多关于乌口稻和其他早稻品种的记载。直到清初,康熙五年(1666)方以智在《通雅》中论及"瑜即稻"时,还指出"自江淮以南,田多三熟",这与《天工开物》所载"南方平原,田多一岁两栽两获"相一致。

太湖地区当时有"稻田三百顷,肥饶水饱"。司马迁《史记·货殖列传》也说:"楚越之地,地广人稀,饭稻羹鱼,或火耕而水耨,地热饶食,无饥馑之患。"南宋时,麦子需求量大增。东汉班固《汉书·食货志》载:"稻谷必杂五种,以备灾害。"

可见,南方人主要吃大米。但是北人彪悍霸道,南方人不敢惹他们,只好捏着鼻子跟他们一块儿吃馒头和面条。但长此以往也不是办法,于是,南方人私底下偷偷磨练面食烹饪技术,馒头好办,往里头塞上馅就行了,于是就有了包子。至于面条,南方人的想法也很简单,什么东西好吃贵重,就拿什么做浇头,虾仁、鳝丝、蟹黄一通往碗里招呼,于是便有了现在南方的面条之种种。

北方人也不傻,把能教给南方人的都教给他们了,同时还向南方人鼓吹吃大米的坏处,如容易得脚气等,但就是不教给他们揉面技术,因为南方气候过于湿热,北方人一直惦记着迁回北方,所以必须留一手,免得将来搞十大面条评比时,风头全被南方人抢走。

现在仍然能看到南方面食幼稚之处,比如面条馄饨一起煮,再比如把锅盖跟面条一起煮,我觉得这都是南方人在学习做饭的过程中不知所措造成的。他们以为北方人平时就是这么干的。同时也能看出，当年的北方人在传授面食烹饪术时，确实没安好心眼儿，想不到后来让人家歪打正着了，几种做法都成了当地特色。

把南北面食放在一起比较，阿坚认为北方面条比较粗大，他自称曾经从张作霖管家那儿学的炸酱面技术，炸酱里放大块五花肉，并不放黄瓜丝、萝卜丝、豆芽那些啰唆的菜码。我吃过几次，确实不同凡响。老楼则认为北方面食品种多，南方面食单一。再有就是南方人把面条当早点，而北方人把面条当主食。狗子的感觉也是北方面食种类丰富，南方面食位置在米之后，面条必有米粉对应。但也不能一概而论，单说面条，狗子说他更习惯北方口味，南方偏细和腻。包子南方主要是各种汤包，北边只有西安才有，印象不深。

老中医认为南方是以汤面为主。做餐饮的老王的态度比较偏激，他认为南方面食无论从哪个方面都无法跟北方相比，北方很多面条也加碱，只不过比例不如南方大，如咱家的手擀面也是要加碱和盐的。它们最大的区别在于口感和吃法上有很大不同。南方以碱面为主、偏细，对汤头的要求较高。北方面条的品种就丰富多了，可以说是五花八门，而且还有很多杂粮面，和面的方法也比南方多样，有软有硬。老王分析，南方气候潮湿，和好的面如不加碱会很快发酵变酸，这可能是他们碱的用量比北方大的原因。至于是不是如此，还有待考证。

袁玮说，一个专业厨子先得过滤掉个人趣味，这个过程挺反人类的。

出品人：许　永
策　划：文　能
责任编辑：许宗华
特邀编辑：雷　彬
封面设计：海　云
封面插画：苗　雨
印制总监：蒋　波
发行总监：田峰峥
投稿信箱：cmsdbj@163.com
发　　行：北京创美汇品图书有限公司
发行热线：010-59799930

创美工厂
微信公众平台

创美工厂
官方微博